# 枫雅苏州

米舒散文小品集

曹正文 著

上海文化出版社

# [ 目 录 ]

## 【肆】舒园十记

# 序 言

蔡心瀚

　　老同行、老朋友曹正文撰写的《风雅苏州——米舒散文小品集》将由上海文化出版社付梓出版，嘱我写序，欣然从命。正文是一位独具文字特色而又卓有成就的记者型作家，我和他是30多年的老朋友，这次为他作品写序，不由让我回忆起与他多年交往的经历，重读他的新作，进一步了解他，这是一个引人入胜、令人愉悦的过程。

## 【一】

　　正文少年时酷爱读书看报，喜好背诵唐诗宋词。爱好读报之际，在读初中时就养成了剪报习惯，在《新民晚报》副刊"繁花"上读到好文章，便剪下来贴在剪报簿上，日积月累，三年间剪贴了厚厚一大本。1982年《新民晚报》复刊前向社会招聘编辑记者，在座谈会上，报社领导让报考者讲讲自己对《新民晚报》的印象，曹正文口拙，不善表达，他取出那本已经泛黄的剪报簿，他对《新民晚报》的热爱不言而喻，给社长赵超构和副总编辑冯英子留下了好印象。后来报考者去老城皇庙采写新闻，当时仅有初中文凭、自学成材的曹正文采写了上海仅此一家的假发店而获成功,顺利进入《新民晚报》。

曹正文进入报社先当记者,采写社会新闻,后调入副刊执编"夜光杯"。1986年《新民晚报》扩版,总编辑大胆纳贤,让编辑记者自报新的专版,自幼迷恋读书的曹正文提出创办"读书乐"专刊,获报社领导肯定。

曹正文迷恋读书,创办"读书乐"专刊,就以"迷书"谐音取笔名"米舒",从此名扬上海滩,以下我就以"米舒"称呼他。

"读书乐"创刊后,他开设一个名家谈书"乐在书中"栏目,先后组到柯灵、冰心、秦牧、施蛰存、郑逸梅、徐铸成、王瑶、秦瘦鸥、赵家璧、罗竹风、王元化、苏步青、周而复、廖沫沙、于光远、唐弢、季羡林、陈荒煤、张中行、金克木、赵清阁、贾植芳、楼适夷、谭其骧、萧乾等300多位名家的文章,并重视来稿,从中发现业余好作者。每期"读书乐"题字则请全国著名书画家题写。由于版面多姿多彩,出版大家赵家璧书赠"读书乐"编者:"我看曹正文(米舒)就做到了认真编辑、认真组稿、认真写文章。"

米舒借鉴当年韬奋先生在《生活周刊》开设"生活信箱"的范例,他在"读书乐"专刊上开设"书友茶座"栏目,从读者来信中挑选大众广泛有兴趣的关于读书、文史等方面的问题,以复信形式,在编者与读者之间进行对话与互动。1963年,我在复旦大学新闻系读书,专题研究过韬奋的"生活信箱"栏目。1986年我正在中共上海市委宣传部副部长任上,负责新闻出版方面的工作,米舒的"书友茶座"自然引起我的注意和兴趣,经常在晚餐后阅读。这些书信式文章切合时宜,短小精悍,知识丰富,读来饶有兴味。

由于米舒执编"读书乐"及其"书友茶座"成绩斐然,他在1993年荣获上海首届新闻韬奋奖,我是这个奖项的评委会主任,米舒和我在颁奖仪式上见了面,有了第一次握手。面前这个年轻人,身材颀长、谈吐儒雅、面带微笑,虽是第一次握手,但我们在1985年前后已见过面,"一回生,二回熟",应该算是熟人了。而今屈指算来,已是30多年的老朋友了。从此,我们时有联系,心心相印,灵犀相通。

## 【二】

米舒是一位记者型作家。他进入新闻界后，努力学习运用于报刊写作的"十八般武艺"，包括人物专访、散文、诗话、小说、文艺评论、杂文、文史札记、游记和读书小品等，他无论写哪种体裁的作品，在文笔上尽可能保持一个新闻记者的写作特色。米舒的文章以千字文居多，视角独特，短小精悍，以写实为主，讲究可读性。他写的文史小品，不仅知识面广兼具趣味性，更有史料价值。他遣词造句，言简意赅，精致准确，清新隽秀，还不时运用古文骈文中对偶、排比、压韵等修辞手法，融于白话文中，读起来抑扬顿挫，朗朗上口。

米舒还努力向周瘦鹃、严独鹤、郑逸梅、柯灵、冯英子和黄裳等老报人学习，学习他们的编排技巧与写作文字风格。这些老报人既是著名的编辑记者，又是著名作家，写作出手快，千字文的文章倚马可待，立等可取，又布局严谨，文字简练，在有限的篇幅中表现尽可能丰富的内容，并写出不一般的新鲜感。米舒在长期的编辑和读书写作生涯中不断向他们学习，终于练就了硬功夫。所以上海新闻界的一些同行和我本人，又笑称他是"当今时代的老报人"。

我们称赞米舒是"当今时代的老报人"，还在于他像当年著名老报人那样，在文史知识与古文根底上有比较扎实的基础。他青年时就拜在复旦大学中文系名师章培恒门下，学习历史与古文。他每两周去章培恒寓所听两个小时课，章先生教他读《二十四史》，给他讲先秦两汉、魏晋南北朝、隋唐、宋元明清各个朝代的历史人物和历史事件，章先生每讲一个历史人物，如讲王安石，就讲有关人物韩琦、欧阳修、司马光、苏轼、沈括、吕惠卿、曾布、李定等人物，他则回家认真读《宋史》有关人物传记。章先生还辅导他读《古文观止》，让他用文言文写阅读笔记，他前后写了30多篇读后感，章先生一一作了修改，使他获益匪浅，打下了比较扎实的文史知识基础。他学习文言文及骈文的写作技巧，这从收入本书的一辑"米舒美文"中可见一斑。

米舒也是采、写、编的快手，多产高产的记者兼作家。米舒从1986年到2008年一直主编"读书乐"专刊，共22年。一个编辑主编一个专刊22年，在上海新闻界恐怕是绝无仅有的。他在"读书乐"开设"书友茶座"，每周写一篇文章，22年中一共写了1068篇。2008年他在"夜光杯"副刊上开设"壶中书影"栏目，至2022年5月的14年共发表了172篇文史札记。他从1982年进入《新民晚报》工作至今，在"夜光杯"和其他报刊上发表的散文、文史小品与人物专访共5000余篇，出版个人专著76部，约1300万字，其中代表作有《米舒谈书》《我说风月无边》《我走过88个城市》《文化名宿访谈录》《古代文人幕后真相——壶中书影精选本》和《米舒文存》八卷本等，他还主编了《百位名人谈读书》等各类丛书121部。

## 【三】

米舒从迷书到成为藏书家。他执编"读书乐"之后，与作家接触较多，就开始收藏签名本，十年内先后获得3000余册签名本，其中包括民国时代名家签名本1000册。1995年他以16500册藏书被评为首届"上海十大藏书家"。20世纪90年代末，有人出20万元购买其收藏的签名本，米舒不为所动，他把自己收藏的全部签名本捐赠给其故乡苏州图书馆，成立了"曹正文收藏签名本捐赠陈列室"，现存4600余册签名本。

米舒还把自己主编22年"读书乐"中所获得的名家题写的"读书乐"手迹与书画、篆刻作品和他"行万里路"中购买的世界各国具有精美艺术特色的工艺品，共计1670余件全部捐赠给上海市儿童博物馆，成立了"读书乐"与"书友茶座"两个陈列室。

中共上海市委宣传部原部长、著名学者王元化对米舒颇为器重，缘于他执编"读书乐"的成就和其编辑工作的认真。王元化说，自己在一些报刊上刊出文章，几乎每篇都有错字，而经米舒编辑刊出的文章一字无误。经王元化向瑞典皇家科学院院士马悦然推荐，1997年米舒以"报人兼作家"的身份应邀出席了诺贝尔奖颁奖仪式。

## 【四】

我对米舒文字生涯作了比较全面的了解后，再来阅读这本新书《风雅苏州》就更有滋味了。

苏州是历史悠久的文化名城。米舒在苏州度过童年，受姑苏文化熏陶，他特别喜爱苏州这座古城，小桥流水、名园老宅、状元府第、古镇老街、文化古迹和山水风光更为其所深爱。他还迷恋和陶醉吴侬乡音，醇厚温婉的评弹，他几乎每天都要听一曲弹词开篇或几回传统说书，后来他又经常参加上海市政协评弹票房活动，向评弹老艺人一一请教，并博览了大量有关评弹史料，便萌发了写苏州历史文化、苏州名人与苏州评弹与山水风光的念头。他撰写苏州风物的文章，先后发表在《新民晚报》与一些刊物上，受到众多读者和知名人士的赞誉与好评，这些文章现结集于这本《风雅苏州》之中。

全书分八个部分，前四辑都是关于写苏州的，第一辑"苏州溯源"写苏州城门、苏州小巷、苏州文玩、苏州书画、苏州状元及碑刻、木雕和藏书，还有苏州小桥流水背后的趣事逸闻；第二辑"迷苏之景"，是作者对苏州各座园林与古镇老宅的精心描绘与考证，如苏舜钦造沧浪亭、文徵明设计拙政园、徐泰时与留园、沈寿的绣园、俞樾的曲园。还描述了苏州的古镇：锦溪、同里、甪直等；第三辑"光裕清韵"，讲苏州评弹的起源与对评弹各种流派特色介绍与评述，包括王周士创立'光裕公所'，马如飞、夏荷生老艺人的从艺经过，蒋月泉、严雪亭、张鉴庭、徐云志、薛筱卿、姚荫梅、杨斌奎、杨振雄、朱慧珍等评弹名家开创的流派特色及对其各自看家书目的赏析。还罗列了苏州弹词与评话书目及对义仆、丫环、绍兴师爷等角色的考证与评述；第四辑"舒园十记"是作者在苏州栽树、观鱼、听书及赏玩苏式盆景与姑苏美食的实录；第五辑"名家访谈"、第六辑"探访名居"、第七辑"游踪影痕"，是对中外名家的访谈、名人故居与风光景点的速写；最后一辑"米舒美文"是作者的一组骈体美文，讲究音韵和精巧文字呈现和谐之美。

总之,《风雅苏州——米舒散文小品集》视野开阔,取材独特,知识丰富,文字精致,语言诙谐。它既是一本文采斐然、娓娓而谈的知识小品集,也可作为一篇篇文字风雅的美文欣赏,真可谓不可多得。

## 【五】

可敬天下慈母心。米舒能有今天的成功,新民晚报社的坚持培养是重要的因素,也离不开他母亲对他从小的悉心栽培。米舒说自己一生忙碌,始终牢记母亲当年的叮咛:爱书读书。他母亲小时候家境清贫,没读几年书就挑起了家务重担,由于十分爱读书,常常一边烧饭一边偷偷看书。后来到一家工厂做工,坚持挑灯夜读,练就了一手好字,在同伴中被称为“女才子”。嗜书的母亲自觉文化程度低,就把读书的愿望寄托在儿子身上。他母亲每逢外出归来时,总带些幼儿读物给童年时代的儿子看,还给儿子讲古人勤学苦读的故事,这些历历往事,米舒始终忘不了。他母亲1988年驾鹤西去,遗物中只有儿子写作出版的8本书和米舒在报刊上发表的一叠剪报。正是在母亲的言传身教下,自幼养成读书习惯的米舒,后来把业余时间全都用在读书笔耕上,从而走上了记者兼作家的人生道路。我想,他慈母如在天堂有知,看到儿子米舒的今日成就,想来会含笑而长眠。

纵观米舒报人生涯,欣赏佳作《风雅苏州——米舒散文小品集》,兴之所致,概而括之,杜撰一副对联,与读者诸君共乐!

上联:书中自有真善美

下联:文内兼具精气神

横批:读书之乐

是为序。

记于2022年劳动节于琴心斋

(本文作者系中宣部原副部长)

# 壹

## 姑苏溯源

【风雅苏州】

# 风雅苏州

> 姑苏园林的长廊娉娉婷婷

上有天堂，下有苏杭，苏杭各有其美。

杭州美在国色天香、仪态万方。宛如一颗晶莹的绿宝石掉落在绰约多姿、美不胜收的西湖里，呈现富丽堂皇、花团锦簇、秀色可餐之美。

苏州美在小家碧玉、曼妙俏丽。老宅、古镇、小桥、流水、园林、牌坊……无一处不是灵秀四溢、包浆浓厚，让人目不暇接、流连忘返。

从儿时看苏州，到老来品苏州，明知其有千般旖旎、万种风情，却一时不知如何形容它的妙处：精致、秀媚、标致、文气、窈窕、袅娜……都有那么一点意思，却很难一言概括之。

静夜里，回味苏州这座弥漫吴侬软语、姑苏乡音的小城，寻思良久，蓦地悟到苏州之美，其实很怡然：廊檐上的几声鸟啼，花窗中的一潭池水，墙洞内的摇曳红枫，院子里的雨声芭蕉，假山间的几块玲珑石，老巷深处的一座古老牌坊，茶馆店几只上了岁数的瓷碗，古戏台摆着一把三弦、一只琵琶，还有老井里吊上来的冰西瓜，陈旧台阶上的满目青苔。说是寻常之景，不浓艳、不妖娆、不矫情，但在平淡之中却洋溢着古雅之趣。

苏州园林让人百看不厌，但苏州人手中把玩的物件，又何尝不是令人爱不释手。巧夺天工的苏绣以精细雅致夺人眼目，起于三国，盛于宋代，遂有滚绣坊、锦绣坊、绣花弄老巷，"户户刺绣"在苏州镇湖，至今不衰；苏雕以精致奇巧、玲珑别透见胜，人物酷肖，眉目生情。《枫桥夜泊》二十八字刻在一根五厘米的秀发上，叫人称绝；苏扇亦珍宝，檀香扇幽香袭人，名动中外。空眼里镂出的花卉飞禽栩栩如生，文人书画折扇，洋溢书卷气，更惊叹扇骨上的留青竹刻，呈清逸空灵之境。苏州的文玩之物，与苏州状元一样多得让人惊羡，从陆慕蟋蟀盆、桃花坞木刻年画、相城金砖、光福核雕、吴县砖刻到苏式鸟笼与苏式盆景，哪一件不是文人雅士的心中爱物。

苏州不仅有山有水，有桥有巷，有茶有酒，有琴有歌，还可以听评弹、看昆曲、提鸟笼、尝美食、玩盆景、观刺绣、盘手串、品玉雕、抚清琴、赏家具、把文玩、坐小亭、听鸟啼、闻花香。尤其是评弹昆曲的唱词，宛如唐诗宋词，在戏曲

> 园林是风雅苏州的一张名片

中一枝独秀。姑苏人说起话来文绉绉的，抬杠也叫外地人翘大拇指，"宁可听苏州人吵相骂"哉！

苏州这座古城起于春秋，历经沧桑，文脉厚重，经历代苏州人精心打造，自成一格：雅致与风韵，一言而敝之：风雅之城。

苏州风雅，不仅指其山水之美，园林之美，古镇之美，更有文化之雅、文玩之雅、文人之雅。风者，乃吴门烟水之绚丽清趣；雅者，乃苏州人心之温润灵秀。

风雅苏州，岂非浪得虚名？风雅二字，乃刻在苏州人的骨子里哉！

> 小巷深处有个桃花坞

# 先贤子胥

> 伍子胥雕像傲然屹立

说到苏州,有人想到唐伯虎、祝枝山、文徵明,有人怀念冯梦龙、金圣叹、顾炎武。令笔者肃然起敬的是伍子胥。

没有伍子胥,哪有姑苏城。

姑苏城即苏州古城,是2500年前的春秋故都,又称"阖闾大城"。吴王阖闾在位时,姑苏城由大臣伍子胥亲自筹划修建,伍子胥是一位具有传奇色彩的历史人物。

伍子胥(公元前559年—前484年),名员。他的父亲伍奢本是楚平王之子太子建的老师。楚平王欲让太子建联秦制晋,与秦国公主孟嬴联姻,派宠臣费无极去迎亲。费无极是个奸滑小人,他见孟嬴貌美如花,回楚后劝楚平王自娶其女。好色的楚平王一口允应,费无极便让一名齐女冒充孟嬴嫁给太子建。由于费无极调包之计,楚平王就让他当上了楚国宰相。后来,孟嬴生一儿子,即后来的孟昭王。调包丑闻扩散,费无极担心太子建登位后对己不利,便不断诬陷太子建欲造反。太子建出逃宋国。因受费无极诬陷,楚平王杀伍奢及其长子伍尚。伍奢次子伍员(伍子胥)寻路逃生,至楚吴交界的昭关,关口有伍子胥画像,戒备森严。伍子胥在极度紧张、忧愁、恐惧中,一头黑发一夜之间变白发，后幸运逃至吴国。

吴王阖闾器重伍子胥，用孙武之计，西克楚、北震齐、晋，南收越人，为"春秋五霸"之一，定都姑苏，时称"全国第一大城"。

伍子胥亲自考察吴中"相土尝水，象天法地"，获悉吴中西有湖泊、丘陵为屏障，可用山石筑城。经他策划，并率众构筑了周长47里的大城，大城内有姑苏内城，伍子胥设计开掘的"胥溪"与"胥浦"，既避免了当地水患，又便利吴都的漕运与灌溉。"阖闾大城"周长近20千米，地点便是今天的苏州。

据《吴地记》载，吴都（姑苏）的八座城门胥门、阊门、蟠门、缪门、干将门、巫门、望齐门、蛇门系伍子胥亲自设计建成。可以说苏州古城的建立，伍子胥是总设计师与具体指挥者。公元前496年，阖闾与越王勾践大战，中箭，伤重不治。阖闾临终嘱托伍子胥辅佐其子夫差，封相国公，并嘱其子夫差勿忘杀父之仇。

吴王夫差励精图治，以伍子胥为大将，打败越国，围越王勾践于会稽山。勾践情知危急，俯首称臣，愿当奴仆。伍子胥知勾践素有野心，认为"今不灭越，后必悔之"。勾践求和不成，求计于众臣，文仲献策："吴国太宰伯嚭贪财好

> 伍相祠是怀旧的旅游景点

色,忌功嫉能,若以财色待其欢心,则和议事成。"

勾践令文仲献珍宝与八位美女见夫差:"愿大王赦勾践之罪。"伍子胥严词阻止,伯嚭却言:"越国已臣服,我国何必苛求。"在美色宝器面前,得意洋洋的夫差退兵撤军而去。伍子胥退朝后叹曰:"勾践得此缓解,必卷土重来,二十年后,大吴之国,恐成荒沼。"

夫差喜得绝色佳人西施,朝夕沉缅于酒色,对劳苦功高、敢于直言的伍子胥越来越看不惯,伯嚭暗中则屡次进谗,挑拨离间。公元前484年,夫差赐伍子胥自尽。伍子胥想到自己与父亲伍奢、兄长伍尚都对君主忠诚,却忠而被冤,不由怒目圆睁、仰天长叹:"奸臣伯嚭作乱,大王反而杀我。想当年大王被立太子时,几位公子竞争激烈,我与先王力争。你当太子时,欲将吴国一半给我,我不受。今日大王听信谗言而杀我,我要将双眼挖出,挂在城楼,看越国灭吴国。"夫差大怒,将其杀害。一说,将伍子胥首级挂在胥门城楼;另一说是将伍子胥尸体用鸱夷革裹着抛于钱塘江中。吴人知其正直,怜其怒目含冤,遂为伍子胥立祠于胥山。

北宋学者单锷著《吴中水利书》载,伍子胥当年率众开挖了中国历史上最早人工河——胥江,对苏州的生计发展有十分重大意义。苏州有胥山、胥门、胥江、胥溪、胥口镇、胥王庙与伍相祠,皆纪念先贤伍子胥也。

# 吴门烟水

> 气势壮阔的苏州城门

江南,雨多;苏州,多雨。于是乎,便有了吴门烟水。

苏州古称吴,亦名吴都、吴中、吴门、东吴。阖闾造姑苏台(姑苏之名始于此),夫差造馆娃宫,追溯构沉,已2500余年。

自秦至隋,或曰吴郡,或曰吴州。至隋开皇九年(公元589年),隋文帝改吴州为苏州。但老苏州人还自称吴人,苏州的城门,曰吴门。

自先秦至民国,吴门有17座,赫赫有名者8座:胥门、阊门、盘门、娄门、相门、齐门、蛇门、平门,皆为春秋时伍子胥所建,因历经战乱,几毁几建,胥门、阊门、盘门还存古城墙可观。姑苏吴门,不如北京皇城之恢弘华贵,也不及六朝故都南京之雄伟壮观,但姑苏吴门源远流长,承载毁誉荣辱,别具面目而让人流连忘返。

赏玩苏州,旖旎清幽、别有洞天的园林是首选,与之媲美的便是随意浏览小桥流水深处的姑苏小巷。若发思古之幽情,吴门烟水是最佳景观。

几次寻访吴门,碰巧都欣逢雨天。深秋黄昏去胥门,一路上伴随的是淅淅沥沥的雨声,牛毛雨丝笼罩的城楼,有点张扬,骨子里却是安谧庄重。仰头望去,仿佛看到胥门设计者伍子胥被冤杀的头颅正挂在城头,好不令人悲凉。

今日的胥门城楼为元代至正十一年建,现存门洞由三道砖砌拱券组成,门洞两翼有残存的古城墙,门额砖面刻有灵芝、如意、八卦花纹,被细雨打湿的一砖一瓦,一草一木,更清晰地透露出往昔厚重的历史印痕。

探访阊门,正是"花褪残红青杏小"的梅雨季节,南浩街、上塘街与山塘街是昔日苏州最繁华的商业街,让人重温徐扬《姑苏繁华图》中生动描绘万商云集的盛景。屡建屡毁的阊门,至今南侧留存青砖残拱与装饰浮雕,还有青石金刚墙的遗址。风雨中的树木在摇曳,城脚下的野花亦妩媚,还有被淫雨亲吻过的青苔越发显得鲜洁碧翠。那种新活,更衬托出古瓦残砖的迷人旧韵。

在冬日雨声叮咚中访盘门。盘门(亦称蟠门),始建春秋,重建于元末,是苏州古城中唯一保存完整的水陆城门,有"北看长城之雄,南观盘门之秀"声誉。水陆城门、临流照影的瑞光寺塔与吴门桥为"盘门三景"。方型瓮城古朴端雅,而清隽的瑞光寺塔在朦胧中长身挺立。大运河浮光掠影的水面上,任凭跳着诗意的雨珠在放肆涂鸦,云雾中的古塔与古桥若隐若现,仿佛给人多了一点惊羡与遐想。

打着伞儿,在雨中端详吴门,不觉有点恍惚,柔情似水、温润如玉的苏州,原来遗存着如此的古景、旧踪、陈迹。凝视良久,才发现有了包浆的吴门,在轻烟薄雾中竟是那么隐隐约约,烟水吴门自有一种难以言说的迷蒙之美。

> 姑苏城门历经沧桑

# 姑苏桥趣

> 长桥一望无际

　　姑苏乃水乡泽国，有大小河流20000多条，总长度达1457千米，是全国拥有河道最长的城市。意大利旅行家马可·波罗誉之"东方威尼斯"。

　　因是水城，处处可见"小桥流水人家"。苏州老宅的房子好依水而建，开窗隔河相望，蛮古典、蛮有趣、蛮有诗情画意额。

　　大大小小的河流把姑苏城分隔得错落有致，而街与街、巷与巷相连的便是一座又一座有意思的桥梁。据唐人白居易记忆："绿浪东西南北水，红阑三百九十桥。"至宋，龚明之在《中吴记闻》载，有名字的桥360座，与南宋《平江图》绘苏州桥359座相合。"水巷小桥多"，在苏州街上随意走走，行不多远，便可见到一座玲珑别致的小桥，那桥看似寻常、安谧，不动声色，却藏着离奇有趣、哀怨悱恻的故事。

　　苏州最有名的桥有10座。历史最悠久的是乌鹊桥，距今2500年，因吴王建乌鹊馆而得名，相传是买卖乌鹊最早的花鸟市场。晨曦中古桥上的人喧鸟啼，已不复见，但今日的单孔石桥留下了诸多想象的余地。

　　建于唐代的宝带桥，由苏州刺史王仲舒主持建造，在筹资时，他将自身宝带捐出，故得此名。它是苏州桥中最长（316米）、也是桥洞最多（53孔）的古桥,桥堍呈喇叭型,有点撩人。赏玩此桥,切勿冷落桥旁的石狮、经幢、石塔与石亭雕刻,从中体味沧桑的韵味。

"步入吴门第一桥"的吴门桥,是建于北宋的三孔石桥,清代重修为单孔石桥。乍一看,桥身系金山花岗岩构筑,细细打量,古桥的武康石依稀可见,残存中犹见往昔流水年华的风情。吴门桥与盘门城楼、瑞光塔组成苏州城南风韵迷离的景致:盘门三景。

给苏州带来盛名的是枫桥,它位于阊门外七里之遥的枫桥湾,如一弯新月横跨在枫江之上。自唐人张继咏《枫桥夜泊》后,枫桥代代有诗文相伴,由阊门至枫桥一带,枫桥、古关、老镇、名刹组成姑苏繁华之地,"翠袖三千楼上下,黄金百万水东西""惟有别时今不忘,暮烟疏雨过枫桥"。

苏州的桥举不胜举,桥名耐人寻味,如孙武子桥、吴王桥、陆侍郎桥、周太保桥、李师堂桥、三太尉桥、渡僧桥、积善桥、乐安桥、落瓜桥、柳毅桥、黄鹂桥、花桥……桥的模样各不相同,或伟岸,或壮观,或挺秀,或古朴。在悠悠湮没的岁月中,每一座桥都有一段说来话长、如泣似诉的趣事轶闻,是闲聊的话资,漫谈的花絮,入梦便是恣意纵情的清趣。倘若以水为苏州的脉络,那么桥可称为苏州的骨骼。坚实镇定、从容不迫,是桥的灵魂。

笔者幼年住肖家巷61号,是巷底最末一家。西窗下是流水,开门便见一座小桥,名唤雪糕桥,童年时纳闷,莫非古代已有雪糕? 稍大后知悉,原来古时肖家巷内有位张姓孝子,家贫断炊,又逢漫天飞雪,他便将门下白雪,制成糕点模样,献给母亲,"昔张孝子抟雪为糕以奉亲"。张孝子去世后,乡人便在其墓旁立祠祭祀,小石桥亦取名雪糕桥,以彰孝道。90年代返苏,还见此石拱小桥,不过前些年已将老宅改成茶馆,雪糕桥也成平桥哉。

＞廊桥风韵秀逸

＞小石桥返璞归真

# 范庄忧乐

> 范公名句：先天下之忧而忧，后天下之乐而乐

姑苏历来名人荟萃，人才辈出。曾在苏州任知州的北宋名相范仲淹就是其中之一。

在今天苏州察院场公交车站北，有一条小巷，在唐朝时名芝草营巷，后来改名范庄前，就是为纪念范仲淹在此创办义庄而命名的。

范仲淹的高祖范隋是邠州人，后因中原兵乱，定居于苏州吴县。曾祖父范梦龄、祖父范赞时、父亲范墉三代都居住在苏州为官。范墉后调往河北真定府任节度使掌书记，因路途遥远，又值寒冬，还未到任就病倒了。范墉强撑到徐州，病情恶化，不幸去世。因范墉为官清廉，家无钱财，范墉之妻谢氏生下一婴儿，即范仲淹。谢氏母子至翌年才将丈夫的灵柩送回苏州老家，安葬于天平山下。因此范仲淹出生后未能与父亲见上一面。两年后，"贫而无依"的谢氏携范仲淹改嫁山东人朱文翰，范仲淹亦改名为朱说。

范仲淹从小在朱家长大，他见朱家兄弟花钱大手大脚，奢华浪费，忍不住说了两句，朱家兄弟便不客气地回敬道："我们花的是朱家的钱！"范仲淹这才知道朱文翰不是自己亲生父亲，他不甘寄人篱下，便想独立生存。朱文翰将他送到醴泉寺读书，范仲淹为了节省开支，一天只煮一锅粥，等冷却后分成四份，这便是"划粥断齑"成语之由来。

经刻苦攻读，范仲淹27岁考中进士，他便在天禧元年来到苏州，要求"归宗复姓"，苏州族人恐怕范仲淹复姓后争夺祖产而不允。范仲淹当即明确表示自己不会染指财产，几经周折，终获同意，恢复范姓，名仲淹，字希文。他虽然后来在朝为官，心中总是挂念自己祖籍之地苏州。

景祐元年，45岁的范仲淹调任苏州知州（即太守），他想起自己少年时贫苦的岁月，便在南园附近兴办义学，让贫苦子弟免费入学，义庄便是范庄前的由来。有人劝范仲淹用俸禄建一座自己的豪宅，范仲淹却把这笔钱买来土地，建好房子，向民众开放，他说："吾家有其贵，孰若天下之士咸教育于此，贵将无已焉！""天下之士都在此受教育，贵人则层出不穷。"这与范仲淹提出的"先天下之忧而忧，后天下之乐而乐"的宗旨相合。范氏义庄在范仲淹死后改为文正学院，因范仲淹死后谥号为"文正"。

范仲淹在苏州任职期间，兴修水利，发动民众疏通五条河渠，导引太湖水注入大海，因治水有功，被调回京城任国子监、吏部员外郎等职。

身为朝廷名官，范仲淹敢于直言，多次批评宰相吕夷简把持朝政，任用亲信，狡诈奸滑，因此范多次被贬。其好友梅尧臣写《灵乌赋》劝范仲淹少说话，少管事，自逍遥。范仲淹强调自己"宁鸣而死，不默而生"，为民请命大义凛然。

&gt;百姓怀念苏州太守范仲淹，立此雕像

后范仲淹率军抗击西夏有功，宋仁宗授其参知政事，与富弼、韩琦同时为相执政，推行"庆历新政"，去除朝廷弊端，后又被贬往外地为州官。

因为思念祖籍地苏州，范仲淹在他60岁时在苏州太平山下买了一块地，他喃喃说："我做了一世官，当个为民请命的官太难了，日后让我子孙就在此地种田为生吧！"

在苏州一年任职期间，范仲淹体察民情，治理水灾，疏浚河道，"又于福山置闸，依山麓为固。旧址今尚存，人名曰'范公闸'"。他还写了不少咏吟苏州泰伯庙、木兰堂、洞庭山、虎丘山、阊门、灵岩寺、伍相庙、观风楼、南园的诗歌，称为《苏州十咏》。"姑苏从古号繁华，却恋岩边与水涯""吴山无此秀，乘暇一游之""胥也应无憾，至哉忠孝门"。

范仲淹卒后葬于洛阳，但他创办的第一个民间组织范氏义庄，还有庙堂街上的范氏故居（系范仲淹后人所住），太平山南麓上的"范文正公忠烈庙"、木渎公园内的范仲淹雕像，都是苏州人对他怀有深挚纪念而建造的。

> 范仲淹史迹陈列馆

# 毛晋刻书

> 明代刻书，毛晋称第一

古代好书者不计其数，明藏书家范钦建天一阁；清藏书家瞿绍基建铁琴铜剑楼，藏书1300余种；黄丕烈专藏宋版书，藏书楼名"百宋一廛"；陆心源则藏200部宋版书，筑"皕宋楼"。苏州爱书家毛晋便是其中之翘楚。

毛晋（1599—1659），别号汲古主人，常熟人。毛晋之父毛清，精于农事，家资颇丰。毛晋少年时勤奋攻读，以博学强记出名。后师从晚明文坛盟主钱谦益，但考题无常，毛晋几次乡试饱尝落第之郁闷。

毛晋本是性情中人，28岁决定放弃科举之路，他在读诗词经书史籍之时，对淘书、藏书产生了浓厚兴趣，做个藏书家不亦乐乎！一次赴金陵乡试时，在客栈中结识镇江学子刘生，刘生熟读王维全部诗文，号称"刘王维"。一次书生聚会，刘生即席背咏了王维的《春日与裴迪过新昌访吕逸人不遇》，背到末句"种松皆作老龙鳞"，席间有人指正："种松皆老作龙鳞"。后来毛晋又去金陵，获悉刘生已患癔症，原因是因"老龙鳞"让他倍感挫折而神情沮丧，最终致病。但刘生背的那句诗，实非他记错，而是《王维诗》流传不同版

本。刘生病倒，固然因其心胸狭窄，但却让毛晋有所悟，自己在淘书中，今后应以寻觅善本为主。

为寻访善本秘籍孤本，毛晋每天穿街走巷，打听宋元版本踪迹。为了寻访宋本《姚少监诗集》，他"求之不得，寤寐思服"，偶尔在一个收废换糖的小贩担子上找到，这本他苦苦寻觅的书竟然被人当作废纸，摊主用巴掌大的一块麦芽糖换得。毛晋获此书，大喜过望，"击节欣赏三日夜"。

另一本《白莲集》，毛晋"梦想十余年"而不得。一日，见一个小男孩手中握着一张纸包着茨菇片在吃，那张纸正是《白莲集》的扉页。毛晋一见赶紧换了下来，又找到了那本残缺封面的《白莲集》，毛晋回家用皂角汁，将扉页的污迹去除，再用熨斗小心熨平。当天，他去附近孔庙叩了好几个头，庆幸孔老夫子在暗中助他喜得善本。

为广开书源，毛晋在家门口贴了一张告示："有宋椠本至者，门内主人计页酬钱，每页出二百；有以旧抄本至者，每页出四十；有以时下善本至者，别家出一千，主人出一千二百。"由于毛晋高价征书，使当地流传民谚："三百六十行，不如鬻书于毛氏。"

毛晋建"汲古阁"，开始只是藏书，他后来去吴江访书，意外发现一幅花鸟画的赝品，似与真迹相差无几。经仔细探访，原来是一位刘臣临摹的，这让毛晋大为开窍，名画可以临摹装裱，那么仿宋版本岂不可行，经过他反复试验，果然掌握了"影抄"图书的方法。

毛晋请人将薄纸覆于书页上，按原书的行款、字体、版式，照样摹写，酷肖如原书。毛晋千方百计借来别家的珍贵藏书，用影抄之法，获得不少名家抄本,后人谓之"毛氏影宋抄"。

毛晋的买抄兼行,使"汲古阁"藏书日益丰富。风行的"毛边纸",即毛晋采用竹纸后沿用至今。大藏书家钱谦益也不得不赞叹:"自是江左藏书之家,遂以先生汲古阁及钱曾述古堂为巨擘矣!""汲古阁"当时拥有刻工20名,抄书及其他工匠200人,汲古阁本《十三经》《十七史》在私家刻书中堪称第一。毛晋以家藏84000册书而冠绝江南。

毛晋刻书,慎选底本,纠正疏误,撰提要钩玄,他为自家刻书写序跋计249篇,后精选为《隐湖题跋》一书,与另一本他编撰的《津逮秘书》,都有相当高的学术价值。

毛晋迷书,而不是书呆子,他活得颇有情趣,视读书、交友与游览为人生之三大乐事。与他交往的不是文人雅士,便是喜好书者,明末名人钱谦益、吴梅村是毛府常客。毛晋在"携酒探梅"时以诗言志:"穷搜遍索四海枯,手抄笔录近鱼蠹。汗牛充栋十万卷,流布天下古今无。"可谓其爱书一生之生动写照。

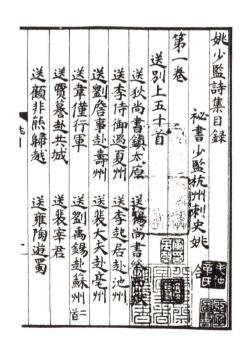

> 毛晋喜获《姚少监诗集》

# 苏州状元

> 苏州状元甲天下

　　自隋朝开设科举制，至清光绪三十年，中国约有649名状元，其中出状元最多的城市便是苏州。据百度载，苏州出了60名状元，但苏州文史作家李嘉球撰《苏州状元》，认定苏州状元共50名。其余10人，或非苏州籍而是后来移居苏州者；或获取状元者，非进士科第一。据《常熟县志》载，苏州第一位状元是常熟人陆器，唐开成五年状元，今存读书台遗址。但陆器生平与科考记载不详，许多史书的状元榜也未将其列入。清朝状元114名，苏州籍状元有26名，占全国的五分之一还多。因此说"苏州状元甲天下"，并不为过。

　　关于状元人数的统计，历来说法不一。原因是隋朝科举制，只排进士名次，并无状元之称。唐朝应试的考生要投状元状，居首者为状头，殿试一甲第一名为殿元，亦称鼎元、榜首。据《宋历科状元录》载，状元的正式定名始于北宋。有的史书将武状元排斥在状元之外，故状元总数各书统计不一。但无论哪种计算法，苏州状元名列全国第一，这是众所公认的。

　　苏州最早的状元出自唐代，唐代两位苏州籍状元都姓归，皆吴县人。归仁绍、归仁泽是兄弟俩，归黯是归仁泽之子，归佾、归系是归仁绍之子。归氏两代出了五位状元，无疑是"天下状元第一家"。

　　明代朝野很有声望的苏州籍状元是顾鼎臣、申时行、文震孟。苏州籍清代状元有26人，其中有编著《续资治通鉴》的毕沅，历经乾隆、嘉庆、道光、咸丰的四朝元老潘世恩，连中三元（解元、会元、状元）的钱棨，担任同治、光绪两任皇帝老师的翁同龢，还有出任俄、德、奥、荷四国大臣的洪钧。陆润庠是苏州最后一名状元，他曾任末代皇帝傅仪的老师。

明代状元顾鼎臣、申时行被写入苏州弹词《顾鼎臣》《玉蜻蜓》。顾鼎臣其父顾恂是个小商人，其妻凶悍，他57岁与一婢女所生一子，乃顾鼎臣。顾鼎臣勤奋好学，弘治十八年状元，官至礼部尚书、文渊阁学士，其文才卓著。不知怎的，被戏曲写入《双玉玦》。申时行是明嘉靖四十一年状元，传说其母为一尼姑，后被苏州知府徐上珍收养，由于这段经历被演变出了一部《玉蜻蜓》。

天启二年状元文震孟是苏州世代书香门第，曾祖父是苏州绘画史上大名鼎鼎的文徵明，祖父文彭、父亲文元发，皆为官。文震孟不仅文章出众，他的故居就是苏州名园"艺圃"。

苏州状元除归家五人，清朝状元彭定求之孙彭启丰亦为状元，彭家一族都是科举猛人，共有130多名子弟在清朝为官，其府第亦称"蓺门第一家"。彭定求本人还是《全唐诗》的编纂者。

历经清代四朝元老的苏州状元潘世恩子孙皆为读书人，他住的南石子街故居，现已成了"苏州市状元博物馆"。而同治七年高中状元的洪钧不仅充任出使俄、德、奥、荷四国的外交官，他还有一位夫人赛金花，有许多风流故事哩！

在今天的苏州街上走走，悬桥巷27号是洪钧故居，还是赛金花当年的小公馆。人民路上的三元坊是纪念钱棨"连中三元"而建的。景德路330号原系明代状元申时行府第，后为清代状元毕沅故居，亦称"毕园"，是苏州私密小园林之一。

> 苏州人喜爱读书，在考场上大显身手　> 状元坊、探花榜眼府比比皆是

# 吴门书画

苏州人擅长书画，历代人才辈出。苏州最早有名的画家是南朝人张僧繇，擅长人物肖像，当时寺院内宗教壁画均出自其手。相传他在南京安乐寺画一条龙，经他点睛，龙破壁而飞。至唐代天宝年间，苏州又出了一个画家杨惠之，因其时吴道子画名甚盛，杨惠之便从雕塑发展，有"道子画，惠之塑，夺得僧繇神笔路"之说，吴为"画圣"，杨是"塑圣"。

书画至明代，苏州书画"明四家"盛极一时，也称"吴门四家"，即沈周、文徵明、唐伯虎、仇英。沈周（沈石田）系苏州娄门石田乡人，他的山水画博取宋、元之长，风格追随董源、巨然之妙，又得黄公望、王蒙、吴镇之笔墨神韵，沈周将南北宋画技融为一体。沈周好写诗，书法学黄庭坚，风格"遒劲奇崛"，沈周发展了文人书画与写意山水，兼作花鸟、人物。时人称"诗书画三绝"。沈周弟子众多，以文徵明与唐伯虎为其高足。

文徵明系世代书香门第，文章学吴宽，书法师从朱应祯，绘画拜沈周为师。他博学兼通，却在科举上十试落第。据《明史》载，文徵明从小是个奇人，"幼不慧"，7岁方站立，11岁才能说话，"稍长，颖姿挺发"。而后便把精力用在诗、文、书、画之上。其画别开生面，能青绿山水，也擅长水墨；能工笔，也会写意。其笔下山水、人物、花卉、兰竹，无一不栩栩如生，其传世名作有《千岩竞秀》《万壑争流》《沧溪图》《江南春倡和图》《千林曳杖图》等，其书法作品更是雄冠一时。

唐寅，字伯虎，先学沈周，后师周东村，其诗文书画皆青出于蓝而胜于蓝。他擅长山水，人物画别具一格，花鸟画则俊俏妩媚，画风奇崛而灵秀。他在科举遭受不白之冤后，专事书画，以《庐山观瀑图》《落霞孤鹜图》《秋风纨扇图》《骑驴归思图》《溪山渔隐图》《孟蜀宫妓图》最为著名。唐寅的诗文以才情取胜，意境清新，好用口语入诗，雅俗共赏。

仇英亦周东村之学生，与唐寅为师兄弟。其画擅长临摹，工细而精丽艳俗，其山水青绿金色，学赵伯驹、刘松年的画风，以骨力峭劲、秀润精逸突破前人，推为高手之首。他花六年时间画的长卷《子虚上林图》，笔下人物、鸟兽、山川、台榭、旗辇，笔笔细腻，"有起有止，有韵有情"，"如赏小楷"之妙。仇英画入"中国十大名画"之列。

"吴门四家"后，清代又有"四王"名震全国。"四王"即王时敏、王鉴、王原祁、王翚。他们的画以"仿古""临古"为第一，由于把历代绘画之精华融于一体，"四王"书画之技巧确有达人之处。王时敏少时得董其昌指教，取法"元四家"，得黄公望之灵气，画风虚灵俊妙，又工隶书，能诗文，推为清初画坛盟主。王鉴从临摹唐、宋、元、明真迹入手，追崇董源、巨然，又学王蒙、黄公望之妙，其画风华滋妍丽，画风近似王时敏。王原祁为清朝宫廷重量级画家，苦学黄公望、倪云林、黄子久之画技，所绘青绿山水，干笔焦墨，苍浑沉着，盛极一时。王翚为画坛天才，学宋元传统名作，融南北宋画风于一体，画风清丽雄健，其连环画式长卷《南巡图》，将山川楼阁、江海万骑、南北风景、车马仪仗尽入其中，极尽浩瀚纷华之大观，为"虞山派"之佼佼者。

从"吴门四家"至"清代四王"，是苏州中国古代书画之辉煌时期。据《画史汇传》载，从唐至明，苏州书画家有332人，又据《画征录》《墨林今话》说，清代有苏州书画家461人。《吴门画史》则记录了1220位苏州画家的姓名与其生平，再加上苏州书法家，更是人才济济，苏州书画确为全国书画之翘楚也。

>唐伯虎的山水画与仕女画
为吴门书画之佼佼者

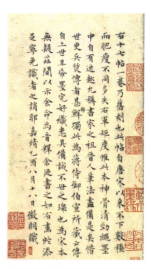

>文徵明小楷可称独步天下

# 掌上把玩

> 胡家林制作的文玩水盂

　　在苏州街头行走,见当地人都穿得山青水绿,举止温文尔雅,不少男士还喜欢在腰间佩块玉,腕上带个手串,尤好掌上把玩的小玩意。与他们一交谈,他们说,道地的老苏州人,大多如此,掌上把玩,这或许是苏州人特有的嗜好吧!

　　苏州人最爱掌上把玩工艺品,缘于苏州的工艺品以巧夺天工而引人瞩目,比如说苏扇、苏式木雕、苏式玉雕、桃花坞木刻年画、苏式盆景、陆慕金砖、香山舟山村核雕……举不胜举,令人眼花缭乱。

　　苏式玉雕名扬全国。早在明清时期,苏州琢玉为全国中心,宋应星在《天工开物》记载:"良玉虽集京城,工巧则推苏州。"自从明代苏州治玉名家陆子冈发明了"子冈牌",皇帝与士大夫皆以玉牌为掌上宝贝。至清代,掌上把玩扩大至寻常百姓。这些把玩之物或系于腰间,或挂于胸前,或戴在腕上,或把玩于掌间。其材质有玉石、翡翠、象牙、玛瑙、瓷器、紫砂、水晶、寿山石和高档木材。样式已不限于玉牌与串珠,小巧玲珑的摆件,皆可作掌上把玩之物。

　　笔者伏案笔耕之前,也爱把玩几件小玩意儿。苏州木雕文玩制作高手胡家林制作的一件红木水盂《童子牧牛图》,其人物与动物雕刻得栩栩如生,颇有雅趣。我还得到过他做的一只金丝楠木笔筒,笔筒高12厘米,外径5厘米,厚0.8厘米,呈浅灰色。似貌不出众,吾手中把玩摩挲日久,外表浅灰色居然变了,变成了淡棕色,其纹理日趋雅致,质地渐显温润,手感柔和,后来在阳光下审视,淡棕色的木纹中隐约有金丝闪动,闻其内蕊,则有淡淡的幽香。我一边把玩,一边构思文章;完卷之后,又在把玩中酝酿如何修改与润色。片刻的休息,把玩心爱之物,对我而言,其乐无穷;也让我茅塞顿开,思潮滚滚而至。

在把玩中,手串最为苏州文人所爱,木质手串分为紫檀、花梨木、红酸枝、乌木、楠木、沉香木手串,这几种手串我都把玩过。海南黄花梨串珠纹理细腻,有鬼脸者尤佳,楠木以金丝楠木为第一。在串珠上雕上文字与图案,以苏州核雕最为出名。

我先后多次赴光福县舟山村采风,知晓当地有核雕高手须吟笙、殷根福、许忠英、陈素英、胡君伟诸多名家,其中有一位核雕名家承丽君制作的核雕手串很见功力。承丽君系家传,其父承金方早年做石雕,后制作核雕。她从小耳濡目染爱上此艺,在苏州工艺美术学校苦练绘画基本功,后在布局、雕工上下功夫,其"水景八仙"荣获中国第九届工艺美术特别金奖,"老子出关"获铜奖。她喜欢读书,读了笔者所著《女性文学与文学女性》十分喜欢,经我提议,她构思创作了"八大美人",将卓文君、李清照等8位中国才女搬上核雕,后荣获中国第四届民间工艺品金奖。她雕刻的"吉祥天神""西厢记""昭君出塞""普天同庆""清明上河图"核雕,均获得江苏省、苏州艺博杯金奖、银奖。

核雕既有美感,也可健生。古有把玩七法:推、捋、掐、捻、授、搓、摇,既可加快核子包浆,又在把玩揉搓之际,有助人的血液流动,兼有养心怡神之妙。

> 苏州工艺传承人殷淑萍的木雕"古典仕女"

# 诗中姑苏

小时候在苏州长大，入目是小桥流水，抬眼见老宅园林。走过曲折幽深的小巷，心中便有无法言喻的惬意。

身心感受苏州之美，因年幼口拙，无以为表。稍长求学于沪上，遥念故乡时，便开始寻觅咏吟苏州的诗词，在诗词中体味骚人墨客的神来之笔。

第一首写苏州之美的五言律诗，是母亲当年给我念的唐人杜荀鹤的诗："君到姑苏见，人家尽枕河。古宫闲地少，水港小桥多。夜市卖菱藕，春船载绮罗。遥知未眠月，乡思在渔歌。"母亲说："你还记得老宅吗？沿河而筑，推窗见水，不远处便是雪糕桥。当时我抱了你，你看着一条又一条小船在窗下摇过，高兴得手舞足蹈。"

这个场景，印象有点模糊了，但我少年时回过老宅，重温了站在窗前看流水小舟的情景，说起来在心头快一个甲子了，想起来还是那么撩人心魄。杜荀鹤写苏州勿用华丽的词藻，有的是恬淡、随和、闲适的情调，恰好与苏州这座不张扬的古城风格很相似。

记不得多少次去苏州了，每次重访，总有意外的惊喜。即使是雨季，斑驳粉墙上印着诗意的雨痕，沾湿的黛瓦不动声色地往下轻轻一压，与探出墙头的老树鲜花，相映成趣，令我着迷。这时候，不由想起宋人范成大的一首七绝："南浦春来绿一川，石桥朱塔两依然。年年送客横塘路，细雨垂杨系画船。"诗风古

> 不知有多少诗人陶醉于姑苏的园林之内

> 苏州街景处处是一幅画

> 秀丽的苏州景致仿佛是一首诗

雅、清寂、静谧、悠然，写得不动声色，骨子里却经得起反复咀嚼。

苏州自古出文人，本地诗人不胜枚举，出名的便是唐伯虎、祝枝山、文徵明、冯梦龙、钱谦益、高启、金圣叹、顾炎武、沈德潜、沈三白等，孟浩然、李白、韦应物、白居易、刘禹锡、杜牧、范仲淹、苏轼、张岱、李渔、袁枚、俞樾皆逗留于苏州，大发诗兴，他们各具匠心，写出了苏州的千姿百态、风情万种：苏州因孟浩然而闲适，因李白而飘逸，因刘禹锡而俊隽，因韦应物而清幽，因苏东坡而壮丽，因文徵明而雅致，因唐伯虎而倜傥，因祝枝山而放肆，因张岱而任性，因李渔而随意，因钱谦益而清绮，因金圣叹而诙谐，因沈三白而缠绵，因冒襄而风雅，因袁枚而考究，因俞樾而精深……

吟咏苏州的诗甚多，让我反复回味的还是张继的《枫桥夜泊》。唐人张继存诗50余首，唯有这一首流传千古，让苏州小城名动中外。

诗人置身于一个"月落""乌啼""霜满天"的夜晚，搭乘一条小船驰近苏州，或许是寂寞，或许是伤感，眼中的"江枫"与"渔火"，变得无语而哽咽，羁旅的游子不说自己内心的愁绪，只写眼中景物呈哀怨悱恻之境。在一静一动、一明一暗的晃动中，远处隐隐传来寒山寺的悠悠钟声。诗中的苏州之美，实在难以言说呀！

# 小巷深深

> 步入小巷便是精彩迭起的开始

恍惚间，在沪上一住已六十余载，大上海人的自豪，自然有的，但私下里总怀念在老家姑苏度过的时光，虽说加起来不过数年，但一念及吴侬软语、弹词雅韵，心里总觉得有说不出的愉悦。

园林是苏州一张名片，常陪友人去观光，临别总依依。问及多少座？明代私家园林多达二百七，今存近八十。苏式园林虽比不上圆明园等北方园林气派恢弘，却以精美玲珑、文化底蕴为其长，如沧浪亭与苏舜钦，拙政园与文徵明，狮子林与乾隆，曲园与俞樾，网师园与张大千，再往前溯，虎丘山上有吴王阖闾的试剑石。苏州园林众多却各具面目：或楼阁傍水，或亭轩掩映，或假山叠翠，或回廊幽径，或别有洞天，或峰回路转。最怡情处，便是观古碑玩字，赏雅联拾趣。耦园的对联"卧石听涛，满衫松色；开门看雨，一片蕉声"，实在可与沧浪亭上的楹联媲美，那上联是欧阳修的"清风明月本无价"，下联是苏舜钦的"近水远山皆有情"。品味诗意，不亦快哉！

记不得多少次，随意悠逛有包浆的小巷，在不经意间给我意外的惊喜。行不多远，就见一座有点来历的小石桥，过桥便是一座名人牌坊，粉墙黛瓦，飞檐翘角，古亭小院，吴门遗韵。那些上了年纪的木雕镂花窗与沉重的铜环，浸透岁月沧桑，引人回味遐想。

那天逛苏州小巷，经过苏公弄（苏轼住），到皮市街（皮日休住），皮市街上有伍子胥弄（伍子胥住）、文丞相弄（文天祥住），兜兜唐伯虎的桃花坞，再往东走,便是白居易的山塘街。叫辆黄包车去访一下韦应物的史家弄、范庄前街(范仲淹住)。原来的十泉街,因乾隆(自称十全老人)到过,现改为十全街哉。有名的巷,还有专诸巷,刺客专诸受命刺吴王僚,南宫巷内有鹤山书院,已改为书院巷。走得乏了,休息一下,想一想当年吴趋坊看庙会的热闹,南浩街看灯的光华,仓街上张士诚的宽厚,海红坊内住过趣味十足的金圣叹,便觉累乏俱消,顿生似水流年的况味。

苏州小巷,巷名亦风雅。以花为名,如百花巷、丁香巷、蔷薇巷、水仙弄,以动物为名,有凤凰巷、乌鹊桥巷、麒麟巷、金狮巷。观前街旁太监弄,因当时苏州丝绸甲天下,明代皇帝派太监去搜刮,太监在此一住,便成太监弄。太监好口福,太监弄渐成食府,得月楼、王四酒家、老正兴、新聚丰渐成规模。至于那条悬桥巷,本名县桥巷,因魏忠贤权倾天下,他住的地方,严禁闲人出入,沿河造了一座悬桥,故改此名。

去苏州小巷寻寻觅觅,访过苏州民国三老故居,周瘦鹃老原住王长河头三号,花影斑驳的"紫兰小筑"即在此,只是老人已归天,吾与其子、其女有幸一晤,还见到了老人外孙侍养的盆景。范烟桥老的故居在临顿路一条温家岸的小巷内,上有"邻雅旧宅",还是当年题字,只是主人不在很久了。霍桑侦探的作者程小青老写了280万字,迷倒桑迷无数,他的"茧庐"现落寞在望星桥北堍,具体几号,记不清了。面对斑驳旧墙,隐见满目青苔,有点无语,有点惋惜,有点感慨。

小巷深处有两个博物馆,一曰评弹博物馆,雅韵摄人心魄,传奇曲折起伏;二为状元博物馆,自唐至清,苏州出了60名状元,55位文状元,5名武状元,为全国之最,这些状元故居大约湮没了,但文化底蕴犹在,就在这深深浅浅、曲曲弯弯的苏州小巷之内。

> 小巷深处便有风韵迷离的景致

# 老宅新剧

>儿时的老宅已成了一家茶馆饭坊

前些天,苏州老友吴镇兄发来微信:"倷当年住过的老宅拍入电视剧《都挺好》,播放后很火爆,倷阿看过?"

不瞒各位,已很久没有看电视剧与娱乐频道。所以听家乡好友这么一说,一时愕然,便去找来看看。这部以苏州为背景的社会生活剧,写金鸡湖,写同德里,写平江路。平江路从大儒巷到肖家巷沿河一段场景,果然是笔者当年住的老宅,只是当时大门开在肖家巷61号,老宅后园隔墙便是大儒巷,当年没有门,如今肖家巷61号成了后门,原后院破墙新开一扇门,门上多了一块牌子:翰尔园,两边有门联,上联是:逢茶茶,下联是:遇饭饭。

在《都挺好》电视剧里，将"翰尔园"茶馆改成"食荤者"餐厅，我边看电视边回忆，往事如烟，思绪也仿佛回到了儿提时代。

因为这个缘故，近日邀友去了一次苏州，专门去访当年老宅，今日的"翰尔园"。

平江路原来是隐藏在闹市后的一条老街，与熙熙攘攘、鼎沸喧哗的观前街相比，这条长1600米、沿河而建的老街显得较为清冷，陈旧斑驳的粉墙黛瓦老宅与沿河久经风霜的石栏，至今还保留着苏州小巷原汁原味的旧貌韵味。记得我幼年常倚在沿河的西厢房窗口眺望河中来往的小船，那印象依稀还记得。

我今天站在"翰尔园"门口，望着流水，思绪便沉浸在"水陆并行，河街相邻"的记忆之中。昔日寂寞安闲的平江路，而今成了一条网红时髦街，一家又一家的小店兜售着苏州特色小吃，还有酒吧、茶室、咖啡馆和各种纪念品小店。

位于大儒巷（平江路口）开的那家茶室正是"翰尔园"，我走进门去，是一个院子，约十五六平方米，入内便是幽雅的茶室，穿过茶室是一个听评弹的大厅，台上放着三弦、琵琶，演员还未上台，两三个听众正坐在窗下闲聊。我缓步行走，走到老宅的前门，即肖家巷61号，门被封了，当年栽的树已有三四丈高，枝叶茂盛，昔日的老井还在。

> 昔日果园已建了房子，但城墙还是老的

> 当年母亲栽下的小树已逾古稀

记得当年老宅，坐南朝北，是肖家巷巷尾最后一家，开门便是一座小石桥，唤雪糕桥。老宅有三进，进门是个院子，东首有个小屋约十平方米，跨过院子是个大厅，后来两边搭了房间，只留一条长廊。第二进正中是一个大院子，东首还有个小院子，是养鸡的。两边是东厢房与西厢房，西厢房沿河而建，窗下是流淌的平江河，入夜便闪烁着灯影。东厢房内套一小屋，是我童年的卧室。卧室外有个四五平方米的小天井，我稍大，就蹲在那儿看蚂蚁在长满苔藓的石阶上忙碌搬家。经过厢房是第三进院子，内有一棵腊梅树，后屋是两层小楼，楼下是厨房，还有一间柴房。厨房旁边是后园，今天院子一半还在，另一半盖了一间屋，园子中当年栽的果树没有了，但前院那棵三四层楼高的大树，记载着岁月的沧桑。

这幢老宅，听母亲说是20世纪40年代末买的，价不贵。50年代我们全家搬迁到上海，几年后老宅上缴了，后来陆续住进了几户人家。在新世纪初，此房被征用，租给了"翰尔园"，变成了平江路上的一个网红打卡地，又被《都挺好》的编导人员看中。这部电视剧爆红后，"翰尔园"生意也随之火热，除了喝茶、听评弹，还成了休憩自娱的一方乐土。

听说电视剧《都挺好》播出后，"翰尔园"寻访者太过火爆，不得不闭门谢客。现在又恢复了平静，但来访者依然不断，那位管事的小姐过来问我喝什么茶，我随口问了一下价格，刚上市的碧螺春新茶，每杯88元。品味春茶，在此怀旧，也许是不错的选择。

贰

迷苏
之景

【风雅苏州】

# 沧浪苏园

> 冬雪后的沧浪亭别有一番情趣

苏州园林,风姿绰约,仪态万方。笔者徘徊其中,首选沧浪亭。

记不清去沧浪亭多少回,只记得童年时第一次随母亲步入此园,心中便有说不出的喜欢 。20世纪60年代后期,园内文物古迹、砖雕木刻、匾额楹联被毁,易名"工农兵公园",但我仍迷恋园中的池水假山,时常漫步于复廊漏窗间。

沧浪亭终于整旧复古,我又常去逗留休憩,不时遇到老苏州园客,他们对此园的赞誉甚高,说沧浪亭虽不如拙政园的典雅明丽、狮子林的玲珑真趣、网师园的精致灵秀,还有留园的石林轩昂、西园的古寺沉钟、怡园的妙在雅集,但一走进沧浪亭,不由不感受到一种悠然、淡雅、从容、疏朗的清趣。老苏州人干脆称此园是"沧浪苏园"。

沧浪亭怎么成了沧浪苏园?想想也是。

原因有二,一是沧浪亭的主人本姓苏,便是北宋文人苏舜钦。苏舜钦是当时文坛风头很健的才子,他先后为范仲淹、富弼、欧阳修所赏识,又被宰相杜衍看中,招为东床驸马。率性的他不仅诗文俱佳,还敢于直言批评当朝掌握权柄的吕夷简、王拱辰,"无所回避,群小为之侧目"。庆历四年秋,北宋文人想搞个风雅热闹的"赛神会",钱不够,互相凑份子,苏舜钦发现官所内有一大堆旧公文封套纸,便作废纸卖了换酒钱。想赴会的官员很多,但苏舜钦只请同道者,有个叫李定的,好"怨谤",官声不好,被拒绝了。小人好打小报告,告发上去,范仲淹、欧阳修的对头王拱辰借此大做文章,苏舜钦被削职为民,逐出京城。

心灰意冷的苏舜钦闲居苏州,无意间看中了昔年广陵王钱元璙一座荒芜的园子,他一生心血倾囊而出,精心构建了这座私家园林。说是沧浪苏园,也不为过。

二是沧浪亭列苏州四大名园之一,可以说极尽苏式私家园林之妙。其妙在于复廊借景,一条蜿蜒的长廊将园内的山与园外的水巧妙组合成一幅山水风光图。假山以黄石为主,旁植古木,树影婆娑,自有难以言述的宁静幽闲;波光倒影中迷离斑驳,洋溢着疏横的诗意,临池而建的亭榭连成一片,绰约得撩人心魄。更妙在长廊上嵌有各式漏窗,我细细数来,竟有几十种。方形、圆形、扇形、桃形、海棠形、花瓶形、石榴形、秋叶形、宫殿形……漏窗的窗蕊取形于植物,或桃李,或芭蕉,或葵花,或荷莲,还有虫鱼鸟兽的窗蕊图案,令人目不暇接。笔者透过各式漏窗左顾右盼,眼帘中变幻着两边的山水景致,古朴苍润,如入真山林。此中野趣,唯沧浪苏园独有哉!

> 沧浪亭的楹联名传千古

> 沧浪亭的漏窗让人目不暇接

　　笔者每次游沧浪亭,过面水轩,入明道堂,进清香馆,观翠玲珑,登看山楼,最享受歇息在沧浪亭内环视四周美景,顿觉屋檐上的墨色黛瓦,树荫下的嫣然花语,在不经意的清风拂面中,耳畔掠过几声清脆的鸟啼,让人有点怡然,有点陶醉,还有点恍惚。待收回神来,目光落到古亭上楹联,不由不赞此联之妙:"清风明月本无价,近水远山皆有情",上句为欧阳修撰,下联为苏舜钦撰,由清人梁章钜集,妙对也!

　　苏舜钦建成此园后,为取名而踌躇。一日,他蓦然想起屈原在《渔父》吟道:"沧浪之水清兮,可以濯吾缨;沧浪之水浊兮,可以濯吾足",遂取名沧浪亭,作《沧浪亭记》:"澄川翠干,光影会合于轩户之间,尤以风月为相宜。予时榜小舟,幅巾以往,至则洒然忘其归。觞而浩歌,踞而仰啸,野老不至,鱼鸟共乐。"山林野趣乃沧浪亭之长,入其园而无欲无求,此亦吾游园之快哉!

# 留园石林

苏州私家园林，明清时多达百座，今存六十余。中国有"四大名园"，苏州占一半，乃拙政园与留园。在苏州众多园林中，留园占地30余亩，位列第二，乃苏州大型之私家园林。去苏州赏玩园林，留园的石林是值得光顾留恋的。

留园始建于明朝万历二十一年，园主为太仆寺少卿徐泰时。他曾任工部营缮司主事，先后主持修复慈宁宫与万寿宫，从设计到建造，他事无巨细，事必躬亲，在他指挥下终于圆满完成。因此嘉靖皇帝赐徐泰时三品官爵，还给他不少赏赐。徐泰时办事一向认真，做人也不圆滑，因鹤立鸡群，便引起众僚之嫉妒。小人佞臣做点手脚，风光一时的徐泰时便从此倒霉，受了处分，又丢了官帽。他在心灰意懒中到了姑苏，突然想到，不如运用自己建筑的才能，为自己在苏州造一座小园林，取名"东园"。

由于"东园"出于徐泰时之手，这私家园林便有了点皇家之气，设计时十分讲究气势。造园之初徐泰时便令造园名匠周时臣筑起了高达数丈的围墙，又从北方搬来酷如大峪山的假山，再请太湖巨型石"瑞云峰"。徐泰时的恩师申时行观之赞曰："可行，可望，可游，可居。"当时，徐泰时的两位好友长洲县令江盈科与吴县县令袁宏道，便是"东园"的座上客。

清乾隆时，"东园"为苏州人刘恕购得，刘虽中过举人当过官，但生性迷恋山水，尤爱峰石。购园不久即病退回家修建园子，将"东园"易名"寒碧山庄"，

> 留园石峰美景图

> 秋天的留园红枫醉人

俗称"刘园"。

在以后二十年间，刘恕精心造园，他在各处搜寻到十二座名峰，一一移入园中，又将每块峰石寻觅经过，撰成文字，详述其仰石之情。还把自己撰写的文章与书画及古人法帖，勒石嵌砌于园林的廊壁之内，人称"书条石"，蔚为大观。刘恕去世后，"寒壁山庄"易主，新主人盛康改"刘园"为"留园"，虽经几次修缮，但传承其貌依旧。

留园是具有清式风格之古典园林，其厅堂庭院富丽堂皇，而亭台轩廊则华美精致，门洞、漏窗、画舫与山水林木相映成趣。其间以700余米的曲廊相连，迂回连绵，通幽品壑，秀色迭出。还有数百盆朴拙苍奇的盆景，令人观之目不暇接，美不胜收。

但留园最具魅力的还是此园拥有的十二峰石，建成一个气势磅礴的石林小院，可供玩味再三。一曰玉女峰，如素衣女子，绰约可观；二曰一云峰，石似云如帆，若隐若现；三曰奎宿峰，立于河滩边，形似二十八星宿之奎星；四曰印月峰，立于水岸，倒影水波中，似有一轮圆月；五曰青芝峰，立于石窗前，似一幅雄奇山景；六曰鸡冠峰，形如鸡冠，又似象鼻；七曰猕猴峰，如顽猴搔首挠耳之模样；八曰仙掌峰，石如向天张开之手掌；九曰累粟峰，此石布满累累结果之粟粒；十曰箬帽峰，石似一个戴箬帽之老头；十一曰拂袖峰，石身拂出一角，如人拂袖也；十二曰干霄峰，此石长二丈，似直冲云霄之势。

> 留园的峰石玲珑剔透，怪异奇特

我漫步在留园内细细观赏，始知刘恕迷石之痴，胜过米芾也。这十二座峰石各呈野趣，又浑然天成。由画家王学浩绘成"十二峰石图"，供游客按图寻觅，亦为觅趣之游也。

留园的文化气息浓厚，各处景点之名，尤见其雅，如涵碧山房、曲溪楼、清风池馆、远翠阁、佳晴喜雨快雪之亭、待云庵、洞天一碧、小桃坞、闻木樨香轩，还有自在处、静中观、又一村、君子所履、还读我书斋等。听其名，访其境，乃游留园之乐事也。倘若秋游留园，山上遍栽桂花，馨香浮动，甘甜袭人，更是妙不可言哉！

# 怡园雅集

> 怡园以精致玲珑、曲折幽深见胜

　　苏州园林众多,挑有名的走马观花浏览一下,至少十天八天。倘若只有一天时间雅玩,推荐去怡园。

　　怡园年龄不算大,起建于清同治年间,在苏州风情万种的园林中,怡园是位俏丽的小妹妹。主人是苏州人顾文彬,任浙江宁绍道台,因其雅爱诗词,性喜收藏,又精于书画鉴赏,在仕宦期间一心两用,时时想着在家乡建个小园作养老之用。那日修书一封,让热衷绘画的儿子顾承去打造一个小园,并叮嘱其动工前先去苏州各家园林看看。

　　顾承遵其嘱,遍访苏州园林,开工前又请来任伯年、程庭鹭、顾沄、范印泉等书画名家,请诸位对构建怡园出谋划策,拟画草稿。于是,假山摹狮子林,复廊仿沧浪亭,旱船拟拙政园,水池效网师园……把众园之妙集于一园,以此领略苏州众家园林之境。

　　怡园不大,占地约8亩,相当于拙政园的八分之一,耗资20万两白银,以精巧玲珑、曲折幽深著称,呈园林小家碧玉之风采。怡园落成于光绪年间,顾家设宴,名流荟萃,高朋满座,名盛一时。

　　怡园北侧有一玲珑别致的门楼,门前有对石狮,精雕细琢,栩栩如生。入园

> 怡园集苏州众多园林之长　　> 置身园中，宛入仙境，怡园之妙也

便见一座粉墙，正中"怡园"两字雅致端秀，两株绿树、一块假山石令人远离尘嚣。再往前去，一道饰有花窗图案的复廊，我隔着花窗，左顾右看，可观东西两园的景致。

东园以建筑为主，上玉延亭、观拜石轩、进岁寒草庐、入坡仙琴馆，各尽其妙。拜石轩天井里遍植松柏、冬青、梅树与山茶。那枝叶与花儿或绽或垂，或仰或俯，甚是撩人。花木丛中、竹影摇曳的尽头是"岁寒草庐"，夕阳淡抹，门扉轻掩。"坡仙琴馆"前有两块山石，似两位老僧在埋头听琴。有诗为证："素壁有琴藏太古，虚窗留月坐清霄。"

西园系山水布局，步出锁绿轩，走过月洞门，迎面便是假山逶迤、奇峰罗列，颇可玩味的是祝枝山题的轩台，锁绿轩名来自杜甫诗句："江头宫殿锁千门，细柳新蒲为谁绿？"再登六角亭，极目环视全园景致，只见亭下有三块不动声色的巨石，如屏，人称"屏风三迭"，此玩石之趣也。怡园内，峰峦回抱，洞穴幽深，假山暗处有一石缝，只容只身侧行。出了云洞，拾级而上，豁然开朗。至螺髻亭，俯瞰峰峦洞谷，浑然天成，仿佛真山也。池中倒影，绰绰约约，波光粼粼，尽显亭榭廊坊的朦胧恍惚之美。

北半厅为藕香榭，厅外林木葱茏，诗意洋溢，绿树翠竹有说不出的妩媚。厅内有椅，嵌有冒辟疆之旧藏，距今360余年。南半厅称锄月轩，厅前花枝招展，有点疏影横斜的味道。

怡园妙在精致，绿滋斋、适我堂、清止阁、面壁亭、画舫斋、松籁阁、湛露堂等亭台楼阁的名字典雅有趣，让我在诗情画意中流连忘返，尤其"旧时月色轩"的廊壁上，嵌了米南宫与唐伯虎的书法石刻，足以让人驻足，玩味再三。

匠心独具的怡园清雅脱俗。置身其中，宛入仙境，游·园细品姑苏众园之妙，这种似曾相识之妙的组合，正显示了怡园雅集的魅力。

# 网师明轩

> 网师园美不胜收

　　苏州园林甲天下。去苏州赏玩园林不仅是国人旅游的一件赏心乐事，而且苏州园林的雅致风韵还飘洋过海，成为欧美游客向往的一个景点。在美国纽约大都会博物馆内就有一座中式"明轩"，是仿照苏州网师园精华的缩小复制版。

　　1978年，普林顿大学东方美术系主任方闻教授接待中国园林学家陈从周先生，他说："我在纽约收藏了不少中国明式家具，一直想陈列出来，您以为在何处展出为宜？"陈从周不假思索回答："中国明式家具当然应该放在中国园林式建筑内展出。"方闻说："可我身在美国，何处找中国明式建筑园林呢？"陈从周笑道："苏州的网师园很合适，你可以把它移筑到美国呀！"这一建议两年后果然成功。由苏州古典园林建筑公司承接了复制网师园的建筑工程，木料全部选用四川楠木，砖瓦是由恢复了的苏州陆慕御窑烧制，整整193箱庭院构件飘洋过海。1980年网师园的"殿春簃"在纽约正式迎客，这座中国古典园林取名"明轩"，在美国乃至全世界引起了极大的轰动。

　　网师园可以说是苏州著名园林中最小的一座，占地约半公顷。最早建于南

> 网师园飘洋过海，成为海外第一座苏州园林　　> 一山一石、一花一木，诗情洋溢

宋淳熙初期，号"渔隐"。至清乾隆时，由光禄寺少卿宋宗元重建，因苏州人称渔夫为"网师"，故改名"网师园"。后由太仓富商瞿远春扩建，精心擘划，叠石种木，增建亭宇，渐成规模。由于网师园小中见大，以玲珑精致而声名遐迩。

网师园布局相当紧凑而精巧，有"小园极致"之称。其园内山水景物、亭榭楼阁，皆蕴含了深厚的文化内涵，成为江南中小园林之代表作。网师，系渔翁之别称，当时主人取其名，有渔隐之意。此园林处处着眼于构建逍遥休闲的韵味。

全园分三部分，东园为住宅，中园是主园，西园系内园。进门是厚重典雅的砖雕门楼，依次是茶厅、大厅与内厅，园西侧是"网师小筑"。大厅称积善堂，堂中有"郭子仪上寿图"和"周文王访贤图"，图案花纹精美绝伦。内厅是一小轩，名"梯云室"，园中主建筑是"小山丛桂轩"，四周桂树遍植，轩前叠石花台，入秋后桂香扑鼻，馨甜可人。北侧黄石假山名"云岗"，山势高峻，遍植枫树、玉兰等林木，尤显峥嵘而雄伟。轩西南角有蹈和馆和琴室，还有一条走廊蟠回婉转，幽深曲折。

园西是网师园之经典，一个别致独立的小院内有座精巧雅致的书斋，仿明代古朴简洁之构造，横匾是"殿春簃"，殿春者，暮春也；簃，系阁边小屋。庭前栽芍药，绽放于春末，故称"殿春"。小天井内围绕一个"雅"字做足文章，叠石旁植有梅、竹、芭蕉与天竹，与精雕细刻的木桥花窗，形成绝妙搭配，相映成趣。芍药拥抱冷泉亭，亭中有玲珑剔透的灵璧石，形似苍鹰，故名"鹰石"，相传为明才子唐寅宅内之物。而"月到风来亭"则是观月极佳之处，既可望天上之月，又可观水中之月，令人不亦快哉！

网师园的亭台楼阁布置，妙在参差错落，又与假山、水池、林木、花卉互相映衬，在借景与对景中见其虚中有实、疏密变化之妙，又有迂回曲折、移步易景之趣。古、奇、雅与色、香、姿浑然一体，此乃网师园小中见大之特色也。

# 鹤园酬唱

> 鹤园是文人雅士聚集之地

苏州私家园林，不少是由退出仕途的文人雅士用闲钱修建的小院子，虽不大却很精致。每座小园林洋溢着诗情画意的书卷气，因相隔不远，骚人墨客便成了近邻。鹤园附近，便是曲园、怡园、绣园、畅园、壶园与听枫园。当时那几家园林的主人吴云、沈秉成、李鸿裔、顾文彬都是书生意气，皆好吟诗作对，又喜金石书画，还爱笙歌酬唱，指点风月，于是园主们便成了志同道合的挚友。

鹤园在苏州园林中是个小字辈，不仅面积小，而且建园仅100余年。它建于清末，占地比网师园还小一点。其园名，由其宅附近曲园主人俞樾题写："携鹤草堂"，乃名"鹤园"。

鹤园位于韩家巷，原先主人是江南道员洪鹭汀，因厌倦于官场的世故与倾轧，便想营造一个自己的小天地，不料园林造到一半却被调走，园子荒废经年，才由苏州人庞屈庐（与陆润庠同科进士）买了下来。后由其孙庞蘅裳重新修建，才成了一处雅居。过了些日子，清末词人朱祖谋辞官来到苏州，租下了鹤园。他见院子设计典雅，便开始在内栽种花木，因此，鹤园的花木茂盛，品种繁多，在苏州园林中是有点名气的。

鹤园以小巧紧凑、简洁幽雅见胜。鹤园正门在南，入门见粉墙花窗，巧设屏障，令游园者对园中景致不能一览无余。绕过一条曲折逶迤的长廊，才领略到鹤园之风貌。东为宅,西为园,北部有主厅"携鹤草堂",池南有"枕流漱石",与主厅隔水相望。"听枫山馆"又名"鹤巢",隐隐约约藏于一片翠竹丛林之中。

池西有重檐梯形馆,以回廊与大厅相接,廊长而曲折有致,与院墙构成几个小院,很有个性。轩南有土阜,上建六角小亭,尖顶小巧玲珑、形态可人。一湾池水波光潋滟,上有小桥,可觅清趣。

鹤园的亭台楼阁、榭坊馆堂,皆雅致可观,山水峰石则有秀逸灵气。最怡人处还是园中之花木夺人眼球,松柏、樟树四季常绿,迎春、含笑、丁香、海棠、紫薇、红枫、桂花、腊梅亦四季轮流绽放,馨香袭人,置身其内,则欣欣然也。据说这些花木有的是庞蘅裳当年栽下的,他还在花园中养过一只鹤,这亦为鹤园之名一说。

喜欢鹤园的文人雅士历来很多,庞蘅裳当时每个月都要邀请一些如雷贯耳的艺术家来鹤园欢聚,著名学者金松岑,著名画家张大千、叶恭绰,京剧表演艺术家梅兰芳偕其夫人福芝芳,曲学大师吴梅,还有昆剧名流张紫东等大家都常来此雅聚,或写书法,或演名曲,或吟诗文,让鹤园洋溢着诗、词、书、画、曲的人文气息。这种热闹的盛景,金松岑曾作《鹤园记》载:"方池镜平,修廊虹互,风亭月馆,媚以花药,地不溢三亩,而专林壑之美……园中梅、杏、梧桐、枫叶离立数十本,皆有腥态,雅与鹤副。"此文今存拓片,亦令鹤园大为增色。

可惜鹤园中的名人题写的书画大多在1966年被毁。劫后复生的鹤园几经重修,曾是光裕评弹京剧票社的所在地。后成为苏州市政协联谊会的活动场所,也可说是苏州最养老的文化人聚会处。而在上了年纪的游客中,鹤园则是一块心驰神往的乐土,并成为老苏州人心中津津乐道回忆的一种余韵。

&gt; 弹琴酬唱、吟诗作对之鹤园

&gt; 移步之间,别有洞天

# 沈寿绣园

> 沈寿之故居

　　苏州的工艺品一直独享盛誉，名闻遐迩，发源于吴县的苏绣便是其中之佼佼者。在中国四大名绣中，苏绣以"精细雅致"的浓郁特色而独树一帜。光绪年间的沈雪芝是"苏绣"的杰出代表人物，她与丈夫余觉在苏州创办了一所"同立绣校"，培养出众多刺绣高手，这个校址是个小园林，人称绣园。

　　绣园位于马医科巷东端，与西端的曲园遥相对峙，附近还有鹤园、听枫园与怡园，其中弹丸之地的绣园面积最小。其园布局精巧，亭、台、堂、榭、廊、湖、石、桥与林木花影相互映衬，融合在一起，可谓俯仰生姿、层次交叠、依山傍水、各尽其妙。

　　绣园原名讴园，主人系清末文人郑文焯。郑擅长书画金石，好诗词，擅中医，他13岁时以指画获吴昌硕赞誉。后来此园易主，新主人便是余觉，其妻沈雪芝精于刺绣。一个以笔代针，一个以针代笔，画绣相辅，名闻苏州。在光绪三十年开设"同立绣校"，讴园也易名绣园。

　　我当年曾有一访，叩门而入，见绣园南北窄而东西长，整个园林呈长方形，虽只七八百平方米，但园中建筑精致宜人，亭台楼阁，疏密有致，池石桥树，一应俱全。其地势有起伏，堂、轩立于高处，水池则在下，湖畔的绿草枝蔓

> 精心布局的绣园小中见大

> 沈寿之雕像

倒影于水波之中，层次丰富，绰约清丽，创造了一种"弄花香满衣、掬水月在手"的艺术境界。而从回廊向上拾级，便到高处，向下俯视小桥流水，观看嶙峋湖石，又是一番妙境，水中三处湖石，似有"蓬莱三岛"之妙。此亦吾游绣园之趣也。

我以为绣园妙处之二，在于它有一个以太湖石堆叠成的壁山园。在苏州众多园林中，以太湖石堆砌成壁山并不多见，而绣园的太湖石横卧堆叠，式样怪中有趣，充分显示了瘦、皱、漏、透、丑的石之美也。

弹丸之地的绣园由于对山、水布局精心设计，而不见其小。山与水的相互渗透而又各有意境，也就令观园者的视觉空间得以扩展。而通过轩的圆洞门与漏窗，使山石之奇崛与湖水之旖旎，互为借景，又有了一种对比鲜明之观感。

绣园的堂、轩、廊、亭的式样也极富变化，而其色彩分别取棕灰、墨黑、雪白为主，显示了淡雅、宁静、安祥、悠然的气韵。建筑的造型空透玲珑，轻盈流畅，很有动感，与绣园的小园林风格十分相合。堂、轩、廊、亭、桥的四周，遍栽松、竹、梅、桃、李、杏、迎春、腊梅、石榴等常青树木，使绣园庭院幽深中显得温馨可人。笔者寻访曲径通幽之妙，也在移步换景、目不暇接、赞叹惊羡中感受绣园的风雅可人。

沈雪芝在绣园中成就了她的艺术才能，她融西画于刺绣之中，使苏绣的技艺更上一层楼，朴学大师俞樾为之题写："针神"两字。慈禧七十寿辰时，得其绣的佛像，书写"寿""福"给沈雪芝，沈雪芝遂改名沈寿。而她绣的《意大利皇后爱丽娜像》飘洋过海，《耶稣像》《倍克像》也颇获盛誉。沈寿的"仿真绣"开拓了苏绣的新一页，而绣园也因此名动中外，成为苏州小园林之又一典型。

# 听枫园记

> 仿佛秋天一颗种子落在苏州，便有了听枫园

　　苏州有不少私家园林，皆与画家有缘，比如拙政园的草图出自文徵明之手；怡园的构思有任伯年参与；残粒园主人是画家吴待秋，他儿子就是当代画家吴养木；狮子林也与画家倪云林有关；网狮园曾住过画家张大千、张善子兄弟。至于园林中的条幅匾额、书法绘画，皆为书画名家的精心之作。

　　听枫园的主人是苏州知府吴云，比其官声名气更大的是他的书画艺术与鉴赏造诣。他虽是湖州人，但由于后来任常熟通判，又擢苏州知府，对苏州这块风水宝地喜爱得不得了。吴云做官能力一般，他把大量时间都花在收藏和研究碑帖、名画、古印与宋元书籍之中。吴云工书法，以临摹颜真卿、何绍基为乐，尤爱王羲之《兰亭序》。他收藏拓本200册，其书房号"二百兰亭斋"。吴云亦好画，作山水、花鸟，随意点染，别具一格。笔者欣赏过他的墨宝，"浑厚古雅"，有颜、王之余韵。

　　长期沉浸于书画的吴云自然眼力不弱，他在道前街看中了苏州文人吴感的红梅阁旧址，由他亲自设计改造为"听枫园"，这座小园林分南、北两院。南园曲径通幽，有味道居、红叶亭、适然亭等；北院有清池一弘，半亭林池。另有吴云自用的书房"平斋"与墨香阁，他登阁挥毫之后，俯瞰四周景致，亭、廊、阁、石掩映于绿树丛中，确有几分清丽端雅之美。

　　访听枫园，最好是秋天，正值红枫俊爽妩媚的时光，稍稍遇点和风细雨更有诗意，在空气滋润中走进听枫园，无论品味南苑的山石多姿，还是俯视北苑的清池戏鱼，皆让人感受通体上下有种说不出的喜欢与惬意。在从容中观赏绿树丛中的几株红枫，或仰或俯，或伸或曲，那不经意的舒展自如，有点随意，也有点显摆，让我观之心头不由一阵惊喜。秋风拂面，婆娑的枫叶让人心平气和，细品风中的簌簌之声，很有点悠闲自得的趣味，我想这恐怕是听枫园名字的由来。

吴云自称"宅居不广，小有花木之胜"，这是主人的自谦之词。其实，听枫园中林木茂密，花容多姿，最妙的是墨香阁建在假山之上，成为苏州园林中少有的"山中书斋"。登阁推窗览景，令人宠辱皆忘，欣欣然也。

西园南角有座"两罍轩"，此屋中"两罍"，即主人吴云所藏青铜之珍宝：齐侯罍与齐侯中罍。吴云不仅藏宝，还致力于考证求索，写了《两罍轩收藏经籍碑帖书画目》，乃所藏之孤本秘籍之汇编。他还作《两罍轩彝器图释》《古官印考》《虢季子盘考》《华山碑考》等，藏书家陆心源说吴云："笃学考古，至老不疲，考订金石文学确有依据。一字之疑，穷日夜讨索不置。"

由于吴云藏书极富，名闻江南。他与朴学大师俞樾、书法家杨见山交往甚密，而杨见山的学生正是吴昌硕。年轻的吴昌硕于1872年初游苏州时，拜朴学大师俞樾为师，又拜访金石家吴云。吴云见吴昌硕书画技艺不凡，便以自己辑录的《两罍轩彝器图释》相赠，条件是请吴昌硕教其子学习书画。吴昌硕为吴云刻"听枫山馆"多方印章，并于1880年住在墨香阁内绘画授艺，吴云两个儿子在旁静听指教。因吴云精于鉴赏与考据，吴昌硕置身于这座藏宝博物馆内，耳闻目染获益甚多。两人切磋书画金石甚欢，成了听枫园的一则佳话。

今天吴云"听枫园"外挂"吴门画派研究会"，在此处谈书论画，亦当代风雅之余韵也。

> 听枫园雅致清新，妙趣横生

> 听枫园藏书票

# 曲园清趣

> 文人设计的园林透溢诗情画意之美

苏州文人喜欢小乐惠,有了点闲钱便有园林癖,买个小宅院,在园里做个池子,搬来几块石头,再栽点翠竹,植几株红枫,透着花窗观景,不亦乐乎!清朝的苏州私家园林曾多至上百家,如果计算这些小宅院子,那恐怕以千计了。

不过,这些规模还不够宏大的私家小园林,倘若主人不是特别出名,造访者不会很多。但名气很大的小园林也有那么几座,靠近人民路的马医科巷内就有一座曲园。

曲园主人是浙江德清人俞樾,道光年间进士,因诗文俱佳,颇得主考官曾国藩赏识,咸丰帝任命他为翰林院编修。本以为他在仕途上飞黄腾达,但俞樾是一介书生,好意气用事,既不善阿谀奉承,又不肯周旋应酬,官场自然容不得他,不久削职为民。

俞樾也不气馁,返回老家前看中了苏州这块风水宝地,索性借宿于此撰述。一晃十六年过去了,俞樾成了清代的朴学大师,著述颇丰,桃李天下,于是他买下一块地,欲建书斋园林。在他看来,书籍与园林是相通的,园中的一亭一廊,一水一石,好似隐藏于线装书中字里行间的秀美文字。

曲园自南而北分五井,前两井为门厅与轿厅,第三井是主宅客厅,取名"乐知堂"。东厢房与正厅之间有雅致的备弄,西北为亭园。经过廊屋直达曲园最重要的建筑——春在堂,是俞樾以文会友和讲学之处。此堂名有点讲究,当年俞樾考试时,曾国藩考他,俞樾答了一句:"花落春仍在",大获赞赏。

 拼命著书的俞樾　　〉"春在堂"出自主人当年应试得意之作

俞樾平生以此为荣。

　　在苏州众多园林中，平心而论，曲园的建造风格与艺术布局还算不了上乘，它与普通住宅结构相仿，装饰也朴素简洁，亭台楼榭相映见拙。但主人俞樾毕竟是个博学的文人，他设计的书斋园林亦自有书香特色，如南面的"小竹里馆"，乃俞樾读书处，面竹而坐，掩卷饮茶，有清雅悠闲之趣，引万千遐想之思。另有"认春轩"，轩外林木花容，呈烂漫绽放之姿，亦令人心旷神怡。再往前行，便是湖光山石，流水屏障后是假山，石中有洞。蜿蜒穿行，豁然开朗处是一间琴室，唤名"良宦"，旁有三间书房，号"达斋"，是主人做学问的笔耕之地。他喜欢窗外翠竹摇曳，帘中芳踪嫣然，还有粉墙上的雨痕，池塘内的蛙鸣。他面对书架上的陈编善本，不论唐宋，抑或明清，有多少感悟，又有万千思绪，都与岁月随风而逝，让他冷落了多少个良辰美景，还有花开花落的迷离风韵。

　　曲园不大，但有池有亭，池乃"曲池"，亭为"曲水"。二百平方米的小园内，由于建廊设亭，行来曲折多变，咫尺之地，别有洞天，亦小中见大，形成曲园的独特魅力。

　　俞樾终老于曲园，卒年86岁，在曲园共住了33年。他在此研究经学、史学、戏曲、诗词、小说、书法，其学问博大精深，普及海内与日本、朝鲜。

　　曾国藩誉喻自己两个学生："李鸿章拼命做官，俞樾拼命著书。"以拼命著撰的俞樾终于完成了《春在堂全书》，计500卷。他对中国经学的发展和推广有不小贡献，其篆书和用隶笔作的楷书亦为清代书法之精品。他对《三侠五义》的润色修改，使此书广为流传，不胫而走。这位"通儒"学问之广博，在当时似无人可及，他让小小曲园也成为姑苏园林中的一个必游之景点。

# 可园书院

> 可园是苏州现存唯一的书院园林

可园之妙，实出意外，那日去访沧浪亭，无意中受一位老苏州点拨："倷阿是苏州人？倷觉得可园比沧浪亭那亨？"

听其言，乐园之妙在沧浪亭之上。两园仅一墙之隔，门当户对，隔水相望，仿佛并蒂莲花。

自幼生活在苏州，后又几多逗留，居然不识"养在深闺人未识"的可园，不觉自惭形秽，当即欣然去访。可园门票25元，比苏州四大名园之沧浪亭竟高出5元，何故？对曰："可园乃苏州现存唯一的书院园林。"

苏州园林讲究曲径通幽，别有洞天，大抵以粉墙与花窗来掩映山水美态，让你感到疑无路时，绕过影壁，豁然开朗的美景才宛然在目。可园却是一个例外。

举步入园，一览无余。眼前便是一池清水，湖面似镜，水波不兴，倒映出亭台廊榭，晃晃悠悠，一时难分真伪虚幻，令吾如入佳境。

经花径长廊，迂回曲折，漏窗借景，有说不尽的雅致。这才明白可园虽似小家碧玉，却呈仪态万方之美，在苏州园林中别具书香古韵，何其妙哉！

可园仅四亩半许，但其历史比苏州众多园林更为悠久，它最早成园于五代，为吴军节度使孙承祐别墅。北宋时为沧浪亭一部分，南宋名将韩世忠辟为宅院，号"韩园"。清沈德潜在此重建园林，名"近山林"，又名"乐园"。清嘉庆九年江苏巡抚汪志尹在乐园与白云精舍原址上创办正谊书院，成为晚清首个佛教寺庙与园林混合的公立书院。道光七年，学者梁章钜重加修葺，根

> 可园"学古堂"

> 正谊书院供奉郑玄、朱熹两位大儒

据儒家"无可无不可"之意，易名"可园"，并规范"正谊书院"的空间格局。梁章钜文学根基深厚，作诗文近70种，为中国楹联学的开山之祖，沧浪亭楹联："清风明月本无价，近水远山皆有情"为他所集。清学者朱珔在正谊书院讲学，作《可园记》喜曰："可观鱼，可赏荷，可听风，可观月。"

　　漫步可园，处处见"正谊书院"的书香特色。名人题字触目皆是，走廊上额"天光""云路"，两个圆洞门上砖额尤其有意思，一曰"小西湖"，一曰"四时风月"，令人回味。"一隅堂"堂前植梅百余株，皆同治年间黄彭年办"学古堂"时所栽，见古梅枝条随意而为，有的恣意，有的灵动，有的纵情，或伸或垂，或仰或依，甚是悦人眼目，令吾欣欣然也。

　　"学古堂"与"濯缨处"隔院相望。从"濯缨处"出来，便见"坐春舫"，如一小舟浮于湖上，好不逍遥自在。向北便是可园主厅"挹清堂"，此堂面阔三间，四面通透，南面为落地长窗，东西有隔扇，为正谊书院教学与待客之所。厅堂内有一对联："检诗书百卷近今博古，赏池水一泓正本清源。"北墙为一排古色古香大书橱，端放若干线装古籍，平添儒雅之境，相传林则徐、李鸿章在此讲学。

　　行走于可园的曲廊之中，风过芭蕉竹林，宛如丝竹之声，有点迷离，也有点陶醉。再访博约楼，原是藏经阁，曾收典籍八万余卷，分供东汉大师郑玄与南宋大儒朱熹之画像，有楹联为证："送青排闼，看近水远山，清风明月；据典引经，有楚骚汉赋，朱注郑笺。"

　　姑苏诸多小园林几经沧桑，几度兴衰，仿佛如红尘中的佳人几进几出，终于似明珠出土，流光溢彩。逛一逛书卷气浓郁的可园，花木书香，古韵悠悠，此乃可园书院之妙哉！

# 天香小筑

> 天香小筑

    苏州有众多园林,"天香小筑"是其一。初识天香小筑,还与笔者藏书有关。

    自幼喜藏书,凡见佳著,倾囊而出,至20世纪90年代中期,藏书16500余册。1995年上海评选首届"十大藏书家",忝列其中。若论数量,吾之藏书,不算多,因藏有3000余册签名本而入选。

    自1983年拜冯英子为师,获得第一本签名本后,我便留意珍藏签名本。因当时执编"读书乐"专刊,常去名家府上约稿,他们知吾米舒(迷书),遂以其著相赠,且每本皆有上款。十多年后获民国作家签名本近1000册,如巴金、冰心、郑逸梅、施蛰存、苏步青、秦瘦鸥、陈学昭、徐铸成、赵家璧、柯灵、秦牧等。有藏家获悉后,愿出20万元购名家签名本1000册,吾婉言谢绝,此乃赠书,岂能换钱乎?但家中藏书日益增多,便有捐赠之意。

    经冯亦代介绍与舒乙先生相识,舒乙主持现代文学馆,他派人来沪,愿在现代文学馆设一隅藏之。上海图书馆亦有意收藏,正踌躇之际,苏州文友刘放带信于吾,苏州分管文教的副市长朱永新约我返回家乡一聚。

朱永新系儒雅读书人，全国新教育之发起人，他邀请我访苏州图书馆："此馆设在'天香小筑'内，书香园林相得益彰也。"

我由苏州文化局领导陪同，进入"天香小筑"。"天香小筑"占地2664平方米，其园约占一半。初建于民国初年，为从事金融业的金氏宅第，1920年为留日的苏谦所有。1933年由席启荪重建为中西合璧的花园别墅，更名为"天香小筑"，几经易主，"天香小筑"终为苏州图书馆一部分。

我浏览了"天香小筑"之精华，原来的轿厅、大厅已拆除，现存建筑坐北朝南，绕过鸳鸯厅，缓步上楼，覆绿琉璃简瓦，一色硬山式屋顶。三层楼上下贯通，各楼的砖刻门额，让人驻足品味，如"蕴玉""凉香""真趣"，又如"涤尘""选胜""正本"，观之赏心悦目。再观其花窗，格扇、屏门之雕刻的花卉、鸟兽、古钱，无不精雕细刻，颇见功力。所藏王羲之、蔡襄、赵子昂、董其昌、王文治、翁方纲、郑板桥、邓石如、曾国藩等历代名人书法，令"天香小筑"之书香蕴藉，吾欣欣然也。

"天香小筑"之园有1265平方米。园林在其宅东侧，横长方形，叠石为假山，砌阶是小径，山上有六角小亭。拾级亭内，环视四周，只见树木葱茏郁

﹀天香小筑中西合璧，欧式花窗

> 作者在苏州图书馆签名本捐赠仪式　　　> 签名本捐赠仪式上，朱永新副市长
> 　上讲话　　　　　　　　　　　　　　　　等剪彩

苍，湖石千奇百怪，引路者曰："此处怪石甚多，形状各异，似动物也，故俗称'百兽园'也。"

"天香小筑"于2013年由国务院立为"全国重点文物保护单位"，其主楼的石径花纹皆古色古香，但其花窗却是欧式风格，中西合璧之巧妙，亦为"天香小筑"之特色。假山之南，有一片竹林及小巧茅亭一架，颇具乡野之趣。而行走于蜿蜒的花墙下、长廊中，见古树参天，闻鸟语花香，或看书，或赏景，或凝思，或遐想，端是让人进入杂念俱消、心旷神怡的境界。

与"天香小筑"依伴的苏州图书馆藏书500余万册，拥有古籍文献1066种，朱永新含笑而言："你是苏州人，把珍藏的签名本捐赠给家乡，我们一定会让你的签名本陈列室成为苏州书香园林中的一道风景线。"

在朱永新副市长的关心与安排下，由苏州书法家协会主席华人德题写了"曹正文收藏签名本捐赠陈列室"，朱永新亲自为陈列室写了前言。2004年8月，苏州图书馆举办捐赠仪式，朱永新与作者讲了话，苏州文化局副局长陆凯、苏州图书馆馆长邱冠华等出席了捐赠仪式并剪彩，我向苏州图书馆捐赠了3500册作家签名本。

欢迎各位赏玩苏州之际，去"天香小筑"一游，顺便参观一下苏州图书馆三楼的"签名本捐赠陈列室"，现已有签名本4600余册。

# 石湖风月

> 苏州郊外的石湖

　　在苏州城郊，有不少山水相依、风姿绰约的风景区，石湖算起来名气还不够大。但石湖之名始于吴越对峙年间，位于苏州西南郊外的石湖原系太湖之内湖，本为吴国王室游猎之苑，越国攻吴国久攻不下，乃凿山脚之石潜通之，始有其名。吴国灭，越国名臣范蠡携西施在此悄然离去，石湖留下蠡墅遗址。

　　记不得哪一年"花褪残红青杏小"的初夏时光，我结伴去访石湖。石湖有山有水，风韵迷离。山便是被誉为"吴中胜景"的森林公园上方山，重峦叠嶂，郁郁苍苍。山下拜楞伽寺，上山见楞伽塔，明人袁宏道曾将上方与虎丘一比："虎丘如冶女艳妆，掩映帘箔；上方如披褐道士，丰神特秀。"

　　边说边走，置身于青山绿水、茂林古木间，走过小桥、古碑、花溪、奇石……不由暗赞袁宏道的妙论，虎丘山风光旖旎而雄健，上方山则透溢自然古朴之野趣，正好与田园风光的石湖相合。一过行春桥，不知不觉到了"范成大祠"，走进"南宋四大诗人"之一的范成大晚年的田园生活，不由令人眼目清亮、心旷神怡。

　　范成大是苏州吴县人，28岁登进士第，官至南宋副宰相，因直言而致仕，

57岁后隐居于苏州石湖,过了十年闲适平静的生活。古村原有一座范宅,经他亲手设计成一个栽有梅树、菊树,林木葱茏的石湖别墅。范成大在此写了不少田园诗,其中以60首七言绝句《四时田园杂兴》最为著名。

兴许是久居官场的他厌倦了逢迎与倾轧,范成大一下子对石湖农家生活十分喜欢。他独自走在石湖的乡间小道上,东看西顾,自得其乐。冬赏红梅秋品菊,日浴花香夜饮酒,日常起居平淡得近于简约和单一,但他徘徊在田园中却时有意外的惊喜:或听疏横的竹影中掠过几声清脆的鸟啼,或见孤寂的亭外摇曳数枝暗香浮动的红梅,或静坐在老宅内感受淡泊景致中一丝光艳与妩媚,或陶醉于屋檐水一滴一滴轻柔抚摸着苞春的叶瓣。他把寻常生活过得诗意盎然,妙趣横生。诗人自称"石湖居士",他的诗友们戏称他为范石湖。

石湖别墅小天地内无灯红酒绿,无骄奢淫逸,更无颐指气使,有的是胸无城府、惺惺相惜的同道者。写出"接天莲叶无穷碧"的杨万里是石湖的常客,他们从喧闹的尘世中逃逸出来,一起吟诗作赋,灯前月下,说些云淡风轻的知心话。另一位是填词高手姜白石,他去石湖遇到了才色俱佳的小红,两人一见倾心,范成大成人之美,当了一回月老。"自作新词韵最娇,小红低吟我吹箫。"姜白石携美离去,也算石湖风月的一则佳话。

离开石湖时,不知谁念了钱锺书评范成大的一句话:"范成大田园诗的境界与陶渊明相近。"我想,也许石湖便是范成大心中的"世外桃源"吧!

＞留恋石湖的范成大,留下遗址名园  ＞好一幅清丽旷达的石湖风景图

# 同里退思

前些年，在苏州闲居，常与姑苏才子陶文瑜喝茶聊天，说到苏州古镇，他首推同里，似乎在苏州古镇榜上，同里最好，没有之一。

我去同里数次，亦是每次流连不舍，同里玩一天是不够的。有人说，同里是明清建筑博物馆；还有人说，同里的每一幢老宅都有故事，走进去便是引人入胜的开始。

同里由十五条川字形小河把古镇分割成七个小岛，而49座古桥又把同里连在一起，于是成了名副其实的"小桥、流水、人家"。

＞同里是苏州古镇中的第一块牌子

>同里老街景致令人入迷　　　　　>同里的水乡韵味

早在宋代，同里已名闻遐迩，"民丰物阜，商贩骈集，百工之事咸兴，园池亭榭，声技歌舞，冠绝一时"；至明朝"地方五里，居民千余家，街巷逶迤，室宇丛密，街道逶迤，市场沸腾，可方州郡"。可见其盛况之一斑。

同里的古名是"富土"，便是说同里的人杰地灵、欣欣向荣。但同里人不喜张扬，不好显摆，于是有识之士将"富土"二字拆开组装，于是有了同里之名。

游同里是绕不开退思园的，这个主人也是同里人，叫任兰生，当过安徽兵备道道台，因为手中有权，当然收的银子不会少。他一次与捻军作战，节节胜利，但任兰生见尸横遍地，一下子动了怜悯之心，便停止追杀。这事让慈禧闻知，勃然大怒，欲问其罪，任兰生当面对答："退而思过，进而报国。"经左宗棠、彭玉麟周旋说情，任兰生便返回故土，于是萌生造一个园子养老，园名退思。

退思园始建于清光绪年间，占地五千余平方米。此园的布局别出心裁。传统老宅的格式，皆为一井一井前后贯穿。而退思园却是横向布局，由西向东是住宅、庭院、花园，花园占宅园一半面积。住宅由门厅、茶厅、正厅与两幢小楼组成，每进一层，都设屏障。中庭作待客之用，住宅与花园之间有自然过渡，院内有旱船与花木小景。"坐春望月楼""退思草堂""水香榭""雨生亭"掩映其中，藏有一阁、一桥、一轩，是一座小家碧玉园林的典范。

我行走在逶迤曲折的长廊中，感受到艳阳中林木的郁郁葱葱。粉墙上斑驳印痕，假山处翠绿青苔，还有水波中若隐若现的亭台楼阁，再看池中穿梭于荷叶中逍遥嬉戏的鱼儿，不由令人感悟到园林主人官场失意后的意外幸福，奔波官场的案牍劳形者，哪有机会享受藏于园林中的种种乐趣呢？

> 退思园是不能不去的

> 退思园布局在苏州园林中独辟蹊径

> 退思园外的老街

窃以为"退思园"的妙处，在于简朴无华、素静淡雅，没有一点显赫与奢华，以古朴端庄、素雅休闲的古镇气息相吻合，此亦姑苏民居之妙哉！

同里名人辈出，其中以明代园林学家计成声名显赫。他少年时涉猎经史子集，对诗词书画有很深造诣，因仕途无望，遂对"林下风趣，逃名丘壑中"大有兴趣，中年转事造园，在镇江、常州、南京造了"虽有人作，宛若天开"的好几座园林，并在崇祯七年写成中国最早、最系统的造园著作《园冶》，被誉为世界造园学最早的名著。陈从周教授曾建议寻访计成同里故居遗迹，但至今仍扑朔迷离。

同里古镇上可玩之处还有很多，上元街上的耕乐堂，是明人朱祥修筑的，前宅后园，园内有棵400多年的白皮松，另外崇本堂、嘉荫堂、世德堂都是历尽沧桑的老建筑。古戏台亦为一景，那里的园、堂、居室、寺观、祠、宇，都有点故事。

故事最多的是残存的陈彩娥书楼，根据《珍珠塔》线索新仿造的。由于评弹与锡剧在苏州的流行，陈彩娥不弃贫贱，赠表弟方卿珍珠塔，方卿历尽磨难，金榜题名的故事不胫而走，于是同里人也将它作为当地的保留节目流传至今。

# 木渎诗祸

> 苏州木渎镇上的沈家花园

与同里相比，木渎古镇似乎略逊一筹，但沪人去造访木渎者颇多，因为木渎离西山不远，西山有一大片墓区，尤其每年清明与冬至，上海人去上坟烧香拜祖后，都会顺道去木渎古镇一游，慕名找到石家饭店去吃顿苏式美餐。

木渎之名始于春秋末年，卧薪尝胆的勾践用"美人计"，将西施献给吴王夫差，夫差见西施天资国色，为其在灵岩山造馆娃宫，在紫石上筑姑苏台，源源不断运来的木材堵塞于山下之漂流，"木塞于渎"，遂有此名。

木渎地势极佳，群山环抱，西北有灵岩山、穹隆山、天池山、玉峰山、天平山，南有清明山、七子山、凤凰山、和会山、赤峰山，由于康熙、乾隆二巡木渎，木渎还曾被绘入《姑苏繁华图》内。明清时木渎有园林30余座，至今寥寥无几，但严家花园依旧引人注目。

去游木渎，穿行在七里山塘老街上，这条老街比市内的新山塘街风景漂亮很多，一头是奇幽古朴的高山流水，另一头是柴米油盐的枕河人家。当中那条河，唤作香溪河，河畔是令人眼花缭乱的商铺小店，让人随意品尝苏州小吃的美味佳肴。

走到王家桥北，便是大名鼎鼎的沈家花园。沈家花园的主人赫赫有名，即清代诗人沈德潜。沈是苏州府长洲人，自幼家贫，刻苦攻读，中年时已满腹才学。但他自22岁始，赴乡赶考，居然前后落第17次，他自述："真觉光阴如过客，可堪四十竟无闻。"直至沈德潜67岁那年才考中进士。过了三年，沈德潜又被授为翰林院编修，年近古稀出大名，终于落得一个"江南老名士"的绰号。

当时的皇帝正是好吟诗词、喜附弄风雅的乾隆皇帝，他召沈德潜谈论诗词，沈几十年沉浸诗海，自然博古通今，对答如流，他提倡温柔敦厚的诗风，也很对乾隆的胃口。

乾隆不仅赞赏沈诗，还常把自己写的诗（几乎每天一首），让沈德潜欣赏，沈写诗的功力自然在乾隆之上，为其诗润色，大得乾隆欢心。

沈德潜77岁乞归，乾隆将其比作李（白）、杜（甫），高（启）、王（士祯）。并在沈德潜八十大寿赐匾额："鹤性松身"。在沈德潜85岁时，乾隆又题诗赠之："我爱德潜德，淳风挹古福。"

沈德潜虽大器晚成，但寿辰极长，居然活至97岁，乾隆为其写挽诗，评誉甚高。但沈德潜去世后，其门生不甘寂寞，编了一部沈德潜的诗集，竟然头脑发昏，把沈德潜替乾隆写的许多诗作全收了进去。

这让乾隆皇帝阅后十分恼火，又不好马上发作。过了9年，一部名《一柱楼集》的诗集打起了官司，诗集的序言正是沈德潜所写，当乾隆看到"明朝其振翮，一举去清都"，便面孔一扳，一口认定是此乃逆案。随即追杀沈德潜的阶衔、罢祠、削封，并磨去御赐碑铭，连沈德潜写在沧浪亭上的句子都不复存在。沈家花园自然易主。这场文字狱也算是木渎诗祸吧！今日游沈宅的朋友，在光华典雅的园林中漫步，或许会联想到"伴君如伴虎"。古代学人若想出个诗集之类的事，还须谨慎为好，需避灾祸呀！

闲话勿讲，还是去木渎镇上那家有名的石家饭店享受美餐，招牌菜是"鲃肺汤""酱方"与"三虾豆腐"。说起来蛮馋人的！

>木渎的流水人家有很多小店可玩　>石家饭店有特色菜肴，享有"石菜"之誉

# 甪直女红

> 甪端是甪直古镇上的神兽

　　苏州古镇大同小异，同者即水多、桥多、巷多、老宅多、名人多、名胜古迹多；异者便是各有各的特点，比如被誉为"江南六大水乡"之一的甪直古镇，便带点神话色彩。广场上的雕塑是一种名叫甪端的神兽，传说中这种神兽日行一万八千里，后人便把神兽模样刻成印章，盖在公文与信函上，作邮戳之用。

　　甪直，原名甫里，因镇东有直巷，通向六处，河流三横三纵穿过古镇，水流型很酷，近似一个天然的"甪"字，遂改名甪直。

　　笔者逗留甪直数次，访沈宅、保圣寺、万盛米行、王韬纪念馆，但最让我感兴趣的是驻足浏览"水乡妇女服饰博物馆"。

　　江南女子的服饰自有特色，尤以甪直为最。据《吴越春秋》载："越王勾践人臣于吴，服犊鼻，著樵头，夫人衣无缘之裳，施左关之襦。"《旧唐书》曰："江南则以巾褐裙襦。"所谓"裙襦"，即作裙与围裙了。叶圣陶也描绘过甪直女子的服饰："女的往往裹着白地青花的头布，虽然赤脚却穿短短的夏布裙……则有一种健美的风姿。"

　　在"水乡妇女服饰博物馆"内，笔者见到了盘盘头、包头巾、拼接衫、作裙、绣花鞋……不由令我想起在甪直小河中摇船的女子，她们健美、纯朴，在风尘中透溢出曼妙的野趣。她们摇着船儿，哼着吴歌，在水上悠然而来又飘然而去，其背影是那么丰盈飘逸。曾在苏州任职的明代诗人戴良看得呆了，不由脱口而出："青袂蒙头作野妆，轻移莲步水云乡。裙翻蛱蝶随风舞，手学蜻蜓点水忙。紧束暖烟青满地，细分春雨绿成行。村歌欲和声难调，羞杀扬鞭马上郎。"

江南女子服饰在甪直街头风行，缘于甪直女红的出众。女红，即女工，指女子从事纺织、缝纫、刺绣、编结等服饰手工艺品。甪直妇女服饰中的八大件：三角包头巾、大襟拼接衫、钗裆裤、胸兜、百裥襕裙、穿腰束腰、小腿卷膀以及百衲绣花鞋，是甪直女红的集中代表。而"如意纹""盘长纹""蝶恋花纹"与蓝印布图案相拼接，亦为当地女红的创造，在冷暖色彩中显示了层次感与谐调性，呈现江南水乡特有的韵味：有点古色古香，有点轻灵素雅，也有点撩人妩媚。

走在甪直的大街小巷中，那黛瓦粉墙的木格窗里隐约可见几枝含苞绽放的红梅，还有窗栏上一盆翠绿欲滴、姿容舒展的文竹。再看进去，便见甪直女子穿戴着水乡特色的当地服饰，亮丽的少女喜欢用红色的毛巾包头，鲜艳的红色中露出乌黑发亮的青丝；或是一个丰腴的小媳妇爱穿碎花的大襟短袄，凹凸有致，腰间一抹士林蓝布百褶小围裙；再或是一位徐娘半老的中年女子穿着蓝色彩带头缀有红绿色的流苏，裙下是一条藏青布裤。有意思的是，甪直女子的鞋子最为讲究，绣花滚边圆口布鞋，鞋型似轻盈的小船。还有穿拼接衫、拼裆裤、束襕裙的女子，或盘髻头，或扎包头巾，那么随性、那么恣意、那么纵情，真让人观之惊羡不已，目不暇接。

正是历代甪直女子巧于女红，才让甪直妇女的服饰在苏州古镇中别具一格。去甪直采风，请勿忽视了这一民间风俗之美呀！

＞甪直的女红服饰有家博物馆

＞甪直妇女服饰成非遗

# 锦溪展馆

> 锦溪原名陈墓，新建邮局仍保留原名

在苏州古镇中，锦溪名头虽排在中列，但它却是一座拥有两千多年历史的江南古镇，享有"中国民间博物馆之乡"的美誉。

锦溪水乡，并非浪得虚名，它东临淀山湖，西依澄湖，南靠五保湖，北有矾清湖、白连湖。古镇有大小湖泊16个，河道238条，湖荡密布，河巷纵横。民居依水而筑，36座小桥衔接街巷，沿河有一排青瓦白墙，不远处便有一个水埠码头。文学家沈从文于1976年因唐山大地震躲避于锦溪，他最醉心的便是观看窗下的流水，他说："家乡的沅水，好比是赤膊拉纤的男子汉；而锦溪水，仿佛是睡梦的少女。"

锦溪曾名陈墓，南宋隆兴元年，南宋太子赵玮率兵抗金，途中他的宠妃陈氏病殁，因陈妃生前特别喜欢锦溪这块风水宝地，赵玮便在锦溪立水冢葬了她。后赵玮当上宋孝宗，他命人在陈妃墓旁，建了通神御院、莲池禅院、里和桥。明朝又建了天水桥与文昌阁，清朝则建普庆桥，这些古建筑各有可观之处。

但锦溪最出名的是建了多处博物馆，而各种民间展馆之多，可位列江南古镇之首。

在众多民间收藏展馆中，"中国古砖瓦博物馆"最负盛名，它的建成还与明代智者刘伯温有关。朱元璋在南京登基后，精通天文地理八卦的军师刘伯温便去江南各地巡视民风，路过锦溪，为其震撼。锦溪河宛如一条巨龙，其支流似四条龙爪在古镇四面伸出，镇南的菱河塘恰似龙嘴，而莲池禅院就如含在龙嘴口中的一颗夜明珠。

刘伯温细细观望后大吃一惊。他想朱元璋生性多疑，如果锦溪冒出一条真龙，岂非大明江山不保？于是刘伯温命人在锦溪河的四条支流上建了八座对称的石牌楼，欲将龙爪锁住，又在龙嘴上造了一座庙宇，即锁住龙嘴中的那颗夜明珠。刘伯温还不放心，便令当地官吏在锦溪古镇造了上百个制坯烧窑的作坊，意思是锦溪的千军万马变成千砖万瓦。于是乎，锦溪便成了中国的砖瓦之乡。后来便演变出了"中国古砖瓦博物馆"，这个馆内珍藏了从秦砖汉瓦、六朝板瓦、西晋纪年砖、宋代凿榫井砖至明清民国时期的青砖，一应俱全，具有相当的文化内涵，锦溪至今尚存各式古窑15座。

陶瓷馆、钱币馆、紫砂馆、古董馆、篆刻馆、书画艺术馆、锦溪杰出人物馆内的藏品，也大有来头，令人目不暇接。如紫砂馆内有明代紫砂巨匠时大彬的提梁壶、蜚声海外的"曼生十八壶"与顾景舟制作的紫砂壶。古玩馆则收藏了自春秋战国至今的历代水盂精品达800件，北宋越窑的三足蟾蜍水盂与清代葛明祥、葛源祥兄弟制作的"宝石釉""虎貔狳"水盂，更是精致雅观，弥足珍贵。另有近代著名画家、围棋国手陆曙轮先生的故居"柿园"，也值得游人浏览雅玩。

锦溪展馆之美，缘于群山环抱的古镇虽屡经沧桑，几遭破坏，但仍遗存着明清至民国初的典型江南民宅建筑之精华。四合院、水墙门、吊脚楼、落水廊棚与各式廊坊，令人有穿越之感，让观者心中的诗意荡漾于思绪，回味历史，顿生沧桑之感也！

＞水乡锦溪全景

# 冯梦龙村

> 为纪念俗文学大家冯梦龙，新建了"冯梦龙故居"

苏州文人辈出，人才济济。文脉厚重的苏州出了诸多文化名人，唐伯虎、祝枝山、文徵明、钱谦益、高启、金圣叹、顾炎武、沈德潜、沈三白……吾独爱冯梦龙也。冯梦龙一介书生，亦非姑苏名士，但他在中国古代文学史上却占有一个重要的位置。或许因为这个缘故，苏州相城区黄埭镇新建了一个冯梦龙村。

冯梦龙村，原名新巷村，2014年为纪念冯梦龙诞辰440周年，苏州市政府将新巷村改名冯梦龙村。2019年入选全国农村创新创业孵化实训基地，为苏州旅游新景点。

我们一行下车后，在姑苏好友蒋坤元兄引导下，见到一座典型的明代江南建筑，即白粉墙、小青瓦的"冯梦龙故居"。

走进"冯梦龙故居"，前厅三间小屋，院内种着石榴树与桂花树，中堂布置典雅，东厢房是冯梦龙父母卧室，西厢房为冯梦龙三兄弟的卧室与书斋。宅后一片茂密竹林，环境清雅俊逸，合乎冯梦龙生前向往的风景。

冯梦龙（1574—1646），生于苏州府长洲县（今苏州葑门），他自幼迷恋经学，好读杂书，因屡试不中，便把精力投入编书撰文，22岁采风湖上，编了一本《山歌》，后又编《挂枝儿》民歌集。冯梦龙写作范围甚广，戏剧传奇《双雄记》

《万事足》，历史小说《东周列国志》《平妖传》等六部，笔记小品《智囊》《古今谈概》《情史》《笑府》《燕居笔记》，另有诗集、散曲、史书评论专著等30余部，经他改编重订有10余部，其中最著名的便是由他编纂的白话短篇小说"三言"。

漫步在"冯梦龙书院""冯梦龙纪念馆""冯梦龙笔耕文化园"中，关于冯梦龙生平、著作及其一生的追求，有详尽介绍。最让冯梦龙值得骄傲的便是他编纂了"三言"，即《警世通言》《醒世恒言》《喻世明言》。这位中国古代白话小说的先驱、俗文学之泰斗，让后人在小说中了解了李白、赵匡胤、王安石、唐伯虎、乔太守……这些短篇小说后来成为中国家喻户晓的戏剧名篇，如《三笑》《白蛇传》《杜十娘》《十五贯》等。

听馆内人介绍，"冯梦龙故居"除了"四知堂""清莲园""卖油郎油坊"已开放，正筹建"山歌馆""广笑府"等旅游景点，通过旅游开发来让读者了解冯梦龙一生的伟大。可能由于创建这些新建筑还比较快而仓促，值得改进的地

〉新设的冯梦龙故居布置家具皆明式

> 作者与旅游友们同游冯梦龙村

方还有许多,但建冯梦龙村的本意还是好的,有助于让游客了解这位姑苏文人的生平与他对中国古代文化的巨大贡献。

56岁的冯梦龙于崇祯三年补了贡生,60岁任福建寿宁县知县,4年后返回苏州,著述之余,投入反清复明活动,卒于73岁。

冯梦龙是欧洲人知晓的第一位中国古代小说家。1997年笔者赴瑞典参加第91届诺贝尔奖颁奖大会时,受瑞典皇家学院院士马悦然之邀请,访问了他和他的寓所。马悦然在书架上取出一本英文版的《今古奇观》说:"欧洲人最早知道的中国小说家不是曹雪芹而是冯梦龙,他的《今古奇观》(选自"三言""二拍")于1815年在伦敦出版,法国、德国也有多种版本,冯梦龙是欧洲人心目中最有名气的中国古代小说大家。"

叁

光裕
清韵

【风雅苏州】

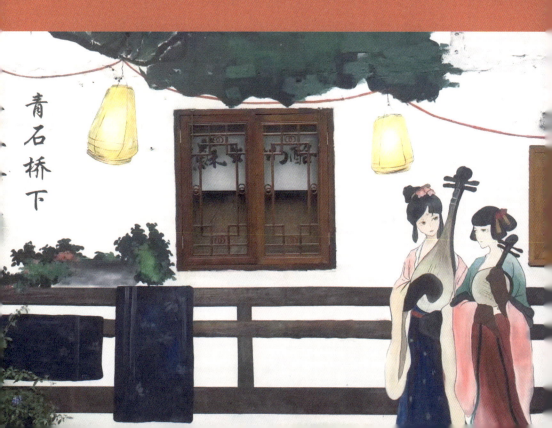

青石桥下

# 说书鼻祖柳敬亭

说书这门曲艺，有史可记在宋代。先是话本的流传，后来促进宋代讲史、元代平话的兴盛，为产生苏州评话与北方评书提供了土壤与基础。到了明末清初，中国便诞生了一位说书艺人的鼻祖柳敬亭（1587—1670）。他原名曹永昌，字葵宇，通州余西场（今南通）人。其始祖是北宋开国功臣武惠王曹彬，金人南侵，曹氏一脉流落至常熟，明洪武年间，其父曹应登迁泰州。曹永昌少年时强悍不驯，犯法当死，泰州府尹李三才为其开脱，曹永昌以"钦犯"身份，浪迹于苏北市井间。一日，他在一棵大柳树下，顾同行数十人曰："嘻，吾今氏柳矣。"遂改名柳敬亭。因其"面多麻"，人称"柳大麻子"。

柳敬亭好读野史，得演义小说一册，见市井有说书者，亦开始模仿，说着说着，便有了些听众，遂以说书为生，渐渐有了点自负。松江府一位读书人莫后光听了柳敬亭说书，对其直言："说书是门技艺，高明者需描摹故事中的人物性情神态，还需熟悉各地的风俗人情。只有学会春秋时楚国艺人优孟以隐言来进行讽谏，才可达到说书的精妙之处。"这番话说得柳敬亭大为叹服，拜其为师。

柳敬亭专心致志反复练习，过了一月去见莫后光，说给他听，莫后光听后说道："你说得让人欢乐喜悦，可以笑矣！"柳敬亭回家，又仔细琢磨了一月，再去见莫后光，莫后光听完叹曰："你的书艺，能让人感慨悲叹，痛苦流泪了！"柳敬亭听出话中之音，又返家苦练了一个月。第三次他去见莫后光，莫后光这次赞叹道："你未开口，悲哀欢悦之情都先表现出来，说书艺人能掌控听众的情绪，祝贺你成功了！"

于是，柳敬亭便去扬州、南京、杭州各大城市说书，因其书艺高超，"倾动市人""一日说书，定价一两"，百姓争相围观，"常不得空"。名声也显扬于达官贵人之间，纷纷请柳敬亭入府说书，安徽提督社宏域对柳敬亭的书艺十分迷恋。

此时，明末太子太保、宁南侯左良玉渡江南下，社宏域很想结交，便携柳敬亭同往左良玉府第。左良玉早闻柳敬亭说书之名，想试试他的胆量，以刀枪阵

> 柳敬亭画像 　　　　　　　> 柳敬亭说书场景

迎之。柳敬亭面对钢刀，坦然自若，谈笑风生。交谈之间，让左良玉相见恨晚，引柳为挚友，留在府内。

左良玉虽为名将，却没有读过书，他下达公文皆由属下立意谋篇，今得柳敬亭，便让他跟随左右，由其参与秘密军务。柳敬亭不仅口才了得，亦能文字，策划决断，很合左良玉之意。柳敬亭在左良玉府中朝南而坐，下属偏将俱称呼柳敬亭为柳将军。

左良玉病亡后，柳敬亭又走上街头，重操说书旧业。他说的书虽取之小说话本，却不照本宣读，表演时说表细腻、尽情发挥，"描写刻画，微入毫发"，以轻重缓急制造说书气氛，"说到筋节处，叱咤叫喊，汹汹崩屋""客座惊闻色无主"。由于目睹清兵南侵后遭致哀鸿遍野、百姓逃亡之景，他便把所见所闻用说书的形式加以表达，其间的刀枪铁骑与风号雨泣之声，皆由他用口技表演出来，栩栩如生，呼之欲出。

明亡清初之际，柳敬亭与"明末四公子"之一的冒辟疆相识，一个说书精妙，一个诗文俱佳，两人志同道合，便成了复明反清的好友。据孔尚任作戏剧《桃花扇》描写，柳敬亭曾被南明权臣阮大铖敬为上客。阮大铖对其盛情款待，但当柳敬亭看到《留都防乱公揭》后，才知阮大铖是个反复无常的奸佞小人，深受震撼，耻于与阮为友，"不待曲终，拂衣散尽"。

柳敬亭一生说书六十年，其书艺"疾徐轻重，抑扬顿挫，入情入理，入筋入骨"，名闻一时。至83岁卒，死后葬于苏州。侯方域、吴梅村、张岱、张潮、孔尚任、黄宗羲对其均有记载。张岱写过《柳敬亭说书》，吴梅村与黄宗羲写过《柳敬亭传》。柳敬亭所说之书，由文人整理成《柳下说书》，其文字由冒辟疆、钱谦益、吴梅村等人润色，可见柳敬亭与当时明末清初著名文人相交，都曾留下一段佳话。

# 王周士开创"光裕公所"

　　苏州评弹是由评话(大书)与弹词(小书)两部分组成。评话早期有名的艺人是明末清初的柳敬亭,至清代中期,苏州评话出现了鼎盛时期,咸丰、同治年间出现了姚士章说《水浒》的评话名家。弹词则由琵琶、三弦伴奏的说唱方式,明人田汝成在《西湖游览志余：熙朝乐事》就记载"鱼鼓弹词,声音鼎沸"。明代弹词作品有梁辰鱼的《江东廿一史弹词》,陈忱的《续廿一史弹词》等。明朝嘉靖年间,以吴歌为基调的南曲在苏州相当流行,进入上层,即昆曲;进入平民,即是评弹。真正让苏州弹词拉开大幕的是清代著名艺人王周士。

　　王周士,苏州吴县人,生卒年不详,因其头发稀疏,外号"紫癞痢"。王周士生活在清乾隆年代,他吸收昆曲、吴歌的声腔和滩簧的表演,以单档起"十门角色"而艺压众人,以擅唱《游龙传》《白蛇传》名闻江南。清学者赵翼在《瓯北诗钞》中说："(王周士)自言名隶教坊籍,焰段曾供宴燕九。华清承直知有无,唇舌君卿固罕偶。"此诗作于乾隆二十二年到二十四年期间。

　　乾隆南巡至苏州,想听说书,耳闻苏州弹词艺人王周士声名显赫,便把他召来,命其弹唱。王周士跪下后却默不作声,让乾隆大为困惑不解,问其故,王周士这才委婉奏道："臣所事行业虽低微,但苏州弹词需坐着弹奏乐器,才能表演。"乾隆赐其一个蒲团,王周士这才坐下开始弹唱。乾隆听得兴趣盎然,一时兴来,便赐王周士七品官。王周士曾随乾隆北上京城,后来因过不惯京城生活,称病乞归。他返回苏州后,在宫巷创建苏州评弹艺人最早的行会组织"光裕公所"。

　　由于王周士曾在"御前弹唱",有了皇家这块招牌,说书先生身价一跃千丈,苏州的三大宪衙门也不敢欺侮王周士的"光裕公所"。当时的"公所",相当于"会馆",王周士把苏州会说唱评弹的艺人组织起来,互相切磋交流,通过授艺与演出,苏州评弹得以发展,广为流传,在苏州市场上十分热闹兴旺。

王周士不仅书说得好，还善于总结，他把自己从艺的经验体会整理成两部书稿：《书品》与《书忌》，他在《书品》中提出好的评弹应该是"快而不乱，慢而不断，放而不宽，收而不短"。在《书忌》中则强调评弹艺人的说表弹唱应做到"乐而不欢，哀而不怨，哭而不惨，苦而不酸"。这些有关评弹艺术的理论，也成为后代艺人一致公认的说唱表演法典。

"光裕公所"创办后，苏州评弹发展迅速，日益广受欢迎。除了《白蛇传》《玉蜻蜓》等书目，其他传统评弹书目也日新月异。王周士还规范了公所系列准则，"光裕公所"流行司年、司月制度，在艺人中选出有影响的人来担任司年董事与司月董事，司年每年一换，决定重大问题；司月轮值，负责具体日常工作。至1912年，司事制改为会长制，正副会长下设会计、干事若干，第一任会长为王绶卿，副会长为王效松。北伐后，又改为委员制，正副主委与委员七人，社务公开。

为发展评弹事业后继有人，"光裕公所"在1907年创办了一所"裕才初等小学堂"，这所学校先后培养出了魏钰卿、朱介生、薛筱卿等评弹艺人，为后来苏州评弹事业的蒸蒸日上开创了一个可喜的局面。

> 王周士为乾隆弹唱《游龙传》

> 光裕社全图 近代赵云壑绘

> 光裕公所旧址

# 马如飞与苏州弹词三大流派

> 马如飞的画像

笔者幼年迷恋苏州评弹，因酷爱听书而喜爱藏书。我少年时代买过一本由上海文艺出版社于1962年出版的《评弹开篇集》(夏史编选)，书中有不少精彩的弹词开篇脚本即由马如飞创作，如《西厢记·请宴》《长生殿·惊变》《红楼梦·林黛玉》《王昭君》《李太白》《岳飞》《柳毅》《诸葛亮》《韩采苹》等。后来我四处寻觅有关评弹资料，才获悉马如飞原来是苏州评弹三大流派之一的杰出代表人物，他开创的"马派"对后世影响极大，沈(俭安)调、薛(筱卿)调、周(玉泉)调与朱雪琴(琴调)都是传承"马调"后发展而来的。"马调"亦是评弹艺术中传播最广的一个重要流派。

马如飞，原名马时霏，字吉卿，署名沧浪钓徒。他生于苏州，生卒年不详，大约生活在清同治年间。他幼习刑名，稍长充书吏，师从表兄桂秋荣学唱《珍珠塔》，未及一年，便演出于江浙一带。后与桂秋荣互说《珍珠塔》，以书艺高超而一鸣惊人。

马如飞自幼聪颖，好读书，打下扎实的文字根基，又肯动脑筋，得文友相助，改编《珍珠塔》脚本，使内容与结构更为严谨，唱词则文雅工整，经他弹唱,红极一时,当时被誉为"小书之王"。

马如飞开创的"马调"以节奏明快、爽朗清劲、质朴淳厚、唱腔流畅著称,因他文学天赋高于其他艺人,他创作弹词开篇约300余则,其赋诗也有800余首,另著有《南词必览》《杂录》《梦史》等。马如飞有子马一飞、外孙王绥卿,其徒杨鹤亭、钟柏泉、姚文卿、余连生等10人,亦很有名。

马如飞生前为"光裕公所"骨干,清咸丰年间,"光裕公所"遭兵毁。同治四年,马如飞与赵湘舟、姚士章、许殿华、王石泉等评弹艺人在临顿路小日晖桥堍原陆墓中学内重建"光裕社",并于同年在长洲齐门外建造"光裕社义冢"。马如飞、夏荷生去世后,先后葬于义冢内,这才有了"千里书声出光裕""不到陆墓非响档"的流传。

今日演出的《珍珠塔》雅俗共赏,归于马如飞当年改编演出之功,他还编辑了《出道录》,总结保存了不少弹词艺人的表演经验,对苏州评弹艺术的发展来讲十分珍贵。

与马如飞同时活跃于评弹界的还有两位名角,一为陈遇乾,他自编自演《义妖传》(即《白蛇传》)《双金锭》《芙蓉洞》(即《玉蜻蜓》)。陈遇乾早年演唱昆曲,后改习弹词,以大嗓门演唱,音色宽厚苍劲,变化曲折,在唱腔上自成一派——陈调。他的陈调从昆曲、乱弹唱腔中衍化而来。陈遇乾后被推举

> 光裕社部分艺人在上海成立润裕社,首任会长凌云祥,张鉴庭担任继任会长

为"光裕公所"司年，他弟子有蒋如庭、朱介生等，并经传承，蒋如庭开创"蒋派陈调"。陈后有再传弟子刘天韵等著名艺人。

另一位俞秀山，字声扬，亦为苏州人。他开创的"俞调"婉转抑扬，如小儿女绿窗私语，喁喁可听。由于他吸收了苏滩、昆曲以及京剧的一些唱腔，形成了缠绵悱恻、婉约多姿的艺术风格，并以音域宽广、旋律变化丰富而引人注目。他以说唱《倭袍》而名闻书坛，其说唱书目另有《玉蜻蜓》《白蛇传》。徐（云志）调、祁（莲芳）调皆从"俞调"中脱胎借鉴而来，"小阳调"也受"俞调"的影响。传人有王石泉、钱耀山等。

由此可见，苏州弹词在清代已分三大流派，马（如飞）调、陈（遇乾）调与俞（秀山）调，成为评弹艺术自成一家的新流派。清嘉庆道光年间，出现"评弹前四大家"：陈士奇、姚豫章、俞秀山、陆瑞廷。另一说是：陈遇乾、俞秀山、毛菖佩、陆士珍。清咸丰、同治、光绪年间出现"评弹后四大名家"：马如飞、姚士章、赵湘洲、王石泉。他们之后，苏州弹词便进入发展兴旺时期，至20世纪三四十年代形成名家辈出、流派纷呈的全盛年代。

＞清末书场演出盛况

# 周玉泉、朱介生谈艺录

> 周玉泉

> 朱介生

评弹艺术经柳敬亭、王周士和清代评弹"前四家"与"后四家"的共同努力，终于在20世纪30年代至40年代，出现百花齐放、名家辈出的黄金时期，其间涌现出来的著名艺人层出不穷。最早闻名于世的便有魏钰卿、赵筱卿、唐再良、也是娥、蒋如庭、朱兰庵(即姚民哀)、钟笑侬、朱耀祥、汪云峰、杨斌奎、周玉泉、赵稼秋、夏荷生、沈俭安、薛筱卿、徐云志、李伯康、朱介生等。各位评弹艺人各有所长，名震一时，他们对艺术的理解与展示，都有值得学习借鉴之处。其中周玉泉谈"阴噱"、朱介生谈"俞调"，是不可多得的宝贵经验。

周玉泉(1897—1974)，原名周天福，苏州人。16岁师从张福田学习《文武香球》，1913年周玉泉在光裕社出道放单档颇获好评。1928年周玉泉师从王子和学唱《玉蜻蜓》，书艺大进，成为当时红极一时的名家，与夏荷生、徐云志合称30年代名播书坛的"三单档"。

周玉泉一生勤奋好学，在说、噱、弹、唱、演上均有很高造诣。他创造的"周调"说表平稳怡静、冷隽诙谐，唱腔借鉴京剧谭派老生和程派青衣的特点，又与自身嗓音条件相结合，以平稳飘逸、字正腔圆、韵味醇厚的"周调"独树一帜。周玉泉在演唱中以"阴噱"引人注目，他注重手面、眼神的运用，演生、旦、丑、武生与绿林好汉，皆栩栩如生。正因如此，最初拜张云亭为师学《玉蜻蜓》的蒋月泉听了隔房师兄周玉泉说书，便自降身份，拜周玉泉为师，并在学习"周调"的基础上，在传承《玉蜻蜓》中进行脱胎换骨，终于创造了评弹流派中最有影响的"蒋调"。

　　周玉泉老先生曾留下一段谈表演心得的体会,他自述一生听书成瘾,主张说小书的艺人要多听大书。他认为一个演员放噱头,"阴笃笃"一句话胜过大喊大叫。他自述"阴功"受张福田、王子和两位老师影响,尤其王子和的"阴噱"独一无二。他指出一个弹词艺人,一定要口清齿白,字正腔圆,大段表白力求精简。好的演员还需在生活中注重实地观察,对不同的人仔细观察,如皮匠、船夫、茶房、农夫、和尚、道士乃至乞丐,并熟悉各地方言。念官白要抑扬顿挫,好演员还要练好眼神,表演时才能收放自如。周玉泉谈到说表传神,他认为演员说表演唱时要身入其境,比如一个人物出场,他眼前有一座山,演员自己眼前就要好似有座山;游寺院,一进山门,便是"四大金刚",演员的目光须向两边一望,更要向上一望,才能使观众感受"四大金刚"之高大形象。也就是说,演员嘴里说表,面容眼神都要配合,一举手、一投足皆要"落窠",才能恰到好处。

　　朱介生(1903—1985),自幼师从其父朱耀庭,12岁即放单档,后与赵稼秋等艺人拼档。再师从朱兰庵学《西厢记》,与蒋如庭拼档演《落金扇》,成

> 清末明初说书场景

为当时"三大响档"之一。朱介生说表细腻，以擅唱"俞调"而著名，他与蒋如庭合作，对"俞调"唱腔与唱法进行改进与发展，他们唱的"蒋朱调"后称"新俞调"，亦称"朱介生调"。

朱介生认为"俞调"是学弹词者之基础，学好"俞调"有三大好处，一是锻炼丹田运气，尤其低的唱腔，不用丹田之处，则末一字势必听不清楚。由于"俞调"唱腔长，节奏慢，学"俞调"可锻炼运气、换气；二是"俞调"音域较广，有的唱腔高低度相差很大，学好"俞调"，无论唱高腔，还是唱低腔，都可运用自如，还可锻炼"小嗓子"；三是"俞调"唱腔精密度高，仿佛是书法中的"正楷"，悉心研究"俞调"唱腔的结构与音乐韵律，可以帮助演唱者运用自如和学习掌握其他评弹流派。

对俞秀山开创的"俞调"，朱介生概括为"婉转柔和，富有音乐性"。他说其父朱耀庭在"老俞调"的基础上加以创新，使"俞调"更加悦耳动听，声情并茂。朱介生还结合自己学"俞调"时的感悟，他在唱腔上借鉴了昆剧、京剧、锡剧、京韵大鼓、江南民歌、扬州小调的元素，并融化到弹词中去。后来朱慧珍用"俞调"唱《宫怨》，还从京剧"南梆子"搬来运用。老腔老调如何变得新颖而更动听，这便是"俞调"在发展中精益求精、百听不厌的成果。

除周玉泉、朱介生两位老艺人，杨斌奎、徐云志、杨仁麟、姚荫梅、张鉴庭、严雪亭、蒋月泉也留下了宝贵的艺术经验，容后再分章叙述。

# 迂回曲折说传奇

## ——夏荷生《描金凤》赏析

> 夏荷生

在"弹词四小书"中，论情节一波三折、迂回曲折、跌宕起伏，《描金凤》
为第一。

《描金凤》原名《错姻缘》，分十二卷、四十六回。系清代弹词作品，流行
于咸丰同治年间。现存光绪二年竹亭居士重刻本，光绪三十二年《马如飞重
谱时调》石印本。赵湘洲与其子赵鹤卿、其孙赵筱卿擅长此书，钱王卿、钱幼
卿对《描金凤》都作过润色演唱。1919年，师承钱幼卿的夏荷生，20岁参加
苏州书会说《描金凤》，他唱功扎实，又擅长起角色，小阳调中兼收马调、俞调
之长，形成苍劲缠绵又飘逸的"夏调"，一曲末了，震撼全场，不久被誉为"描
王"。

这部书讲明代万历年间苏州书生徐蕙兰向叔父借贷遭拒，在大雪天愤
而自尽，为江湖术士钱志节相救。钱志节让徐蕙兰先去钱家，结果为其女玉
翠姑娘相中，便以御赐描金凤相赠。不料嗜酒的钱志节去徽州典当老板汪宣
家中，酒醉中误将女儿许配给汪老板，闹出一场风波。徐蕙兰后去王府姑父
家，管家马寿起杀机，当晚徐蕙兰与马王爷后妻侄子王廷兰因喝醉酒掉换床
铺，王廷兰被马寿误杀。贪官邱高受贿，将徐蕙兰屈打成招，徐蕙兰曾相救的

金继春为报恩，暗中换监。临刑时幸得绿林好汉董其昌劫法场，救出金继春。徐蕙兰换监出狱后，连中三元，后与钱玉翠喜结良缘。这部书还穿插两段书目，一是"老地保"，二为"玄都求雨"。"老地保"洪奎良勘察王府时，查出马寿是真凶，因替徐蕙兰辩冤，被革去地保，开茶馆讲徐蕙兰冤情，巧遇清官白溪访案。"玄都求雨"讲苏州久旱无雨，钱志节不慎揭下皇榜，被迫上台求雨，无奈中突然狂风大作，暴雨倾盆，钱志节因此被封高官。

由此可见，《描金凤》的书情比《三笑》《珍珠塔》《玉蜻蜓》要复杂离奇许多。该书线索多条，场景从苏州到河南再至北京。书中有当铺、王府、监狱、县衙，从落魄人家到皇帝朝廷。人物更是众多，书生、媒婆、王府夫人、管家、强盗、乞丐、当差、绿林好汉、江湖术士、禁班伙计……芸芸众生，错综复杂。书中的角色方言，除了苏州话、徽州话、苏北话、京片子，还有"徽夹苏"（徽州口音中带点苏州土语），实在考验表演者的演艺功力。而表演者的手面、口才、身段、台风、眼神、动作也各有其妙。书中还有诸多巧合，甚至荒诞情节，如钱志节揭榜、求雨，金继春换监，等等。除了传统书中的才子佳人模式，还有知恩报恩、抱打不平、义劫法场等主题。总之，这部书让人初听时眼花缭乱，细细品味则深感说书人的条理清楚，说表扣人心弦，而书中的市民情结尤为动人。

《描金凤》传承分三路，一路是赵筱卿传弟子杨斌奎，杨斌奎又传其子杨振言。另一路是夏荷生弟子徐天翔。夏荷生另有私淑弟子凌文君，他当年靠听夏荷生说书偷学技艺，后被夏荷生收为弟子，人称"小描王"。他身材清瘦，真假嗓并用，说表风趣，唱腔

> 朱耀祥、夏荷生与赵稼秋在 20 世纪 30 年代电台录音时合影

＞光裕社第一任会长沈俭安　＞魏钰卿是"魏调"创始人　＞朱耀祥开创了"祥调"

飘逸明快。凌文君弟子有余瑞君、张如君、吴迪君、朱维德。再有一路便是师从唐芝云的姚荫梅，其弟子江肇焜。

　　日前，听87岁的张如君说，《描金凤》这部书是"肉里噱"，他与今已83岁的刘韵若合作多年，夫妻配合默契。尽管书情多姿多彩，但听他俩娓娓道来，脉络一丝不乱。杨振言与余红仙的《描金凤》，以唱功说表见胜，书路清爽，以情动人；江肇焜、张丽华说的是姚派《描金凤》，江肇焜说表风趣，角色起得生动；张丽华则台风端庄，说表老练。三档《描金凤》各有观众无数，令这一传统书目后继有人。

# 弹词公案第一书

## ——杨斌奎《大红袍》赏析

> 杨斌奎与其子杨振雄、杨振言合影

传统评弹公案书目，主要集中在大书（评话），如《七侠五义》《包公》《彭公案》《江南八大侠》《绿牡丹》《小五义》等，说到小书（弹词），就寥寥无几，仅《十五贯》《神弹子》《十三妹》等几部，其中影响最大的当推《大红袍》为首席。

《大红袍》最早演出本成形于清代同治、光绪年间，说书艺人为赵湘舟，此书与《描金凤》合称"龙凤二书"。赵湘舟、赵鹤卿、赵筱卿祖孙三代擅长"龙凤二书"。后由杨斌奎、杨振言父子合演，早在20世纪40年代已脍炙人口。

此书讲明代已故兵部尚书邹应龙（著名清官）之子邹彬因家道中落，遭岳父梁栋赖婚，梁栋遣仆人火烧邹彬住所，幸得镖客神弹子韩林相救，邹彬住进韩府。韩林之妻轻浮好色，见邹一表人材，便夜往勾引，未成，反诬邹彬调戏于她。韩林乃鲁莽汉子，误会邹彬，幸得江湖义侠杜雀桥在梁上窥见真相，

> 杨斌奎与其夫人合影　　　　　　　> 《大红袍·怒碰粮船》海报

出面作证。韩林杀妻未成，反被诬陷充军。杜雀桥救邹彬心切，夜盗海瑞红袍金印，欲请海公至松江审理邹彬冤案。海瑞为访民情，乔装乡绅，携僮儿海洪搭乘私家小船，路遇粮船帮敲诈勒索，海瑞入狱了解冤情，又在街头访案，惩除恶霸。此长篇中以"抛头自首""怒碰粮船"最为经典。

《大红袍》为当时书场响档书，与评弹名家杨斌奎演活海瑞一角有关。他生于1897年，12岁拜姐丈赵筱卿为师，学《描金凤》《玉蜻龙》（即《大红袍》），出道后与师父赵筱卿拼档，后又放过单档。杨斌奎还说过《东周列国志》《太真传》（即《长生殿》)《渔家乐》《四进士》。杨斌奎说书风格不愠不火，稳健老到，以说表细腻见长，尤其他塑造清官海瑞一角，更是惟妙惟肖，入木三分。我听他与其子杨振言说《大红袍》，精彩异常，至今回味无穷。他与船艄公周阿四的交谈，平易近人，令人可敬可爱。杨斌奎1947年任上海评弹协会理事长，后任会长。他在上海人民评弹团学馆授艺，我听其徒张振华讲，他深受恩师艺术熏陶。

正面人物往往不易演好，但杨斌奎对海瑞这一角色的刻画，把握十分精准。书中讲海瑞生活俭朴，一块腐乳分四角，他自己吃了一角，僮儿海贵吃一角，海洪自言吃了两角，海瑞便责问："四只角都吃了，那么还有中间一块呢?"海洪只得老实回答："给带掉了。"海瑞两件官服，那件失窃的大红袍已陈旧不堪。他是应天巡抚，却不坐官船，细察民情，为民伸冤，惩除恶霸。据史记载，海瑞仅用半年时间，就处理了上百件积案，让无数失去民田、流离失所的平民重获土地。他死后身无余物，才会引发当地上千百姓自发为其哭泣祈祷。

由于海瑞的刚直、节俭乃至迂腐、苛刻，便形成了一位独特清官的高大形象,杨斌奎则以演活"海瑞"闻名于世,其子杨振言也以演活二太爷海洪而引人赞誉。

上海政协"国际评弹票房"20世纪90年代常举办一些评弹票友联谊活动,在国际票房活动中,市政协请一些老评弹艺术家共同出席,笔者几次见到年逾古稀的杨振言先生,一次与他谈起《大红袍》《西厢记》与《描金凤》,我问他:"您对自己哪一部书说表弹唱最为满意?"杨振言莞尔一笑,反问我:"侬看呢?"我直言相告:"我最喜欢您演的活海洪。"杨振言一本正经点点头:"倷过奖了。"

《大红袍》在传统弹词中以"为民伸冤"见胜,笔者以为此书比传统弹词中儿女情长的书目更有积极的社会意义。《大红袍》演员还有赵稼秋、朱耀祥一档,胡国梁、沈玲莉一档。其中张振华、庄凤珠从《大红袍》中以韩林为主角,又加工成《神弹子》长篇书目,很有特色。张振华是杨斌奎的得意门生,既继承师父艺术,又自开"小书大说"之风格,值得另写一章。

>上海评弹改进协会会长杨斌奎(后排左一)1950年与严雪亭、李伯康、张鉴庭、范雪君、姚荫梅、刘天韵、张鸿声等名角合影

# 且听方卿戏姑娘

## ——薛筱卿《珍珠塔》赏析

> 薛筱卿

　　我童年生活的开始，便从苏州肖家巷移居沪上，先住在愚园路的中实新村，在愚园路上完幼儿园，后迁居至淮海中路，离家一站多路便是大华书场。我在小学四年级第一次去大华书场听书。

　　去书场听的第一回书便是薛筱卿、郭彬卿说的《珍珠塔》。薛筱卿（1901—1980）当时年已花甲，儒雅端秀。他唱的薛调刚劲老辣，爽朗利索，顿挫有致。我初次听薛调，仿佛品尝到一粒刮辣松脆、回味无穷的檀香橄榄。薛筱卿少年时拜大响档魏钰卿为师。薛筱卿在马调、魏调的基础上，又独创节奏明快与唱腔有力的韵味，终于自成一家。而下手郭彬卿外形阴柔、说表嗲糯，他弹的琵琶铿锵遒劲。中间休息时，听老听客讲，郭彬卿年轻时因崇拜薛筱卿，便立雪"薛门"，终于如愿以偿。

　　《珍珠塔》是"弹词四小书"之一。据苏州作家范烟桥考证，故事背景发生在吴江同里，最早有《孝义真迹珍珠塔全传》，经苏州弹词艺人周殊士、马如飞增饰，逐渐流传。讲明代相国之后裔方卿方子文，因父亲遭奸人陷害，家遇不幸，在应试前向襄阳亲姑母家借贷，不料姑母方朵花一口回绝，凌辱方卿。方卿含恨出走,其表姐陈翠娥假托送点心给方卿之母杨氏,内藏珍珠塔,暗表心意。姑父陈御史追至九松亭,赏识方卿,将女儿陈翠娥许配给方卿为妻。方卿夜走黄州道,失足落水,珍珠塔失落古庙。消息传到陈府,陈翠娥一病不起。幸得陈御史与老管家王本假造家书,才让陈翠娥转危为安。方卿落水后被总兵毕云显搭救,后冒名赶考,连中三元,官封七省巡按,奉旨完婚。方卿想到当年受姑母势利之事,决定假扮道士,戏弄姑娘(苏州话即姑母)。

我在大华书场听书,每天是午后两点,陆陆续续听了一个月。由于评弹无须化妆、行头,也不载歌载舞,我见两位艺人身穿长衫,手持三弦琵琶,说表细腻,妙语如珠,把有声有色、有情有节的《珍珠塔》演绎得扣人心弦。令我第一次在书场内体味到评弹艺术的魅力无穷。

"方卿见姑娘"为全书之高潮,方卿中状元后假扮道士与陈翠娥小姐贴身丫环采蘋在花园相遇,采蘋口齿伶俐,"逼煞假仙人",继而"妆台报喜"。方卿见姑娘,忽而青云直上,忽而一落千丈,让姑娘忽而奉承拍马,欲大摆酒宴;忽而横眉竖眼,逼唱道情。一波三折,嬉笑怒骂,令人捧腹。

《珍珠塔》最好听的是周云瑞(1921—1970)、薛筱卿合说的"婆媳相会"。我当时在淮海中路小学读书,同班同学周云华便是著名艺人周云瑞的女儿,同学们知道她是弹词名家之女,也由此对评弹发生兴趣。我听周云瑞与薛筱卿合说"婆媳相会",更是入迷。周云瑞师从沈俭安,20世纪40年代先后与郭彬卿、陈希安拼档说《珍珠塔》,其音乐天赋好,唱腔温文雅逸,说噱弹唱皆见功力,他与薛筱卿搭档,珠联璧合。这六回书中没有金戈铁马,也无

> 薛筱卿与周云瑞演唱《婆媳相会》

> 陈希安与薛惠君演唱《珍珠塔》

才子佳人，却丝丝入扣，娓娓动听。薛筱卿饰杨氏，周云瑞饰陈翠娥，婆媳相见不相识，一个寻子不得、落难于白云庵当女仆；一个御史千金，是庵堂的贵香客。两人对话，由对对联而逐渐道破真相，令我听一遍落一次泪。

《珍珠塔》后来又有多位评弹艺人合演，据薛惠君说，她先后与朱雪琴、陈希安合作《珍珠塔》。日前我问薛惠君，与两位合作者感受如何？已近84岁的薛惠君告我，朱老师的琴调酣畅淋漓，高翻低走，操控自如；陈老师说书，说表清晰，节奏明快，诙谐风趣。两人各有其妙。

眼睛一眨，听《珍珠塔》六十年哉，认识薛惠君也三十年了，她的弹唱，得其父薛筱卿真传，唱薛调清脆甜润、稳健大方，琵琶亦很见功力。

且听方卿戏姑娘，高潮迭起，百听不厌。至今仍为传统弹词的看家书目。

# 传统弹词第一噱书

## ——徐云志《三笑》赏析

我童年的一段岁月，在苏州小巷中度过。家居肖家巷巷尾，老宅沿河而筑，窗下是小桥流水，此桥唤雪糕桥。从巷尾（平江路）走到巷口（临顿路），约五分钟。当时家家户户都装有线广播，我牙牙学语时，从家中到巷口正好听一曲悠扬的弹词开篇。幼小的心灵在软糯的吴语中滋养长大，丝弦之声便在心中深深扎下了根。

记得我在电台听的第一部小书，便是徐云志（1901—1978）与王鹰合说的《三笑》，当时他已年逾花甲。《三笑》中没有悲情离苦，"老鼠不死一只，才子佳人终成眷属"，是个很有喜剧色彩的有趣书目。

《三笑》取材于冯梦龙话本《唐解元一笑姻缘》，由玉遮山人改为《三笑缘》，至清乾隆五十五年又重新改编，清嘉庆五年有了抄录本，转眼至20世纪30年代，大小书场已有三百余人争说《三笑》。徐云志年少英俊，横空出世，他天生一条金嗓子，14岁师从夏荷生，16岁在唯亭书场亮相，一回《点秋

> 徐云志与周玉泉难得拼档演出一回《玉蜻蜓》

香》,轰动评弹界,从此成响档。

《三笑》故事很讨巧,讲姑苏才子唐寅偶在庙中见到华相府丫环秋香,一见钟情。秋香见其痴态,不由一笑;唐寅误以为佳人有情,便雇小舟追去,秋香在船头泼水,水正泼在唐寅身上,唐寅痴痴呆望,引得秋香二笑;唐寅跟随到无锡,在月下又见秋香,秋香见其傻样,又一笑。秋香无意中三笑,引得唐寅卖身为僮,到华相府中服侍两位公子(大嗷、二刁),闹出许多笑话,经过"追舟""三笑""备弄相会""面试文章""姜拜""画观音""点秋香",直至"载美回苏",笑波迭起,令人捧腹。

《三笑》的成功,归功于弹词艺术家徐云志的精心编演。徐云志生于1901年,原名徐燮贤,艺名徐韵芝,19岁自改为云志(壮志凌云之意)。他说《三笑》,首先得益于他独创的徐调。徐调唱来笃悠悠、慢腾腾,真假嗓子并用,形成了圆润软糯、委婉徐缓、百转千回的"糯米腔",又称"迷魂调"。

细品徐云志独创的唱腔,几乎找不到马调、俞调、陈调的余韵。他将民间小调、山歌、小贩叫卖声、道士通疏、寺庙诵经与京剧露兰春唱腔融合在一起,终于摸索出一种新的、最适合表演《三笑》的徐调。他将短腔、低音短腔、高音长腔、变腔,还有新腔等九种基本唱腔交替运用,实属罕见。

弹词讲究说、噱、弹、唱,噱为书中之宝,这在《三笑》中尤为成功。徐云志的《三笑》中,有许多噱的人物,如两位公子大嗷、二刁,一个瘌子,一个口

> 徐云志与王鹰说《三笑》

吃，大嗳走路要叫"合，吼呀"，面似"灶界老爷"；二刁走路则要"打号子"，自称"青肚皮猢狲"。两人读起书来，摇头晃脑，仿佛念经，其中一回讲师爷布置大嗳、二刁做文章，两人怎么做得出来，幸亏书僮华安（唐寅）代为完卷。师爷回来见两篇佳作，大为惊诧，问起怎么会做出来，两人争相吹牛，大嗳说："先生你刚出书房时，我文章已做好了。"二刁说："先生你刚写好题目，我文章已做好了。"大嗳又说："先生，你刚正准备写题目，我文章已做好了。"二刁则说："先生你题目还未想出来，我文章已做出来了。"弄得师爷啼笑皆非。

唐寅追舟，身无分文，后又以赏金让船家唱山歌，下船时无资可付，便画了一幅扇面充资。船家不信，认定唐寅是痴子，不料去典当后，一把扇子竟当了四两银子，当时战战兢兢的船家惊喜倍加。这些细节都有噱的成分。

为了制造喜剧效果，《三笑》中还运用俏皮话、顺口溜、歇后语、绕口令、缩脚韵来描述。书中有"肉里噱"，也用"外插花"，除了赞美正面人物唐寅、秋香、祝枝山等，还讽刺了吹牛拍马、贪婪说谎、爱戴高帽等封建官场习俗。

由于徐云志的《三笑》响遍书坛，当时同样说《三笑》的刘天韵与徐门大弟子严雪亭只能另改书目，揖别《三笑》哉。苏州四大弹词小书（另三部是《玉蜻蜓》《珍珠塔》《描金凤》）各有其妙，《三笑》以噱见胜，被誉为"小书之王"。

# 风月恋牵出母子情

## ——蒋月泉《玉蜻蜓》赏析

> 蒋月泉与江文兰合作《玉蜻蜓》

苏州弹词经典《玉蜻蜓》分金家书与沈家书。金家书最早称《芙蓉洞》，清代艺人陈遇乾编，道光十六年重刊本，今藏于苏州图书馆。但笔者在20世纪80年代访谭正璧教授时，他说《玉蜻蜓》在乾嘉时已有刊本，详见《弹词叙录》。

《玉蜻蜓》整部书剧情凄婉曲折，苏州南濠富家才子金贵升娶吏部尚书张国勋之女张秀英（金大娘娘）为妻，秀英骄纵任性，夫妻间不和睦。一日，贵升郁闷中离家出走，偶遇法华庵俏尼姑智贞，一见倾心。智贞温婉有风情，贵升留宿庵中不思回家，致智贞怀孕。不料贵升缠绵风月，病死庵中，留下遗物玉蜻蜓。智贞生下一儿，由老佛婆送归金府，路遇惊吓，为豆腐店朱小溪所拾抱回抚养。后豆腐店火灾，朱小溪无奈将小儿卖给苏州离任知府徐上珍，改名徐元宰。元宰勤奋攻读，出落得一表人材，16岁考中解元。由于相貌酷似当年金贵升，金大娘娘偶见元宰，仿佛丈夫在眼前，她凭借租房给徐上珍，硬认元宰为干儿子。后徐元宰获悉亲生母亲是法华庵智贞，他思母心切，庵堂认母。智贞为难中为儿子深情所动，终于认子。金大娘娘以生母要挟，逼迫元宰复姓归宗。厅堂夺子，元宰左右为难，一边是金家与亲生母亲，一边是抚养教育他长大的养父母，元宰为保护亲生母亲，被迫弃徐姓金。此书结局还有两种：一是元宰兼祧金、徐两家香火；二是智贞让儿子元宰逃出金府，追赶伤心欲绝的义父徐上珍。

正如蒋月泉大弟子王柏荫对笔者所言：《玉蜻蜓》妙在不落俗套，本好琴棋书画的智贞，无意间与金贵升相恋，不料这段风月恋牵出母子情。十六年后智贞失子见子，让她欣喜不已，但一个尼姑怎么敢认亲生儿子，为儿子前途着想，她不敢面对，再三回避。但元宰却不顾一切，执意要认亲生母亲，这段情演来动人心魄。

《玉蜻蜓》有诸多精彩回目，如"托三桩""桐桥得子""骗上辕门""问卜""庵堂认母""厅堂夺子"，另"沈家书"中的"沈方哭更""主仆重逢"亦令人叫绝。

最早让《玉蜻蜓》走红书坛的是弹词名家周玉泉。周玉泉（1897—1974）以演唱《玉蜻蜓》名闻一时，隔房师弟蒋月泉因迷恋周玉泉书艺，自降

> 蒋月泉晚年有弟子沈世华、秦建国等陪同访问苏州

> 作者与秦建国在上海市政协评弹票房合影 > 徐惠新与周红的演出照

身份,拜周玉泉为师。蒋月泉(1917—2001)仪容端雅,嗓音别有天赋。他在周调恬静冷隽的风格上,又吸收京剧老生、北方曲艺的唱腔,以飘逸潇洒、韵味醇厚、声情并茂的"蒋调"在书坛独占魁首。因其说表细腻、诙谐风趣,《玉蜻蜓》从此为"小书"中的经典代表作之一。

蒋月泉弹唱《玉蜻蜓》,先后与王柏荫、朱慧珍、江文兰搭档。朱慧珍私淑蒋如庭、朱介生,其"俞调"圆润甜美,婉转纯真,她起的智贞入木三分。有"桐桥拾子""看龙船""庵堂认母"等六回,堪称百听不厌,可惜她去世太早,留存书目太少。蒋月泉后与江文兰合作《玉蜻蜓》亦颇为精彩,江文兰说表清楚,起角色生动有趣,不媚不俗,在"问卜"等回目出彩,可称"超级下手"。王柏荫说《玉蜻蜓》七十余年,与笔者交往三十余年,时有微信来往。2016年春节,他94岁时还与笔者互发微信拜年。

20世纪70年代末,我去上海评弹团采访蒋月泉关门弟子秦建国及王惠凤、黄缅等青年演员,与蒋先生见过几面,他当时刚复出当学馆老师。我最早在大华书场听蒋月泉与江文兰说《玉蜻蜓》,才12岁,后来在80年代又听蒋月泉与江文兰在大华书场说"问卜",说表弹唱真是妙不可言。

与江文兰见过几面,还为她润色过一篇稿子发表在报上,她说书经验一是"人在书里,书在心里";二是"放好噱头、起好角色、唱好篇子"。这是江文兰书艺的经验,她与苏似荫合演《玉蜻蜓》堪称经典,可惜似荫先生六十余岁去世,江文兰早些天还接受"雅韵访谈",在《苏州杂志》上读后回味无穷。本书完稿校对时,92岁的江文兰与世长辞,敬表哀悼。

# "评弹皇帝"说奇案

## ——严雪亭《杨乃武》赏析

> 玉树临风的严雪亭

20世纪30年代,评弹流派纷呈,名家辈出。有一位美少年严仁初,年少失学,在苏州桐油行、银匠铺当学徒,因崇拜以说《三笑》蜚声书坛的徐云志,程门立雪,拜师从艺。经26岁的徐云志一番考试,14岁的严仁初终于成为徐云志开山门大弟子,艺名严雪亭。

当时评弹好手如云,严雪亭虽有一副清朗、爽利的好嗓子,但他的小嗓子不及其师有得天独厚的高嗓音,况且徐云志的《三笑》已称雄书坛,严雪亭虽崭露头角,获"徐步青云酬艺志,严冬瑞雪盖梅亭"之佳誉,但让他一辈子跟着师傅说《三笑》,严雪亭心有不甘。

在弹词四小书中,除《三笑》,还有沈俭安、薛筱卿的《珍珠塔》,周玉泉、蒋月泉的《玉蜻蜓》,杨斌奎、杨振言的《描金凤》等响档,为了拥有看家书目,严雪亭不断改说传统书,未获成功。好友陈范我医生为严雪亭分析:"你脸型方正,嗓音浑厚醇畅,说表清脱,不适合说'才子佳人'书,更适合说'公案堂面书'。"这让严雪亭豁然醒悟。他终于选中了《奇案录》(又名《杨乃武》)。此书系老艺人李文彬根据《绘图新刊杨乃武供案全集》,又采访杨乃武本人,历时十年才编写而成。他传子不传婿。严雪亭欲拜李氏之子李伯康为师遭拒,幸得

> 严雪亭演出照

> 严雪亭弹唱《杨乃武与小白菜》

陈范我相助,他用工整的毛笔字自编了50万字脚本,严雪亭如获至宝。反复修改,几经润色,在夏荷生、汪云峰老艺人鼎力支持下,于1940年在"湖园"书场首挂《杨乃武》演出。

《杨乃武》虽一炮打响,但严雪亭自觉说的《杨乃武》还存在李本《杨乃武》的痕迹与欠缺。他仔细酝酿,认为一是此剧冤情太苦,便插入喜剧人物,如醇亲王与夏同善师爷一节,葛三姑娇憨傻气与王昕私访船家张老三的细节。其二,严雪亭觉得李本《杨乃武》唱词太雅,他将钱宝生、葛小大的唱词向俚语靠近。对于小白菜毕秀姑的形象,有人说她是淫妇,严雪亭仔细分析剧情,觉得不妥,她是受刘子和一家的蒙骗。他亲去寻访杨乃武的女儿杨濬、女婿姚芝山,详细了解内情,大大提高了《密室相会》扣人心弦的内涵。为了查清杨乃武奇案前后背景,他又去图书馆查阅了《光绪政要》《清代野记》《余杭大狱记》《绘图杨乃武奇案》等史书,为演好剧中各类人物方言,严雪亭还学了京片子与绍兴官话,使他说的《杨乃武》脱胎换骨,塑造的不同角色皆栩栩如生,呼之欲出。严雪亭说表从容不迫,增强了奇案的艺术魅力。

当时蒋调、张调与徐调、薛调相映媲美,蒋调尤以韵味醇厚而倾倒众人。严雪亭说《杨乃武》,他除开创爽脆清雅的严调,又在说表上下足功夫,一人多角,绘声绘色,以声造形,惟妙惟肖。《杨乃武》再次与老听客见面,引来好评如潮。1945年秋,李伯康知严雪亭在苏州说《杨乃武》,便带了弟子徐绿霞与大响档张鸿声、刘天韵与其敌档斗艺,这使未演出前就在书迷中引起轰动。

严雪亭知悉,不免有点紧张,李伯康比自己大10岁,名头大,书艺高超,其余三位皆赫赫有名,如虎添翼。严雪亭考虑再三,便邀"蛇王"杨仁麟、"枪王"汪云峰、"短打书奇才"韩士良三位助阵。还请来79岁的光裕社会长朱耀庭出面主持。这场书坛打擂果然精彩纷呈,百余天后,最终以李伯康场下"冷落车马稀"而告终。事后张鸿声如实评价:"严雪亭博取众长,兼收并蓄。角色起得好,唱得有感情,声调清脆有创新,还加了不少北京话。"

严雪亭终于说红《杨乃武》,成为苏州上海书坛的大响档。1946年上海《书坛周刊》评选"十大说书名家",由几百名资深老听客投票,严雪亭、杨斌奎、徐云志、薛筱卿名列前四,严雪亭以604票高居榜首,被誉为"评弹皇帝"。1951年当选上海评弹改进协会主任委员。

《杨乃武》为何在弹词小书中后来居上?笔者赞同《严雪亭评传》作者万鸣兄观点,杨乃武案件暴露了封建官场的官官相护。三年冤案能平反,盖因浙江巡抚杨昌浚是曾国藩、左宗棠的亲信,翁同龢、夏同善还杨乃武清白,慈禧起了决定作用,但她并不是想为无辜的杨乃武伸冤,而是想打击曾、左湘军势力,扳倒杨昌浚是她居心所在。《杨乃武》经严雪亭娓娓道来,起伏跌宕,诙谐有趣,扣人心扉。又触及到封建社会官僚集团的内在矛盾,似乎比"才子佳人"书更具有社会意义,这或许也是《杨乃武》至今百听不厌的缘故吧!

＞严雪亭谈说书艺术

# 苍劲有力说张调

## ——张鉴庭《顾鼎臣》赏析

> 张鉴庭演出照

20世纪三四十年代,苏州弹词已流派纷呈,当时与沈调、薛调、徐调、蒋调、严调媲美而立的便是由张鉴庭开创的张调。

张鉴庭(1909—1984),无锡人。他自幼进入绍兴大班,16岁学老旦与丑角,17岁转拜弹词艺人朱咏春为师,艺名小麟童。张鉴庭最早弹唱《珍珠塔》《倭袍》,后来想独创自己的看家书目,便将宣卷本《一餐饭》(又名《双玉玦》)改编成长篇弹词《顾鼎臣》。在江浙农村演出小有名气后,便想到上海滩一展鸿图,不料六赴申城,无功而返。张鉴庭便向润余社前辈艺人郭少梅、程鸿飞、夏荷生求教。郭少梅与他合演后逐段加以指点,陆淦卿为他改写唱词,夏荷生指导"踏勘"细节,使脱胎于夏调的张调有了新发展。此后又接受京剧老旦唱法并汲取蒋调优点,终于在1939年8月,七进沪上,在沧洲书场一炮打响,名声大振。张鉴庭自1941年起先后与胞弟鉴邦、鉴国拼档,"张双档"走红申城。

张鉴庭代表作《顾鼎臣》讲明朝正德年间,首辅顾鼎臣告老返乡于昆山。他一日郊游,路过在小林庄隐居的将门之子林子文家,因下雨,他以顾府西席之名向林妻陆素贞讨茶,陆素贞热情款待。顾鼎臣突然发现她与自己亡女面貌相像,遂认为义女。他走后,兵部尚书之子毛七虎遇见陆素贞,见其貌美而生歹心,动手调戏,适逢林子文归,怒打毛七虎。这一幕正巧被昆山知县杨廷正师爷朱恒看到,以劝架救了毛七虎。毛七虎返回府中顿生恶计,杀死账房陈荣,当晚移尸至林家,欲诬林子文杀人。县官杨廷正受贿,对林子文严刑逼供,堂下百姓不服,杨廷正便让朱恒在花厅约谈毛七虎。朱恒见毛七虎一味蛮横,据理逐条驳斥,令毛七虎恼羞成怒。陆素贞在无奈中去顾府求救,才知义父乃当朝退休宰相。顾鼎臣致书杨廷正,暗示林子文冤枉。胸无点墨的杨廷正不知其诗之意,仍判林子文死刑。顾鼎臣修书京城,送信人因病耽搁时间,刑部已发文。幸得安乐王莫奈何见义勇为,请旨赶往昆山,临刑前救下林子文,严惩毛七虎、杨廷正,维护正义的师爷朱恒任代理知县。此书情跌宕起伏,由姚荫梅整理成两回折子书:《县衙风波》《花厅评理》,由上海文化出版社推出单行本。

张鉴庭除唱红《顾鼎臣》,另有《十美图》《秦香莲》及《钱秀才》等书目脍炙人口。张鉴庭逝世于1984年,余生亦晚,无缘当面请教张鉴庭,其说表艺术逸事,皆听其胞弟张鉴国所述。这位"琶王"曾多次参加上海市政协国际票房活动,他讲述其胞兄张鉴庭说表艺术,也讲了他与其兄之徒周剑萍合说《顾鼎臣》的趣闻。作为书迷,未能听张鉴庭演出全本《顾鼎臣》,实为憾事。

细品张鉴庭的说噱弹唱,他擅长表演各种人物性格,《顾鼎臣》中师爷朱恒刚直含蓄、说理严密;《闹严府》中奸臣赵文华刁钻奸猾又两面三刀;《钱秀才》中颜大官人丑态百出;《秦香莲》中老相爷王延龄的深谋远虑与苦口婆心,《林冲》中张教头的正直威严,由张鉴庭演来,令人百听不厌。

张调唱腔以苍劲有力见胜,或高或低、或轻或重,既低沉凝固,又激情澎湃。声如裂帛、石破天惊,听来"刹渴、扎劲",似旷野中突见峰峦,如平湖内掀起巨浪。细细品赏,张调中又有委婉舒缓的韵味。张鉴庭说表清脱,擅用眼神、语气、道白、手面来刻画不同角色,亦为张派艺术之一绝。

> 张鉴庭、张鉴国演出照

# 假作真时话炼印

## ——姚荫梅《双按院》赏析

> 姚荫梅演出照

　　书坛巧嘴姚荫梅(1906—1997),生于苏州吴县(今吴中区),其父母皆为评弹艺人,其父姚寄梅原系吴县大户人家少爷,因爱恋评话艺人王小虹(艺名也是娥),被逐出家门,与妻在江湖卖艺为生。姚荫梅3岁时,其父亡故,王小虹带着儿子流浪颠沛。姚荫梅童年随外祖父王海庠在魔术团内戏耍,少年时他学评话,14岁登台说《金台传》,因病改学弹词,师从唐芝云、朱耀祥,先后出演《描金凤》《玉连环》《大红袍》。1945年,他在上海沧洲书场开说《啼笑因缘》一炮打响,震动沪上书坛,两家书场请他同时开演,成为申城评弹大响档。因他的影响力与超强的组织能力,成为当时一方盟主。

　　姚荫梅是评弹界能编擅演的奇才,他悟性极高,早在二十出头就改编《玉连环》,29岁将张恨水的《啼笑因缘》改为长篇弹词(当时还有陆澹安、姚民哀的弹词文本)。1952年,任上海人民评弹团艺委会副主任的姚荫梅将闽剧《炼印》改编成弹词《双按院》,这是一个再创作的范本。

　　闽剧《炼印》脚本源远流长,为清代中叶时"三下响"平讲班剧目,原名《双巡院》,又名《假按院》,曾在20世纪三四十年代的闽侯一带流传演唱。后据老艺人余红惠、赵时昌回忆口述,20世纪50年代初有了演出本《炼印》。姚荫梅根据弹词特点,改编成长篇脚本,演出后连获佳誉。

《双按院》讲南京提督操江府公差杨传、李乙途经扬州,耳闻目睹致仕太师萧国忠横行乡里、强抢民女,激起义愤。杨、李向自号青天的提督操江杜仲陈述萧之罪行,杜畏萧权势,不敢过问。杨、李抗争,被逐出衙门。两人赶往扬州,欲向新按院陈魁告状。酒楼巧遇新按院陈魁之亲随黄信,才知陈魁之父与萧国忠交好,陈魁已私自回乡完婚。为了除暴安良,杨、李铤而走险,杨将松香、黄蜡制成假金印,以新按院身份上任,扬州府台信以为真。杨传升堂,将无辜百姓一一释放,将恶霸绳之以法,并将萧国忠带上大堂,给予惩处,一时间人心大快。不料陈魁突然到任,两个按院翌日炼印以试真假。当晚李乙急得六神无主,沉稳大胆的杨传急中生智,想出调包妙计。次日炼印时,李乙突报府中失火,趁众人惊慌之际,杨传换印,真陈魁被拿办,杨传、李乙以私访为名,飘然而去。

姚荫梅开创的"姚调",以擅长刻画人物性格、细腻描摹世态风情及语言诙谐俏皮为特点,他的说噱弹唱自由自在,毫无作态,又张弛有度,松紧适当。"姚调"唱时有一种懒洋洋的磁性,说表慢条斯理,从容不迫,人物跳进跳出,细节环环相扣又层次分明。他以本嗓为主,也融入一点假嗓的小腔,还插入一点小阳调,有些唱词接近白话,人物开相栩栩如生。与严雪亭一样,两位都是放单档的说书大家。

姚荫梅除成名作《啼笑因缘》与《双按院》,还在《玄都求雨》《汪宣断案》《媒婆代嫁》《猎虎记》等十几部弹词中扮演过重要角色。

深悟弹词叙事特性的姚荫梅,说书讲究"关子",他强调在动作中刻画人物,在矛盾中展开书情,所以他说的书跌宕曲折,高潮迭起。如《双按院》中假扮按院是一招险棋,突遇陈魁,又是把杨传、李乙逼到绝路,转而峰回路转。姚荫梅的书无论是"肉里噱",还是"外插花"都有嚼头,给观众留下无限的思索、回味与审美空间。

&gt; 姚荫梅现场谈艺

# 絮阁争宠说唐明皇

## ——杨振雄《长生殿》赏析

> 杨斌奎、杨振雄、杨振言合演

2021年元宵，天蟾舞台隆重推出"雄风犹在——杨振雄诞辰100周年纪念演出"活动，杨振雄创作的《长生殿》再次令现场观众陶醉而掌声不绝。

《长生殿》是清初剧作家洪昇的力作，背景是写唐开元天宝年间，唐明皇李隆基与杨贵妃的故事。洪昇先后参考了白居易的长诗《长恨歌》，陈鸿的传奇《长恨歌传》，元人白仁甫的《梧桐雨》与王伯成撰《天宝遗事诸宫调》，他的初稿名《沉香亭》，改名《舞霓裳》，曾写入李白，穿插杨玉环与安禄山秽事，后三易其稿，达十年之久。终于定名《长生殿》，塑造了一个政治上先开明后昏庸、感情上既风流又深情的帝王形象，并写出梅妃的哀怨动人，杨国忠的骄奢淫逸，安禄山的奸诈险恶，高力士的圆滑善变。经杨振雄改编与演出的《长生殿》也成为传统评弹重要剧目之一，也是杨派艺术的代表作。

杨振雄（1920—1998）系评弹名家杨斌奎之长子，他9岁随父学《大红袍》《描金凤》，11岁登台。24岁时因倒嗓在家休养，便致力于将洪昇的《长生殿》

改为弹词,花四年时间完成初稿。后与红颜知己沈月箴(笔名费一苇)合作,对文字本润色整理。20世纪40年代末在新仙林书场演出《长生殿》,为昆曲名家俞振飞赏识,并结识了梅兰芳、盖叫天等京剧大师。杨振雄再次演出时,他将昆曲融入弹词之中,并以其激越挺拔、苍劲沉郁、紧弹散唱、真假嗓并用,终于形成了杨振雄浓厚昆曲味的杨调流派。

《长生殿》讲唐明皇开元后期纵情声色,倦于政事,因宠爱杨玉环,杨门一家显贵,不学无术的杨国忠专断朝政,安禄山乘机起兵。唐明皇仓皇出逃,至马嵬坡兵变,杨国忠被杀,唐明皇赐死杨玉环。后李隆基怀念已逝的杨贵妃,与玉环之幽魂在月宫中团圆。此剧的教益是:"古今来逞侈心而穷人欲,祸败随之。"

杨振雄对于杨贵妃的塑造,既写出她的骄纵,又道尽她的温柔,她对梅妃江采萍是:"非是我容你不得,只怕我容了你,你就容不得我也。"对于唐明皇,弹词文本突出他风流倜傥的一面,又写出帝王爱情不专一的另一面。他夹在"絮阁争宠"的两妃之间,徘徊而犹豫,这个舍不得,那个也中意。而渔阳鼙鼓一响,唐明皇为了自家性命,不得不令宠妃杨玉环自尽。他的内疚与痛苦,也是其性格决定的。

> 杨振雄、杨振言演出照

> 杨振雄、杨振言听盖叫天说表演武松

　　弹词中的唐明皇能歌善谱,多才多艺,他原是一个能干勇武的男子,只因迷恋上了倾国倾城的杨贵妃才不理朝政。他的渐变过程,杨振雄通过弹唱、说表、眼神与动作都表演得细腻而入木三分。

　　杨振雄与其弟杨振言的精彩书目,除《长生殿》,还有《西厢记》与《武松》,皆为不可多得的好剧目。笔者与杨振雄曾见过多次,并请他为之撰文,承他赠送《西厢记》签名本。杨振雄本人英俊帅气,风度儒雅,擅长字画,由他来弹唱唐明皇恰如其分。他唱的开篇《宫怨》《剑阁闻铃》《昭君出塞》《黛玉焚稿》亦动人心魄。

# 妖做人时更深情

## ——朱慧珍《白蛇》赏析

虽未开创弹词流派，却能将传统流派唱出新意而别具一格者，朱慧珍也。

朱慧珍(1921—1969)生于苏州艺人之家，自幼学唱苏滩，15岁学习弹词，私淑前辈艺人蒋如庭、朱介生弹唱"俞调"，琵琶师从周云瑞。她唱的"俞调"圆润甜美、缠绵悱恻，17岁以一曲"俞调"开篇赢得"金嗓子"美誉。1954年与弹词名家蒋月泉搭档，以演《玉蜻蜓》《白蛇》红遍江南。据传，蒋、朱合演的《玉蜻蜓》有90回录音，但笔者只听过蒋、朱的《玉蜻蜓》6回，两人合说的《白蛇》则有18回，由"游湖""说亲"一直至"合钵""毁塔"，蒋、朱档演来声情并茂，白蛇入世更可人。

《白蛇》亦称《义妖传》，最早演出者为清嘉庆艺人陈遇乾、俞秀山。光绪十九年有上海书局石印本《西湖缘》，讲白蛇修炼成精，取名白素贞，其婢小青，乃青蛇成精。两位丽人在西湖畔偶遇药店伙计许仙，白素贞见许仙一表人才又老实可爱，同舟生情，由小青做媒，当夜成亲。

> 朱慧珍的豆蔻年华

>人到中年的朱慧珍

　　白素贞赠银两锭予许仙,不料是钱塘县失窃库银,许仙因此发配苏州。大生堂店主王永昌见许仙相貌不凡,技艺高超,作保留至药店。后由白素贞资助,许仙另开保和堂药店。端午节乃驱五毒之日,许仙误以为妻子患风寒,劝其服雄黄酒,白蛇现形,吓死许仙。白素贞爱夫心切,上昆仑山盗仙草,救活许仙,又造假蛇释疑。

　　茅山道士见许仙,言及他身有妖气,付之灵符,白素贞智败茅山道士。许仙迁保和堂至镇江,金山寺住持法海诱许仙入寺,告之青、白两丽人为妖,许仙惧而入寺为僧。白素贞上金山寺恳求法海,法海不允,白、青施法,水漫金山。后白素贞、小青败退至西湖断桥,与许仙相遇,小青怒斥许仙,许仙悔恨不已。因白素贞已怀身孕,在许仙姐姐家中待产。白素贞产下梦蛟后,为法海用金钵镇于雷峰塔下。十九年后,梦蛟中状元后至雷峰塔前祭母,小青毁塔救出白素贞,父母与子三人团圆合欢。

　　这部书中有"大生堂""端阳""盗仙草""断桥""合钵""毁塔"等精彩书目。人称"蛇王"的杨仁麟单档说《白蛇》,后由陈灵犀整理,由蒋月泉、朱慧珍合说,十分精彩。蒋调的雍容大方、韵味醇厚配上朱慧珍俞调的委婉清丽、恬淡典雅,可谓珠联璧合。朱慧珍唱的慢俞调端庄大方,饱满灵动,婉转时渐放渐收,仿佛绕过无数个弯,听来舒缓自如。朱慧珍唱女蒋调则隽永婉约,如《寿堂唱曲》《刀会》《女哭沉香》，再如她在《白蛇》中唱的《断桥》用了几句小阳调，听来亦别有一种风味。

《白蛇》通篇写白素贞对许仙的柔情蜜意，体贴入微，她无意中吓死许仙，为救郎君一命，舍身上昆仑盗仙草，以命相搏。白素贞上金山恳求法海一段，忍辱负重，情真意切，动人心魄。纵为妖，情深如海更迷人。

朱慧珍还留下脍炙人口的弹词开篇《宫怨》《思凡》等。《宫怨》又称"唐诗开篇"，唱者无数，但佼佼者之首，非朱慧珍莫属。其唱词空寂哀怨，起首两句是王昌龄的句子"西宫夜静百花香，欲卷珠帘春恨长"，百般无奈，跃然纸上。后写高力士启奏唐明皇下榻昭阳宫，杨贵妃自叹："竟把奴奴撇一旁"，"短叹长吁泪两行"。转而弹唱"衾儿冷，枕儿凉，一轮明月上宫墙"，寂寞悲哀交融于词里行间。直唱至"君王原是薄情郎，倒不如嫁个风流子"，让人叹惜不已。落句回到白居易的诗句："紫薇花相对紫薇郎"，真是余味无穷。如此精美之词，经朱慧珍轻吟弹唱，令人沉湎其中，思绪万千，回味无穷。

﹥朱慧珍（前左二）与评弹演员合影

# 顶天立地奇男子

## ——吴君玉《武松》赏析

> 吴君玉剧照

喜欢听吴君玉（1931-2008）说书，听他说《武松》，前后听过七八遍，喜欢依旧。

有书场版也有电台版，书场版有14回《武松》，电台版有44回《武松》。书台上的吴君玉脸上表情千般，口中世态万象，一把扇子可抵十八般武器，其手面、动作与造型，边说边演，活龙活现；笑声、赞声、掌声与现场互动，精彩纷呈！电台版情节更曲折，书情更细腻，穿插的弄堂书与题外话，跌宕起伏，诙谐风趣，未见其人，妙在其声。

评话中说英雄好汉无数，《三国》中"温酒斩华雄"、《隋唐》中"金殿比武"、《英烈》中"马跳围墙"、《岳传》中"龙门败十将"、《七侠五义》中"五鼠闹东京"，关羽、李元霸、常遇春、岳飞、白玉堂一个个武艺高强，但以武松的戏最多、最足、最好听。水浒一百零八将，以个人魅力而言，无人出武松其右。

小说《水浒》中的武松，仅上万字，但在评话艺人口中，却可以说上四五十个小时，扬州评话大家王少堂的口述本《武松》就有三四十万字。艺人对武松及其故事绘声绘色的说表，在故事情节上大大丰富和提升了武松的人格魅力。

武松一出场便英气勃发，喝十八碗酒，夜上景阳岗，拳打白额虎，拉开他英雄一生的序幕，骑马游街、兄弟意外相认、当上都头、泪别武大、京城拜师周侗。后来便是查案访案、斗杀西门庆、大闹十字坡、结义施恩、手托千斤石、醉打蒋门神。再后来是被骗进都监府、脱铐飞云浦、血溅鸳鸯楼、夜走蜈蚣岭，直至聚义二龙山。44回书，环环相扣，惊心动魄。吴君玉把一身豪气、好打不平的武松表演得有声有色、有智有勇、有张有弛、有起有伏，真是令吾百听而不厌，佩服！

最早认识书台上的吴君玉，我大约十岁左右。真正认识吴君玉，始于20世纪90年代末。当时我与他同住新明星小区，两人都好养狗，偶然在一次遛狗途中相遇，他邀笔者去他寓所小坐。我走过鸟语花香的园子，见到其夫人上海评弹团名编剧徐檬丹女士。檬丹女士原为弹词演员，喜好文墨，后以写剧本著名，任上海评弹团团长。我曾听吴君玉、徐檬丹伉俪演唱过一段《方卿见娘》，别有风味。次子新伯亦说评话，一家三口同获"牡丹奖"，实属难得。我见君玉先生好鸟喜狗，便请他为《花鸟虫鱼》版赐稿，两人相谈甚欢。

吴君玉剑眉高鼻，嗓音有磁性。他生于1931年，19岁拜评话名家顾宏伯为师（其子吴新伯也师从顾宏伯），学说《包公》，后改说《水浒》。除《武松》外，他还说过李逵、石秀等梁山众多好汉。他讲了自己四十余年说武松的感慨，其言辞诙谐而正气凛然。虽然他年近古稀，但在台上边说边演，身手敏捷，妙语如珠，精气神十足。尤其吴君玉在书中穿插不少题外话，谈笑间抨击社会歪风邪气，敢于直言，了不起！把一个顶天立地的奇男子武松说

> 作者访吴君玉，在其寓所合影

> 作者与上海评弹团原团长徐檬丹合影

> 作者与吴君玉之子吴新伯合影

得栩栩如生、呼之欲出,妙极!

在众多英雄好汉中,武松的故事何以动人心魄?盖因其不仅有高超武艺、过人勇气,更有一种正义感。武松一身正气,胆大心细。他行事不似李逵莽撞,也不像林冲犹豫,他自幼失去双亲,蒙兄长武大苦心抚养长大,与兄长情深似海。大郎被害,武二查命案心细如发,杀恶嫂有理有节。他打蒋门神之前,巧遇失去女儿的婆婆与卖酒的老汉,这些细节更加深了听众对其除恶的热切盼望。他在飞云浦与公差、恶徒交手,夜入都监府,血溅鸳鸯楼,这些场面既惊心动魄又合情合理。

说《武松》一书,还有苏州评话艺术家金声伯与杨振雄、杨振言兄弟俩演唱的长篇弹词,各具风格,皆光彩夺目。

在苏州评话中,有八大名家,各有看家书目,以年纪排位:张鸿声(1908)、顾宏伯(1911)、曹汉昌(1911)、吴子安(1918)、陆耀良(1918)、姚声江(1919)、金声伯(1930)、吴君玉(1931),如以说书艺术而言,各有所长,若以评话文本而论,拙以为《武松》为第一。吴君玉妙语如珠,说表清晰,绘声绘色,惟妙惟肖。

武松是正直的好汉,吴君玉是正直的艺人,他说武松,不愧人称"活武松"!

# "小书大说"张振华

## ——张振华《神弹子》赏析

> 张振华与庄凤珠演出《神弹子》

一眨眼,上海评弹团原团长张振华(1936-2013)逝世已逾十年,每次想起他、怀念他,总会听一遍他与庄凤珠合说的《神弹子》,他表演"神弹子"韩林打三粒弹子的精彩片段,令人百听不厌。张振华与苏似荫曾于1979年在香港拼档说《神弹子·抛头自首》这回书,张振华将小人物陆瞎子表演得惟妙惟肖,让人在忍俊不禁中体味出悲剧故事中的喜剧色彩。

笔者认识张振华已逾三十年,20世纪80年代去上海评弹团学馆采访,就见到这位馆长,他为人正派,品行正直。后来笔者去庄凤珠华山路寓所对张振华作访谈,不仅使我对他独特的说书风格有了深层次了解,其为人正直的行事风格更令人肃然起敬。

张振华,江苏无锡人,锡剧名家张雅乐之子。他15岁师从杨斌奎、程鸿奎学艺,17岁登台演弹词《大红袍》《描金凤》。《大红袍》是杨斌奎与其子杨振雄、杨振言的看家书目,《神弹子》是从《大红袍》派生出来的一段书目,书情讲明代清官邹应龙之子邹彬客居好友"神弹子"韩林家中,韩妻见邹彬一表人才,不由动了邪念暗中勾引,遭邹彬谢拒,韩妻便反诬邹彬调戏于她。韩林不辨真

> 作者与张振华、庄凤珠合影

假,将邹逐出,幸得江湖义士杜雀桥在暗中发现隐情。韩林后遭仇家陷害,发配边关,途中见边关参将何良之子强抢民女,抱打不平。何良公报私仇,欲借"杀威棍"置韩林于死地。幸得边将王汝川大闹公堂,此事闹到元帅帐中,元帅命韩林献武,韩林不知元帅乃当时声名赫赫的"金弹子",以三粒弹子献艺,艺惊天下。元帅大喜,将韩林免罪留用。

1956年,上海评弹团编演4回中篇评弹《神弹子》极受欢迎。1981年,张振华改编为27回长篇弹词,与庄凤珠拼档演出。此书一波三折,张弛起伏,波澜曲折,引人入胜又插入诸多笑料。张振华根据自己中气充沛、嗓音宏亮的特点,将说大书(评话)的"劲"用到说小书(弹词)上,因此其表演加强力度,加快节奏,用其炯炯的眼神、灵活的手面、夸张的动作,来塑造人物角色。对此,评弹名家华士亭赞道:"大书大说汪雄飞,小书小说周玉泉,大书小说吴子安,小书大说张振华。""小书大说"也成了张振华的书艺特色。

张振华当年与庄凤珠搭档跑码头说书时,接到一封外地青年演员来信,信上说他原已与某地演出场所签了合同,现书场毁约,据说是为了迎接张、庄档。张振华即去信询问书场,并说这样不符行规,劝书场维护原约,自己也不去演出了。这反映了张振华为他人考虑多,不计个人私利。张振华一次率团去北京演出,一位中央领导接见,问上海评弹团有什么困难,张振华汇报后,领导问需要什么支持,众人以为张振华会大开口,不料他踌躇后提出只需补助各种经费五万元,众皆愕然。

最近与庄凤珠通电话,她说到老搭档张振华,称赞他说书讲究新鲜感。她当年与孙钰亭说《三笑》,后改与张振华搭档,从才子佳人到传奇英雄书,节奏由慢变快,一时不适应。张振华对其帮助实在,从眼神、接口、说表上帮她脱胎换骨,令她终身难忘。

# 弹词书目及流派

> 杨仁麟弹唱《白蛇传》

评弹，分为评话与弹词。前者称为"大书"，后者称为"小书"。

弹词讲究说、噱、弹、唱。后来又强调"演"。其中弹唱，是"小书"的基本功。说评话的演员只需一块惊堂木，弹词演员必须会弹会唱，如张鉴国先生弹的琵琶，功力深厚，人称"琶王"。笔者曾采访过他，张先生儒雅一笑："格是基本功。"琵琶弹奏好的，还有给薛筱卿当下手说《珍珠塔》的郭彬卿，我曾在大华书场听了三个月，那清脆美妙的琵琶之声，至今声犹在耳。

传统弹词有八大响档：徐云志、王鹰的《三笑》，蒋月泉、朱慧珍的《玉蜻蜓》，薛筱卿、郭彬卿的《珍珠塔》，严雪亭的《杨乃武与小白菜》，杨斌奎、杨德麟的《描金凤》，张鉴庭、张鉴国的《闹严府》，杨斌奎、杨振言的《大红袍》，杨振雄、杨振言的《长生殿》。

这八大响档书中，朱慧珍去世后，蒋月泉与江文兰合说《玉蜻蜓》，这部蒋派名作，后有各种版本，如苏似荫、江文兰的《玉蜻蜓》，王柏荫、潘闻荫的《玉蜻蜓》，秦建国、蒋文的《玉蜻蜓》，亦别有味道。由于《玉蜻蜓》影响大，又派生出前传《苏州第一家》(周希明、沈世华)与后传《法华庵》(周希明、季静娟)。

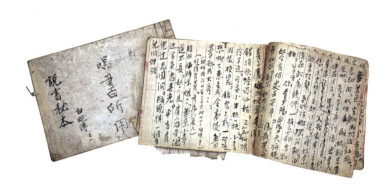

> 弹词艺人最早使用并流存至今的唱本《白蛇传》

《珍珠塔》的演员阵容也相当强盛，最早是沈俭安、薛筱卿的《珍珠塔》，后是薛筱卿、郭彬卿的《珍珠塔》，陈希安、薛惠君的《珍珠塔》，朱雪琴、薛惠君的《珍珠塔》，还有高博文、陆锦花的《珍珠塔》，各有其妙，令人大饱耳福。尤其薛筱卿与周云瑞说的《婆媳相会》，流传下来仅六回书，听来令人动人心魄，热泪纵横。

《描金凤》也是一档评弹响档书，杨斌奎、杨德麟的《描金凤》仅存14回，另有杨振言、余红仙的《描金凤》，张如君、刘韵若的《描金凤》与江肇焜、张丽华的《描金凤》，各有各的妙处。

《三笑》是徐云志、王鹰的看家书目，另有华士亭、江文兰的《三笑》。《杨乃武与小白菜》是严雪亭的代表作，另有李伯康、王月仙的《杨乃武与小白菜》与金丽生、徐淑娟的《杨乃武与小白菜》，说这档书的演员很多，至少有五六档阵容。

《大红袍》是杨斌奎、杨振言父子的杰作，杨斌奎的演艺不愠不火，功力深厚，他演的海瑞让人叹绝。后来张振华、庄凤珠说的《神弹子》，小书大说，也不错，只是火气稍大了一点。

杨振雄、杨振言说《长生殿》之外，另有一部《西厢记》亦扣人心弦。

张鉴庭、张鉴国留下《闹严府》仅28回，张派代表作还有《顾鼎臣》（又名《林子文》），可惜当时张鉴庭已去世，由张的学生周剑萍替代，也说得不错。

除了这八大响档书，还有几部书也要提一下，一是"巧嘴"姚荫梅的《双按院》，严雪亭的《十五贯》，张如君、刘韵若的《双金锭》，赵开生、盛小云、吴静的

《文徵明》，黄静芬的《四进士》，侯丽君等人的《落金扇》，秦文莲的《孟丽君》，凌文君的《金陵杀马》，类似书目大约有四五十部，真正能压得住台的，恐怕只有姚、严两位了。

在长篇弹词之中，有不少折子书十分引人注目，如《杨乃武与小白菜》中的"密室相会"，《玉蜻蜓》中的"庵堂认母"，《白蛇传》中"大生堂"，《珍珠塔》中的"婆媳相会"，《描金凤》中的"老地保"与"钱笃苈求雨"，《大红袍》中的"抛头自首"，《三笑》中的"三约牡丹亭"。中篇《苏州二公差》《十五贯》，是让观众拍案叫绝的经典书目，其中刘天韵演的老地保，功力深厚，让人百听不厌。

评弹的演唱流派层出不穷。"蒋调"之醇厚，"薛调"之爽朗，"严调"之清晰，"张调"之遒劲，"徐调"之甜糯，"杨调"之激越，"琴调"之明快，"丽调"之委婉，"侯调"之哀怨，还有刘天韵唱"陈调"之苍劲有力，朱慧珍唱"俞调"委婉清丽，周云瑞唱得儒雅温文，姚荫梅唱得诙谐风趣，使评弹唱腔千变万化，令人闻之美不胜收，也为评弹书目之动人心魄，大添魅力。

＞周云瑞演出照

# 评话书目及流派

> 张鸿声说《英烈》

　　苏州评话，俗称"大书"，演员只说不唱，在叙事说表中"起角色"，演技中注重说、噱、演（包括口技），传统书目有近60种。

　　中国最早说"大书"的名家是明末清初的柳敬亭，与柳敬亭齐名的是苏州评话名家吴逸。在清代同治至光绪年间，先后出现苏州评话演员金秋泉、何云飞、金耀祥、姚士章、程鸿飞、黄永年、郭少梅、叶声扬、凌云祥等人，他们说的书目有《五虎平西》《金台传》《水浒》《三国》《岳传》《英烈》《三侠五义》《绿牡丹》等。由于他们说表各别，互相斗技，便为民国年间评话书坛人才辈出，创造了条件。

　　民国书坛，说《英烈》《三国》《济公》各有四大家。有的擅长"起角色"，出现了"活关公""活孔明""活周瑜"的称号。陈浩然用小嗓子演济公，观众称其"小济公"；有的讲究"肉里噱"；还有的演员古文功底较好，在说表中渗透了不少历史知识。这就形成了各自的艺术风格，评话书坛便形成了各种流派。

　　余生也晚，迷恋评弹，始于在苏州童年。我从电台中听的第一部评话是苏州艺人曹汉昌说的《岳传》。后来从苏州迁居上海，敝舍离大华书场不远，我在小学四年级时每天下午去书场听吴子安说《隋唐》。吴子安说表生动，抑扬有致，中气十足，把秦琼、单雄信、李元霸等十八条好汉说得有声有色，实在比上课时的语文教材生动多了。

上班辰光，工作蛮忙，听书只能偶然为之。退休后，日日与评弹结缘，在好友程功兄帮助下，陆续觅得评话录音带几十盘，听起来蛮精彩。

苏州评话过去有八大响档，张鸿声的《英烈》、吴子安的《隋唐》、顾宏伯的《包公》、吴君玉的《水浒》、金声伯的《七侠五义》、曹汉昌的《岳传》、陆耀良的《三国》、姚声江的《金枪传》。当然，唐耿良、汪雄飞、张国良也说《三国》，张效声与朱庆涛也说《英烈》，王溪良也说《隋唐》，祝逸伯与金声伯也说《包公》，金声伯、吴新伯也说《水浒》，各具风格，各有其妙。这八响档中，张鸿声说"反武场"、吴子安说"捉鹦鹉"、顾宏伯说"斩郭槐"、吴君玉说"斗杀西门庆"、金声伯说"三试颜仁敏"与曹汉昌说"龙门败十将"，尤见功力。

在"文革"之前，文艺政策控制较严，演帝王将相、才子佳人、武侠公案评话一度被禁止，就是有人说清朝宫廷斗争的评话，也招致非议。至十年动乱，可说

＞金声伯说《七侠五义》

＞曹汉昌擅说评话《岳传》

＞顾宏伯说《包公》

的评话书目更实在有限。直到十一届三中全会召开，中国文艺界才迎来百花齐放，不仅传统书目的"八大响档"再受欢迎，而且又创作了不少新的传统书目。

近年来，传统评话新编书目较受欢迎。一位是苏州吴中区评弹团的唐紫良。他祖父唐再良是20世纪40年代说《三国》的名家，顾又良、唐耿良出其门下。唐紫良有三部书蛮出名，一部是《山东马永贞》，一部是《十二金钱镖》，还有一部是《乾隆下江南》。唐紫良说表细腻，妙语如珠，说弄堂书尤其发噱。还有一位是殷小虹，他也有三部书很叫座。一部叫《江南八大侠》，一部叫《血滴子》，另一部叫《三盗万年青》。清宫斗争，在他口中演绎得煞是好听。另有周玉峰说的《常州白泰官》也别具一格。

传统评话书目比较好听的还有沈笑梅的《济公》、杨子江的《于成龙》、卢绮红的《粉妆楼》、潘伯英的《张汶祥刺马》、张树良的《西游记》。关于武侠公案书目，有苏州老艺人胡天如的《彭公案》、沈守梅的《宏碧缘》、汪正华的《小五义》、吴新伯的《绿牡丹》。

清朝康熙、雍正、乾隆年间，民间传说甚多，因此评话书目也层出不穷。除了吕也康的《康熙皇帝》，还有庞志豪说的60回《乾隆下江南》。笔者经程功兄帮助收集到的传统评话录音带，大约有四五十种之多。而同一书目，由不同艺人"口吐莲花"，各表一说，惟妙惟肖，各有各的妙处。

&gt;唐紫良说《山东马永贞》

&gt;殷小红说《江南八大侠》

# 评弹艺术一支笔

## ——陈灵犀改编传统书目小记

> 陈灵犀

说到评弹作家,绕不过一位名家,那就是陈灵犀老先生。

余生也晚,1982年前夕考入《新民晚报》,先当记者,后调入副刊部,当时主管副刊的副总编辑沈毓刚与主持"夜光杯"的吴承惠(秦绿枝)一次谈到陈灵犀,对其才情很赞赏。当时两人的口气都很惋惜,因其时陈灵犀刚逝世。沈毓刚与吴承惠在20世纪40年代都编过上海小报,推崇上海小报界两位人才:唐大郎与陈灵犀,皆才气横溢,落笔成章。

陈灵犀(1902—1983),原名陈听潮,广东潮阳人。人瘦长,为人忠厚,他1927年担任《福尔摩斯报》编辑,1928年任上海《社会日报》总编辑。周楞伽赞誉:"小型报中,我最爱读《社会日报》,这张报纸不愧为小报界的白眉,鲁迅、曹聚仁、徐懋庸、郑伯奇、柯灵、周瘦鹃都曾为这张报纸写过文章。"陈同时兼编《文汇报》副刊"海上行"。1945年编辑《前线日报》副刊"磁铁"。陈灵犀曾发表过一篇《小型报杂论》文章:"本来小型报对于新文艺方面,素来不加注意,视同秦越;而新文坛的人也把它瞧不起,因此形成两个森严的壁垒,各自为政,互不理睬,年深日久,更似不能相容。"

陈灵犀在编《社会日报》时打破了这一壁垒,在报上刊登新文艺的消息与

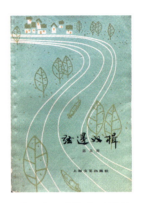

> 陈灵犀在写作

>《弦边双楫》陈灵犀著

文章,组织新文艺作者撰稿。由于陈灵犀编报之余酷爱评弹,1949年他与平襟亚、周行等人组织了"新评弹作者联合会",开始撰写评弹作品。1951年陈灵犀任上海市文化局创作室创作员,专事评弹创作。同年11月调入人民评弹团,1954年任评弹团文学组组长,自此创作评弹作品数百万字,为上海市文联第一届、第二届委员。

陈灵犀文字功力深厚,为评弹艺人所敬重。1949年,蒋月泉有意将京剧《野猪林》改编成评弹书目,想请陈灵犀亲自动手,但又担心请不动他,通过熟人试探,想不到陈灵犀一口应允。经陈灵犀改编成《林冲》上演,从此陈灵犀与蒋月泉开启对弹词书目的合作。

陈灵犀深知评弹演唱要引人入胜,评弹脚本占有重要位置。他根据老艺人杨仁麟说的《义妖传》改编了《白蛇传》,并与演唱者蒋月泉、朱慧珍仔细推敲情节,又根据蒋、朱各自的特点,重新设计了唱腔台词。"游湖""大生堂""端阳""赏中秋""合钵""哭塔"的大量精彩情节,系陈灵犀操笔重写。陈灵犀改编的传统书目还有《玉蜻蜓》《双珠凤》《秦香莲》等,先后为刘天韵、张鉴庭、朱雪琴、杨振雄、周云瑞、严雪亭创作了《林冲踏雪》《误责贞娘》《击鼓战金山》《夜探晴雯》《岳云》《一粒米》等著名弹词开篇。

据陈灵犀回忆,他改编中篇弹词《秦香莲》花了不少功夫。秦香莲是个戏曲故事,民国年间由张翠红拍摄了电影《秦香莲》,由此促进了戏曲脚本的盛行。弹词《秦香莲》原来从秦香莲卖钗资助陈世美进京赶考开始,第二回是陈世美别家。陈灵犀考虑到当时形势,书情需紧凑,便异峰突起,书情从第三回

"得中"开始,这便是张鉴庭、张鉴国兄弟唱的《迷功名》。第四回"招驸马"与第五回"寻夫"有点平铺直叙,他反复考虑后直接写秦香莲见到高长虹旅店老板张三阳,点出张三阳的见义勇为。

经陈灵犀改编,陈世美中进士后写过一封信给妻子秦香莲,此信因藏在旧棉衣内未寄出,便为以后书情发展埋了伏笔。当时的山盟海誓为他后来贪做驸马、忘恩负义作了自供状。再如"寿堂唱曲",陈灵犀安排秦香莲拦桥告状,王延龄宰相设计"相爷寿诞"让陈世美来祝寿,用池塘白莲暗喻香莲之苦。"韩洪杀庙"一段,为包拯查明真相坐实陈世美杀妻灭子,逼死韩琪,扣住观众的心弦。陈灵犀还从穿插弄堂书,引出关子书,大大提高《秦香莲》文本的艺术质量。陈灵犀著《弦边双楫》,他80岁时出版,蒋月泉作序。

陈灵犀参加上海评弹团三十年,他与艺人们一起下生活,去码头,因"多听、多看、多想、多问",熟知评弹艺术的特性与规律,努力让弹词表演达到"四好",即"好唱、好听、好看、好演"。才情横溢、从善如流的陈灵犀受到了广大评弹艺人的尊重与赞美。

＞陈灵犀与吴子安(中)在讨论剧本

# 苏州弹词八大家

> 蒋月泉、唐耿良、周云瑞在说中篇评弹

吴文化蕴育了苏州弹词，是江南特色的瑰宝。"弹词"一词，初见于明嘉靖二十六年（1547年）田汝成写的《西湖游览志余》。据载："汴州男女瞽者，多学琵琶唱古今小说、平话、以觅衣食，谓之陶真。"可见元末明初的陶真即是明清弹词之前身。

清初，外号"紫癫痢"的王周士"自演俚词弹脱手"，于乾隆四十一年（1776年）在苏州创立光裕公所（光裕社前身），以示评弹艺术"光前裕后"的寄翼。清嘉庆时，苏州弹词已有《三笑》《双金锭》等书目，并先后出现了苏州弹词史上的"前四家"与"后四家"。影响最大的是弹词三大流派，陈遇乾开创的"陈调"，马如飞开创的"马调"，俞秀山开创的"俞调"。

至近现代，评弹艺术在江南地区兴起而繁荣，广泛受到欢迎，于是流派纷呈，争艳夺俏。除"陈调""马调""俞调"后，又有魏钰卿开创的"魏调"，朱耀祥开创的"祥调"，周玉泉开创的"周调"，夏荷生开创的"夏调"，沈俭安开创的"沈调"，薛筱卿开创的"薛调"，徐云志开创的"徐调"，杨仁麟开创的"小阳调"，姚荫梅开创的"姚调"，祁莲芳开创的"祁调"，张鉴庭开创的"张调"，严雪亭开创的"严调"，蒋月泉开创的"蒋调"，杨振雄开创的"杨调"，朱雪琴开创的"琴调"，侯莉君开创的"侯调"与徐丽仙开创的"丽调"等。

各种流派，特色鲜明。说表或细腻生动或诙谐风趣，唱腔或苍劲激昂或委婉圆润。总之，20世纪四五十年代，苏州弹词已成为江南地区最具特色的一种雅俗共赏、令人百听不厌而又经得起反复咀嚼的艺术品种。

如果说陈遇乾、马如飞、俞秀山、魏钰卿、朱耀祥、周玉泉、夏荷生等人是苏州弹词发展的前身，作出了流派的重要探索，那么沈俭安、薛筱卿、徐云志、姚荫梅、张鉴庭、严雪亭、蒋月泉、杨振雄是苏州弹词最有影响力的八位大名家。他们不仅开创了流派，而且有代表书目脍炙人口，并拥有广大"书迷"的热捧。

生于1900年的沈俭安，其父沈友亭是擅说《白蛇传》《双珠球》的响档，沈俭安以婉转洒脱、韵味淳厚的唱腔自成风格，开创了嗓音糯哑、运腔委婉的"沈调"，他曾任光裕社的第一任会长。

薛筱卿人称"塔王"，他早年师从魏钰卿，学说《珍珠塔》，与沈俭安合作，配合默契、珠联璧合，成为20世纪40年代沪上三大响档之一。薛筱卿开创的"薛调"虽脱胎于"魏调"，但他以铿锵明快、爽利清脆的唱腔改变了"魏调"的平直简朴，薛筱卿唱的叠句尤为出色，在起伏跌宕中扣人心弦。我少年时代上书场听的第一回弹词，即是薛筱卿与郭彬卿合说的《珍珠塔》，两人说表与演唱俱佳，琵琶与三弦的搭配也很见功力。后来我听薛筱卿与周云瑞合说的《婆媳相会》，这六回书并没有激昂的情节，却是说得观众频频叫好。其书艺之高超，真是难得的折子书。

与薛筱卿同年的徐云志，他少年师从夏荷生，10岁登台演唱。徐云志长相儒雅，说表轻松自然，有很大的亲和力。他在"俞调"与"小阳调"的基础上，汲取民间苏州小唱，创造了被称为"糯米腔"的"徐调"，其代表作是《三笑》。徐云志优雅从容、圆润软糯的唱腔风靡一时，我幼年从无线电中听的第一次书目即是《三笑》。

其他几位弹词大家，拟作详细专回评述。

> 朱雪琴与郭彬卿演《珍珠塔》

> 严雪亭（中）王柏荫（左）与陈希安在说中篇评弹

# 弹词下手六大家

> 作者在陈希安寓所访问陈希安

2018年中秋节那天,想去探望评弹界"老寿星"陈希安,电话打过去,陈太薛钟英女士说,他前几天住进瑞金医院,我忙问病情,知陈希安精神尚好,便匆匆赶去。

一个小时后,我来到陈希安的病榻前。他虽吸着氧气,半躺在床上,面色仍是红润,一见我进来,笑容可掬。我将月饼交给陈太,便与他聊起评弹往事。

听陈希安说,他开始说《珍珠塔》,踞今已75年了。他15岁拜沈俭安为师,17岁上台给师傅当下手。19岁那年,沈俭安与薛筱卿再度携手上下档,陈希安便与师兄周云瑞合作弹唱《珍珠塔》。据陈回忆,他当年和周云瑞在苏州、常熟、无锡走码头说《珍珠塔》,观众最多时竟达四五百人。陈希安又回忆起大他7岁的师兄如何帮他教他,他自己如何给周云瑞做下手的零星回忆,比如"抢功劳"这回书,"势利姑娘"是主角,但如何演好配角丫环,周云瑞对他几经点拨。

说到弹词上下手,陈希安深有感触。在上海评弹界,响档的上手是红花,但都需绿叶相衬。蒋月泉的下手先后有王柏荫、朱慧珍与江文兰,三人各有其妙。王柏荫说表清楚,又是评弹界美男子;朱慧珍的俞调唱得绝对一流;江文兰扮演丫环俏皮有趣。三个下手对整部《玉蜻蜓》的精彩纷呈,与蒋月泉配合得天衣无缝、恰到好处。

20世纪四五十年代，评弹流派发展兴盛，下手亦被看好，杨振言被誉为最佳下手之一。他先随其父杨斌奎说《大红袍》，杨斌奎说表与演唱不愠不火，不徐不疾，人称"活海瑞"。而杨振言演的二爷海洪，亦惟妙惟肖。后来杨振言做其兄杨振雄的下手，无论饰何九还是扮杨玉环，都令人称道。杨振言做下手，最长于鉴貌辨色，能根据书情之变化，把配角的戏演足。杨振言唱的蒋调也有创造，人称"言调"，所唱《莺莺操琴》则别具一格。

可与杨振言媲美的是张鉴国。张鉴国人称"琵王"，是其兄张鉴庭的最佳搭档，说句过分话，没有张鉴国琵琶之巧妙配合，难以赏析张鉴庭演唱之苍劲浓郁。张鉴庭在《顾鼎臣》中演绍兴师爷，张鉴国在书中饰毛七虎，"花厅评理"这一回书，两人之斗嘴，张鉴国把一个蛮横无理而理屈词穷的毛七虎演得入木三分。而张鉴国的唱，又将张调与蒋调合二为一，味道十足。

说到下手之妙，陈希安又和我说起郭彬卿。我说，大约在9岁那年，第一次去大华书场听书，听的便是薛筱卿与郭彬卿合说的《珍珠塔》。陈希安笑道，你听《珍珠塔》也快60年哉。据陈说，郭彬卿亦为"琵王"。他给薛筱卿当下手，外形阴柔，说表很嗲，后来他当了朱雪琴的下手。朱雪琴是沈俭安的寄女，朱把"沈调"与"薛调"合二为一，创造出雄健明快的"琴调"，由于其下手郭彬卿弹的琵琶烘云托月，才使"琴调"富有跳跃性的特点呈现在观众耳中。

陈希安还说到另一位偶当下手的苏似荫。苏似荫是王柏荫的弟子，但年龄只比师父小一岁。他说表诙谐清脱，以"阴噱"名闻书坛。他曾得蒋月泉亲自辅导，1984年举办"蒋月泉五十周年纪念演出"，蒋月泉、王柏荫、苏似荫三

> 作者陪90岁的陈希安在病房中
>  度过中秋日

代蒋派艺人联袂表演《玉蜻蜓·骗上辕门》，苏似荫表演十分出彩。苏似荫还担任过张振华的下手，他们演的《抛头自首》这回书轰动香港。苏似荫后来当上手，与江文兰合演的《玉蜻蜓》也相当精彩。

不知不觉谈了一个小时，我请陈希安谈谈他自己当下手的体会。陈希安说他分层次地把不同丫环的个性表演得各尽其妙，采蘋与秋珠就形成鲜明对照。陈希安与周云瑞配合默契，除了说书活络，擅长与观众互动，还时不时插入一些逸闻，让上手更加如鱼得水，他亦是弹词界的名下手之一。

弹词的下手，后来不少人当了上手。比如王柏荫与蒋月泉拆档后，与其妻高美玲合说《玉蜻蜓》，他是上手。杨振言与余红仙说《描金凤》，他是上手。陈希安与薛惠君说《珍珠塔》，他也是上手。说《珍珠塔》有好几代人，从演唱时间来说，陈希安可能是说《珍珠塔》时间最长的，这自然与其长寿有关，陈老今已92岁了。

我与陈希安在病房中谈了将近一个半小时，才告辞。不料才过一年，陈老于2019年10月24日凌晨病逝于上海瑞金医院，真是令人怀念惋惜！

> 作者与王伯荫合影于上海
  市政协评弹票房

# 弹词开篇欣赏

> 《弹词开篇集》，作者珍藏六十年

弹词开篇是苏州弹词开演前的一段小节目。弹词开篇相当于话本中的入话，其内容一般与正书无关，演员起到定弦、调嗓的作用，也有安定场内气氛的效果。后来因受观众热烈欢迎，约定俗成，艺人在开书前往往都会唱一只开篇，让书迷过过瘾。

最早对弹词开篇作出贡献的是"马调"创始人马如飞，他活跃于清朝咸丰、同治年间。马如飞早年师从表兄桂秋荣学《珍珠塔》，一年后即登台演出，三年后在苏州与桂秋荣为敌档，因艺胜一筹而成名。马如飞文字基础好，将《珍珠塔》脚本作了润色修改，后人称其"塔王"，又誉为"小书之王"。

马如飞除擅长《珍珠塔》，还好赋诗，编创弹词开篇数百则，今留传《西厢记》中的《请宴》，《长生殿》中的《惊变》《埋玉》《寻魂》，《红楼梦》中的《林黛玉》《贾宝玉》。他还写过传统开篇《王昭君》《李太白》《岳飞》《柳毅传书》《诸葛亮》《韩采苹》等。

弹词开篇作者还有平襟亚、陈灵犀、夏史等。

精美的弹词开篇，仿佛唐诗宋词，如《莺莺操琴》起首是："香莲碧水动风凉，水动风凉夏日长"，便是一幅悠然动人的夏景。结尾是"长日夏凉风动水，凉风动水碧莲香"，落句在"果然夏景不平常"，文句优美而诗意荡漾。类似这

>朱雪琴 薛惠君弹唱《珍珠塔》

>评弹老领导老艺人喜相会：周良、曹汉昌、蒋月泉与吴宗锡

样的弹词开篇，还有脍炙人口的《宝玉夜探》《杜十娘》《宫怨》《剑阁闻铃》《梅竹》《思凡》等。

《宝玉夜探》是情景交融，边叙边议的典范。其唱词精美雅致，感情动人心魄。起首四句是："隆冬寒露结成冰，月色迷蒙欲断魂，一阵阵朔风透入骨，乌洞洞的大观园里冷清清。"以萧条的环境衬托出宝玉夜深探望林黛玉的心情，为主题作了巧妙的铺排。接下去唱的是："贾宝玉一路花街步，脚步轻移缓缓行。他是一盏灯，一个人，黑影憧憧更愁闷。"点出宝玉内心的牵挂与愁绪，与黛玉所处的孤独环境相吻合。再接下来是宝玉与黛玉两人的对话，尤其贾宝玉唱到"我劝你早早安息莫夜深，病中人最不宜磨黄昏"，更是情真意切，委婉动人。

另一首《杜十娘》将杜十娘喜识李公子到悔嫁无情郎的经历，一一道出。本想"双双月下渡长江"，却不料"那李郎本是个贪财客，辜负佳人一片好心肠"。杜十娘最后悲愤唱出"我只恨当初无主见"，以怒沉百宝箱来羞辱李公子，自己投江自尽为结局。整首开篇写得感人肺腑，淋漓酣畅。十娘的深情与李郎的薄情，透溢于字里行间，令闻者嗟叹不已。

《潇湘夜雨》亦是弹词开篇中的佼佼者，全首唱词巧妙运用对偶、反复、倒装、层递等修辞手法，如"云烟烟，烟云笼帘房，月朦朦，朦月色昏黄"，"阴霾霾，一座潇湘馆，寒凄凄，几扇碧纱窗"，"情切切，切情情忐忑，叹连连，连叹叹凄凉"，"风飒飒，飒风风凄凄，雨霏霏，霏雨雨猛猛"。又用一连串的反复咏叹写林黛玉："气喘喘，心荡荡，嗽声声，泪汪汪，血斑斑，湿透了薄罗裳"，终于"神惚惚，万念皆空虚，影单单，诸事尽沧桑"。这种唱词整齐有序而回环起伏，充分显示文词之美，也将病佳人的神态心情刻画得惟妙惟肖，回肠荡气。弹词开篇的妙处所在，确可以与唐诗宋词媲美也。

# 话说中篇评弹

> 张如君、刘韵若弹唱《描金凤》

　　每年春节，江浙沪电视台的戏曲频道都会播出评弹专场，或选长篇评弹中的折子书，或播出一部中篇评弹，让观众在有限时间内欣赏到不同流派之精华。

　　评弹，民间俗称说书。无论大书（评话），还是小书（弹词），最早皆以长篇为主，笔者童年时赴大华书场听吴子安说《隋唐》，薛筱卿、郭彬卿弹唱《珍珠塔》，陆陆续续迷恋了两个多月。后来结识弹词名家陈希安，听他讲当年跑码头说书，与其师兄周云瑞弹唱《珍珠塔》，一部书可说八九十天。因评弹的妙处在于情节离奇曲折、跌宕起伏，长篇才能容纳。传统书目皆由演员在台上自由发挥，说表两三个月乃至半年，是常见的约定俗成。

　　中篇评弹是20世纪50年代应运而生的产物。第一部中篇评弹诞生于1951年，上海人民评弹工作团成立后即组织治淮评弹工作队，返回后编写了《一定要把淮河修好》的中篇评弹，共四回，由蒋月泉、刘天韵、张鉴庭、张鸿声、唐耿良、周云瑞主演，在沧洲书场演出，在当时获得上级肯定。由此可见，中篇评弹是形势发展需要的产物。虽然20世纪40年代后期评话演员潘伯英曾将轰动一时的离奇命案，写过四回书在苏州演出，但未成规模，只能说是中篇评弹最初之雏型。

20世纪三四十年代的长篇评话与弹词在苏州、上海很流行，至50年代开始，缘于形势发生变化，公私合营之后，说三四个月乃至半年的长篇弹词受影响而相应缩短，于是中篇评弹应运而生，它汇聚了一部长篇书目的菁华段落，以适应年轻观众快节奏的欣赏习惯。如张鸿声说《英烈》，最多可说300回，后来精简至54回，又称"飞机英烈"。而传统题材的折子书中篇也在50年代至60年代中期大量产生，如取材于《三笑》的《三约牡丹亭》《点秋香》，取材于《描金凤》的《玄都求雨》《老地保》，取材于《林子文》的《花厅评理》，取材于《玉蜻蜓》的《庵堂认母》《厅堂夺子》，取材于《杨乃武与小白菜》的《密室相会》《三堂会审》，取材于《大红袍》的《怒碰粮船》等。这些书目在赴香港演出与节日娱乐节目中颇受欢迎。后来又有新编的中篇评弹《谭记儿》《拉郎配》《十五贯》《唐知县审诰命》《窦娥冤》《蝴蝶梦》《四大美人》《胡雪岩》《恩与仇》等。

中篇评弹约有三百多种书目，现当代书目有《人强马壮》《真情假意》《林徽因》等。在新编中篇评弹中，以《四大美人》引人注目。

笔者日前采访了创作《四大美人》的编剧窦福龙先生，他是位多才多艺的资深评弹票友，从小迷恋古典诗词、琴棋书画，有较高的文化素养。他以创作评弹系列开篇《金陵十二钗》入手，于2002年精心创作了四个评弹中篇系列

〉高博文与陆锦花弹唱《珍珠塔》

> 袁小良与王瑾的演出照

《四大美人》(包括《西施篇》《昭君篇》《貂蝉篇》《杨妃篇》),分别在上海、香港、台北等地演出,由于名角荟萃,唱词精美,新编《四大美人》用评弹形式来表演生动的故事情节,荣获第五届牡丹文学奖。窦福龙也因此被苏州评弹学校聘为客座教授,被上海评弹团聘为特邀编剧。

从传统长篇中精选出来的中篇评弹,大多是全书之精华,再加上精心改编,演出效果极佳。比如姚荫梅说的《双按院》相当精彩,后来上海评弹团选出精兵强将,将22回书浓缩至4回书的中篇评弹。第一回由华士亭、徐雪花、薛筱卿演出;第二回由曹梅君、王月仙、吴君玉演出;第三回由姚荫梅、张效声、苏似荫、江文兰演出;第四回由姚荫梅、吴君玉、葛佩芳演出。由于阵容强大,书情紧凑,配合默契,十分好听。

作为一个年逾古稀的老书迷,在迷恋传统长篇的同时,对于精雕细琢的中篇评弹也要喝一声彩!浓缩版与完整版各有其妙。

# 传统弹词中的"四丫环"

> 范林元与冯小英弹唱《三笑》

　　眼睛一眨，听书60余年哉！从听广播到去书场，前后听过长篇弹词、评话近百部，《大红袍》《杨乃武》《玉蜻蜓》《珍珠塔》《描金凤》《顾鼎臣》《神弹子》《长生殿》《三笑》《白蛇》《十五贯》《十美图》（即《闹严府》）《四进士》《双按院》等，有的甚至听过七八遍。书情一波三折，人物栩栩如生。说书人口吐莲花，妙语如珠，主角光彩夺目，配角惟妙惟肖，丫环一角，尤其出彩，以"四丫环"最脍炙人口。

　　《玉蜻蜓》中的金大娘娘（吏部尚书张国勋之女）是书中女主角之一，她从小娇生惯养，长大蛮横刁凶，但她头脑简单，幸亏身旁有个贴身丫环芳兰，为其出谋划策。芳兰人称"丫王"，聪颖机灵，善于察颜观色。三搜庵堂，让三师太智贞惊慌失措，后来又使计让徐元宰面见三师太，正是芳兰暗中指使，手段不可说不辣。但芳兰本性还算善良，用情专一，她初配的文宣（金贵升书僮），蒙受不白之冤后逃离金家，下落不明，芳兰痴心苦苦等待。文宣当上三品参将，与芳兰见面一幕，着实感人。芳兰做了三品夫人，不忘旧，仍留在金家，虽是仗义之举，终究有点不合情理。可能出于剧情考虑，头脑简单的金大娘娘一离开芳兰，就无戏可唱了。

第二个丫环是《珍珠塔》中的采蘋,她的戏份量蛮足。方卿初进相府,遭姑母势利,正是采蘋侠义心肠,留住方卿,请来小姐陈翠娥,后来又禀告老爷陈培德。陈在九松亭将女儿终身许配方卿,采蘋亦有功。方卿荣归,采蘋巧试"小道士"与"妆台报喜"("七十二个他"),堪为经典。采蘋的善良、周到、细心、灵巧,比之芳兰更觉大度可爱。

《三笑》的女主角秋香,也是一个丫环,但她却是全书中的牵线人物。江南才子唐寅甘心卖身相府为僮,缘自秋香的"三笑",佳人是无意之笑,才子以痴情信之。从初见美人、追舟、卖身、中秋、备弄、戏画、炫技、求婚到"载美回苏",唐伯虎的故事,全由秋香牵动他的一举一动。秋香这个人物,一是容貌极其标致;二是性格温顺活泼。她的三笑,本属女孩的娇嗔天真之态,后为唐寅的真情所感动,日久生情,才芳心暗许。这个过程也把秋香这个丫环的性格写活了。比起芳兰,秋香缺少的是手段;比起采蘋,秋香多了点娇羞。如此美人,唐寅岂能不爱?

红娘是长篇弹词中的绝顶丫环,一部《西厢记》,莺莺与张生的感情升温,全赖红娘之力。她喧宾夺主,故京剧《西厢记》又名《红娘》。红娘极具个性:机智敏捷、沉着冷静又大胆泼辣、豁达大度。张生(张君瑞)赴长安赶考途中看望白马将军杜确,在普救寺中与莺莺巧遇,顿生爱慕之情,隔墙吟诗,互生好感。

> 江文兰与张建珍在上海市政协评弹票房合影(米舒摄)

不料叛将孙飞虎围困寺院，欲强抢莺莺为妻，其母相国夫人不得不许愿，张生请出白马将军解围。后相国夫人赖婚，只许他们以兄妹相称。张生病倒，莺莺愁煞，红娘设计，张生夜会莺莺，成其好事。老夫人拷红，红娘据理相争，并巧妙说服夫人，老夫人虽允婚，却令张生上京赶考。幸得张生中了状元，又得白马将军相助，终于与莺莺喜结连枝。这一幕戏中，张生与莺莺都有些被动，主动的仍是丫环红娘，她打消莺莺的羞涩与顾虑，为张生巧设妙策，又敢于顶撞夫人，在被拷打时，她不屈不挠，实在不易。比起前三个丫环，红娘的形象更加光彩夺目，绿叶的光芒盖住了红花。

弹词中的"四大丫环"，实在是不可缺少的重要角色，让传统书目的剧情更加扣人心弦。

＞严雪亭、刘天韵、朱雪琴与薛惠君演《三笑》

# 传统弹词中的"五义仆"

> 徐丽仙弹唱《王魁负桂英·阳告》

在传统弹词中，有不少富有正义感、敢爱敢憎的小人物，"义仆"便是其中之一。

弹词《王魁负桂英》(又名《情探》)写书生王魁落魄于山东莱阳途中，幸得青楼女敫桂英相救，桂英怜其才，倾囊相助，又鼓励王魁立志赶考。王魁与桂英在海神庙前立下山盟海誓，他携老仆人王中赶赴京城，高中状元，被宰相韩均看中，入赘相府为婿。王魁喜新厌旧，让王中携三百两银子与一封休书送往莱阳见桂英。王中本为桂英欣喜，知晓后勃然大怒，痛斥王魁负情，愤而离去。此段弹词由刘天韵饰王中，蒋月泉饰王魁，徐丽仙饰桂英，演得慷慨激昂、淋漓尽致。

沈方是《玉蜻蜓》"沈家书"中的"义仆"。他是沈君卿的贴身书僮，沈君卿离家，沈方在花园内拾得凤钗一枚，丫环红云爱慕沈方不成，就搬弄是非，诬告沈方与女主人罗氏通奸。老夫人不辨真相，关押罗氏，欲杀沈方，幸亏金大娘娘将罗氏救走。沈方逃出沈府后误上航船，落魄至常州。凉亭自尽被更夫陆洪奇所救，恩结父子。"沈方哭更"为《玉蜻蜓》精彩一段，沈君卿高中，任浙江巡按，官船夜至常州，主仆意外相见，抱头痛哭。沈君卿这才知道沈方为自己受尽

> 作者与杨振言（中）王柏荫（左一）薛惠君（左二）潘闻荫（右一）在上海市政协票房合影

磨难，最后有良心的沈方将义父陆洪奇带回苏州，悲剧终成喜剧。

沈方的故事，由蒋月泉、江文兰演来十分动人，另有蒋月泉、王柏荫版，王柏荫、高美玲版，苏似荫、江文兰版，秦建国、沈世华版。

《珍珠塔》的王本，方家旧仆人，后改名陈宣，任陈府总管。方卿是王本的小主人，赴襄阳投亲，见姑娘势利，愤然告辞，是王本将方卿来陈府的消息告知其姑父陈御史，陈御史携王本骑马追赶至九松亭。陈御史劝方卿回府不成，见他很有志气，将女儿陈翠娥许配给方卿为妻。方卿赴京途中遇盗"身亡"，陈翠娥闻讯忧郁得病，口吐鲜血。陈御史派王本赴河南太平庄方家探望。后来，陈御史为救女儿，无奈与王本商议，让王本用一封假信报平安，陈翠娥才转危为安。

方卿之母方太太千里寻儿到襄阳，闻儿遇害，欲悲愤投河，为白云庵当家所救，后与陈翠娥相见（婆媳相会），方太太暂居庵内，陈翠娥常派王本与采蘋前去探望。由此可见，这位老总管，始终对小主人十分关怀，其爱其憎也站在方卿一边，与势利姑娘所作所为，截然相反。《珍珠塔》版本多种，最著名的有沈俭安、薛筱卿版，魏含英版，周云瑞、陈希安版，尤惠秋、朱莺吟版，薛小飞、邵小华版，陈希安、薛惠君版，朱雪琴、郭彬卿版，饶一尘、赵开生版，高博文、周红版。

《描金凤》中有两位"义仆"，前一位是徐蕙兰的老家人陈荣。陈荣本是一位叱咤风云的武将，后来成为徐家老仆人。徐蕙兰落难，陈荣与其相依为命。徐蕙兰投井自尽，被以笃筲为业的钱志节所救，徐蕙兰与钱志节之女钱玉翠私订终身，但钱志节醉中又误将女儿许配给徽州老板汪宣为妾。新婚之日，钱志节一筹莫展，是老仆人陈荣义高胆大，假扮新娘，大闹喜堂。后徐蕙兰与陈荣赴河南开封姑夫马王府,路遇金继春,两人义结金兰。金继春病倒,徐蕙兰让陈荣留下照顾,单身赴开封。马王爷马刚仆人马寿想当继承人,误杀王廷兰,陷害徐蕙兰,引来二龙山诸英豪与陈荣老家人共劫法场。

另一义仆乃徽州典当老板汪宣之仆人四喜。汪宣当年挥金如土,因追求钱玉翠而散尽百万家财,落魄当了乞丐,巧遇当年仆人四喜。四喜沦为小叫化,两人意外相遇,四喜便以讨饭行乞,养活旧主人,又细心照顾,令住在叫花棚内的汪宣感动无比。钱志节求雨升官,良心发现,推荐汪宣当了六品通判,汪宣上任,四喜也当上二爷,这才皆大欢喜。《描金凤》有杨斌奎、杨德麟档,杨振言、余红仙档,张如君、刘韵若档,余瑞君、庄振华档,江肇焜、张丽华档等。

> 高博文主持节目

# 传统弹词中的"绍兴师爷"

> 刘天韵、刘韵若合演《三笑·追舟》

　　绍兴师爷，是明清封建官制与绍兴人文背景孕育下的产物。中国封建官制卖官成风，清代尤盛。不少人以钱捐官，因文理不通的捐官者疏于政务，便聘请擅长处理公文、精于法律的幕僚师爷做助手。绍兴人才辈出，绍兴举人多而官职有限，不少中举学子只得先做师爷，再候机遇，故形成"无绍不成衙"。县官尊师爷为"先生""老夫子"，师爷则称官员为"东翁"。

　　传统弹词中的绍兴师爷有两种，前者以《顾鼎臣》中有正义感、正直敢言的朱恒为代表，后者以《杨乃武》中奉"孔方兄"为财神菩萨、一钱如命的钱树铭为例。两人秉性大异，人品优劣天壤之别，但皆以头脑活络、伶牙俐齿、腹中功夫见长，此乃绍兴师爷之共性。

　　长篇弹词《顾鼎臣》（又名《林子文》），是著名弹词艺术家张鉴庭与其胞弟张鉴国的精品书目。该书讲昆山发生一件案子：兵部公子毛七虎途经小林庄，见林子文妻陆素贞貌美而调戏之，危急时，林子文赶回，痛打毛七虎，这一幕被昆山知县杨廷正的师爷朱恒看得清楚。毛七虎回府后，杀死老账房陈荣，移尸至林家门口，诬林子文谋财害命。朱恒奉命踏勘现场，知有人陷害。杨廷正害怕毛府势力,让朱恒陪毛七虎花厅相见。朱恒因是现场证人,逐条辩驳,令毛七虎理屈词穷、恼羞成怒。毛七虎后贿赂杨廷正,欲办林子文死罪,朱恒与杨廷正吵翻。原宰相顾鼎臣也在同一天途经小林庄,见陆素贞与亡女面貌酷肖,认作义女。陆素贞见丈夫被冤定罪便去顾府求救。顾鼎臣写诗致杨廷正,暗示林子文乃冤案。杨廷正胸无点墨,请师爷详诗,朱恒将其意告之,杨廷正却不信,仍定林子文死罪。幸亏安乐王莫奈何赶至法场,救下林子文,惩办毛、杨,朱恒因办事清正,得任代理知县。

这部书中,朱恒不畏权势,话锋犀利,擅长办案。经张鉴庭娓娓道来,十分动人。《花厅评理》一折,已为评弹长篇选回保留精彩书目之一。朱恒与毛七虎斗智斗勇,对话中绵里藏针,驳得毛七虎暴跳如雷,丑态百出。踏勘、评理、详诗,都显示了朱恒的睿智与学识不凡,绍兴师爷果然厉害。

《杨乃武》一书中则塑造了另一类绍兴师爷,此人名钱树铭,是余杭知县刘锡彤身旁的师爷,也是设计诬陷杨乃武谋夫夺妇之幕后策划。《杨乃武》是著名弹词艺术家严雪亭改编创作的精品书目,也是严派艺术的代表作。

> 沈仁华、秦建国、范林元、黄嘉明、郭玉麟、王惠凤、冯小英、史丽萍、沈玲莉等青年演员合影

故事讲清朝同治年间，余杭豆腐店老板葛品连（乳名小大）娶妻毕秀姑。毕氏貌美白皙，人称"小白菜"，当年与杨乃武有私情。杨有妻，后与之断绝。毕氏后被刘锡彤之子刘子和看中，他与中药铺店主钱宝生设计，暗下迷药，将毕氏奸污。不久，葛小大生病，请杨乃武开中药。刘子和在药中暗下砒霜毒死葛小大。此桩命案闹大，由刘锡彤夫人求助于绍兴师爷钱树铭，许诺大洋四千。钱树铭见钱眼开，设下二计，一是让刘子和巧言诱惑毕氏，当晚与她结百年之好；二是让刘锡彤夫妇称毕氏为"好儿媳妇"，让毕氏在几十万贯的金银财宝前迷失本性。钱树铭还诱骗毕氏："你说奸夫是杨乃武，杨是举人老爷，不会杀头。"毕氏天真地说："你们要给杨乃武出狱后捐个官做，我再答应。"刘锡彤一口应承。于是，杨乃武受冤，又被刘锡彤屈打成招。幸亏胞姐杨淑英冒死滚钉板告状，又得夏同善及醇亲王相助，终于让毕氏在"密室相会"中说出真相，奸夫乃刘锡彤，杨乃武九死一生，得以平反。

　　《杨乃武》中还有两位令人敬佩的绍兴师爷，前一位是杭州知府边葆贤旁的钱仲安，这位师爷见知府受贿，不肯同流合污，以辞职抗议，性格类似朱恒；另一位是夏同善身旁的老夫子赖依仁，他学问好，办法多，智激醇亲王，出手援救杨乃武，正是这位绍兴师爷的妙计。

　　两种师爷，两种不同人品，戏剧效果俱佳。《顾鼎臣》与《杨乃武》是传统弹词中塑造绍兴师爷的最佳典范。

> 孙钰亭、王惠凤说《三笑》

# 同曲异唱有妙韵

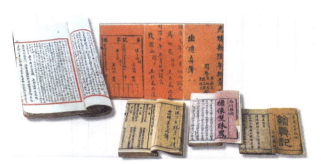

>《山道录》评弹手抄脚本·老唱本

自幼居住苏州,受乡音熏陶,童年时便迷恋上了评弹的丝弦之声。蒋月泉的雍容大方、韵味醇厚;严雪亭的说表自如、绘声绘色;张鉴庭的遒劲苍凉、铿锵有力;徐云志的柔软圆润、舒展从容;薛筱卿的节奏明快、爽朗利落;刘天韵的形神兼备、浑厚有劲;姚荫梅的巧吐莲花,诙谐风趣;周云瑞的雅逸温文、别具一格;朱慧珍的委婉清丽、细腻动人;朱雪琴的明快刚健、酣畅豪迈;徐丽仙的流利欢快、音韵动人;侯莉君的行腔哀怨、起伏婉转。真是唱腔独特,各树一帜,听来令人陶醉入迷。

这些评弹艺术大家,都拥有大量听众,"蒋调""严调""张调""徐调""薛调"很难分出高低,因此同一曲开篇,由不同的评弹流派来演唱,也让人在比较中获得美的享受。

我脑子一动,便恳请评弹资深爱好者程功兄为我录制一盘"评弹同曲异唱"的CD,程功兄爱上评弹已五十余载,他擅长录像与录音之技,便与我一起拟定曲目,我们先挑选了《宝玉夜探》《莺莺操琴》《战长沙》《方卿见娘》《杜十娘》五个开篇。每一曲开篇,由10个演员用各种流派的曲调来演唱,果然,让人大饱耳福。

《宝玉夜探》是"蒋调"的代表作之一。蒋月泉用韵味醇厚的嗓音唱出贾宝玉对林黛玉的殷殷关切之意,尤其唱到"我劝你早早安歇莫夜深,病中人最不宜磨黄昏。我劝你一切心事都丢却,更不要想起扬州旧墙门",听之,如入境中。这一段曲调,由蒋月泉与杨振言来对唱,则另有一种味道。

> 作者与资深评弹书迷 　 > 作者与资深评弹书迷吴志厚
　评论家周清霖合影 　 　（中）毛信军（程功）合影

杨振言也唱"蒋调"，但他在"蒋调"中又渗入自己那种"小家碧玉"的风格。杨振言后来又与余红仙对唱《宝玉夜探》则是另一种尝试。

《方卿见娘》也是一首名曲，朱雪琴、薛惠君用高亢爽朗之音唱的方卿见娘，与杨振言、陈希安唱的《方卿见娘》韵味大不同，各有其妙。王柏荫、张鉴国、饶一尘、赵开生都是评弹名家，经他们唱的《方卿见娘》，亦各呈异彩，令人叫绝。

同曲异唱最妙的开篇是《莺莺操琴》。《莺莺操琴》的唱词十分优美，堪与唐诗宋词媲美，起句是"香莲碧水动风凉，水动风凉夏日长"，末句是"长日夏凉风动水，凉风动水碧莲香"，点出"果然夏景不平常"。这一曲开篇由朱慧珍用俞调唱来，委婉深沉动人心魄，而由徐云志唱来则甜糯圆润，缓缓送入耳中，真是余音绕梁，有绵绵不绝之感。由薛调唱来，调门明快利索，而丽调的欢快流利又让《莺莺操琴》令人回味无穷。胡国樑用严调唱的《莺莺操琴》则吐字清晰，淋漓尽致表现了莺莺小姐的思春之情。而杨振言用蒋调、庄凤珠用俞调合唱的《莺莺操琴》更是妙不可言。

同曲异唱之妙，亦可由多人联唱同一首弹词名曲，具有个性与共性的展示，彰显相映成趣的艺术韵味。如1986年上海评弹团赴香港演出时，由庄凤珠、沈世华、薛惠君、余红仙、陈希安、孙钰亭、华士亭、朱雪琴、杨振言、杨振雄、徐檬丹和吴君玉12人联唱一段《杜十娘》，很有味道。1995年上海电视台开播"电视书苑"，邀请庄凤珠、郑缨、刘韵若、王鹰、薛惠君、沈伟辰、孙淑英、邵小华、蔡小娟、庄凤鸣、徐淑娟、徐檬丹、赵慧兰、张慧玲14人联唱过一段《杜十娘》，亦别具一格，惹人喜爱。

评弹的说表艺术十分动人，而其唱腔的千变万化也是其魅力之一。同曲异唱显示各种流派不同味道；同曲异唱有妙韵，令人其乐无穷，百听不厌。

肆

舒园
十记

【风雅苏州】

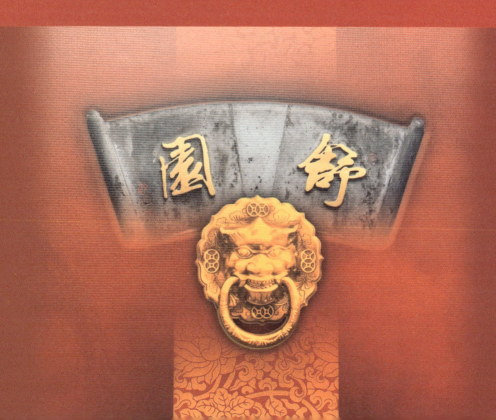

# 栽树记

## ——舒园随笔之一

> 作者和他的舒园

　　我命中多土（八字中有三土），故天性喜木。幼年生活在苏州肖家巷，一幢三井老宅内有三个院子，母亲在每个院子内皆种树栽花，有点花光疏影的味道。屋后有一个后花园，栽了七八棵果树，一家人本想享受芬芳丰润之乐，可惜我5岁那年，逢公私合营，父母便把房子捐给了国家。后来我少年时返苏，只能借宿在老宅。房子虽没了，但母亲当年栽下的那些树木还在。我记得有一年寒冬腊月回乡过年，正逢蜡梅含苞欲放，黄昏时瞧那黄蜡色的花朵还羞怯地低垂着头，夜来有风，顿时幽香袭人，满树蜡梅尽吐艳，那意境与情趣让我惊喜十分。

　　五六年前，我终于可以在苏州新居自己栽树了。笔名米舒，我便把那房取名"舒园"，屋前房后有四个园子，都不大，但格局很迷人。我在前园栽了一棵桂花树、一棵枇杷树和一棵石榴树，还在树下栽了东山的茶树与一些茶花。隔了一年，几棵树争相长大，挤得不得了，我只得把石榴树移于前院门口，与那棵樱桃树比肩而立，还堆了几块假山石作陪衬。

　　在中庭建个半亭，我拟了一副楹联："小阁含情听细雨，半亭长忆对花容。"

请书法家张晓明兄书，刻在抱柱上。旁有一座假山、一个鱼池。亭前也种了一棵金桂，旁边还栽了几支翠竹作点缀。另外两个小园子，一个嵌在客厅里，我以红枫石笋为背景，宛如一幅精致的画。另一个园子在门厅内，有假山、翠竹，还栽了一棵香椿树。那香椿树春来发芽，长势喜人。不过两三个月，已长到我二楼书斋的窗前，让我笔耕之余，眼前一片青翠葱绿，好怡人也。

数了数，家中有树五六棵，另有翠竹、红枫六七枝，风吹雨落，树叶摇曳；日影月光，芳香袭人。让我享受一番自家栽树的逸趣。

树与花相比，我好树也。何故？因树以内秀著称。若说花是风姿绰约的佳丽，那树就是恬淡儒雅的君子。依我看，树木的好处是不张扬、不夸饰，以丰盛葳蕤之绿，让人入目顿生愉悦之感。

树之绿，其实是绿得很有层次。那一片绿中，有新绿、浅绿、翠绿、葱绿、湖绿，还有深绿、黛绿、暗绿、浓绿、墨绿，那重重叠叠的绿，绿得真是大不一样。细细品味，大可悟出人生的经历与茂盛之快意。我年轻时也曾被艳丽炫目的花儿所吸引，人逾花甲才慢慢悟出树木确有恒久之美。我喜欢旅行，20年中走过世界上60多个国家和中国的200多个城市，每到一处景点，让我震撼的不仅是起伏的山峦与奔泻的河流，还有那漫山遍野的森林树木，风过处，涌起的绿浪让人心醉不已。人活在这绿色氧吧之中，岂不快哉！

> 作者在苏州庭园弄口，背景是北寺塔

> 作者坐在阳台上，背后是他栽的枇杷树与桂花树

家中有树，祥和多福也。栽下的花早已凋谢，但树却默默地、顽强地生长着。尤其是雨天观树，让我浮想联翩，令我油然想起树的类别与风格，各有各的妙处：水杉挺拔，银杏丰盈，红枫飘逸，翠竹清劲，柳树妩媚，杨树伟岸，楠树雍容，槐树庄重，樟树异香袅袅，榕树老气横秋……那些千姿百态的树枝，舒展自如地伸向蓝天，仿佛是一幅优美的油画常给我意外的惊喜。

记得栽树那年秋天，我回苏州，刚一开门，一股甜甜的、沁人心脾的香味扑鼻而来，原来，满树的金桂开了，真是好香好香。那个秋夜正好有月，月下在家赏桂，真有说不出的惬意，我轻轻吟出唐人李峤的诗句："桂生无限月，花满自然秋。"

翌年春暖花开，我返回苏州，半月未见，只见枇杷树上硕果累累。那枇杷不大，却分明是东山的果实，心想今年可吃自家栽的枇杷了，只可惜到了花褪残红再看时，枇杷早被鸟儿抢先吃了。来年，我便用塑料袋把未熟的枇杷包起来，这才大快朵颐。

今年初春时回苏州，只见屋前那粉红色的樱花开了，开得那么轻盈，那么恬淡，那么俏丽，真有点"粉红轻浅靓妆新，和露和烟别近邻"（唐人吴融诗）的境界。家中有树真好！

写于2011年4月锦沁楼

# 观鱼记

## ——舒园随笔之二

> 作者坐在庭园的半亭内观鱼

　　自幼喜欢小动物，无论住在苏州还是上海，我都是花鸟市场的常客。上海有新城隍庙花鸟市场，还有江阴路花鸟市场，少年时代几乎三天两头要去遛遛。住在苏州肖家巷，则常去皮市街花鸟市场，在花丛、鸟啼、鱼戏中待上几个小时，实在有说不出的舒心。

　　皮市街花鸟市场，可以玩赏的品种日益丰富，花的种类举不胜举，金鱼、锦鲤鱼、乌龟与夏天的蝈蝈，秋天的黄蛉、蟋蟀，还有一年四季在叫卖的小狗小猫，都让我看得手痒。我尤其喜欢小狗，它一见人就把前爪伸出来要你抱，你多打量几眼，它会很懂事地向你献媚，那狗眼里充满了依恋，多么想让人带它回家。我家那只白色狐狸犬，就因被其神态打动而不得不带回家的。

　　言归正传，来说养鱼吧！

我养鱼的时间也已很久了。小时候就喜欢养鱼,圆的玻璃碗里养过,方的金鱼缸里养过。稍稍长大后,有一天突然发觉自己很不人道,把几条或十几条小鱼养在那么小的一个空间里,人是很养眼的,但鱼的自由是少了。于是,我在少年时代做过一件事,那就是把自己养了多年的鱼捧到河里放生了。但第二天我又后悔得要死,因为我发现那条小河很脏,那十几条被我娇生惯养的小金鱼,可能会在这压抑沉闷的死水里丧命。我这么一想,接连好几个晚上都没有睡好。从此,我不敢养鱼了。

苏州有了新居,我又动了养鱼的念头。苏州人蛮讲究精致的生活,家里有个园子就喜欢砌水池与假山。我家园子中庭也不大,造了个半亭,挖了个水池。又请一位东山匠人在鱼池中砌了个假山。有了水池,想到养鱼。因为我不能每天住在苏州,只能挑选锦鲤鱼养。第一次,买来十几条。它们原来养在皮市街卖鱼人的水格里,由于格小鱼多,鱼常会挤得不能动弹,而且常常会跳出格子,掉在水泥地上。如今它们到了我家一个三四平方米的水池里,我想它们一定开心极了!看着鱼儿自由自在地戏游,感觉到它们比养在水缸里的鱼儿不知要幸福多少倍。可当我一周后返回苏州,刚走进中庭,顿时傻了眼,原来水池里的水几乎漏光了,原因是水池的塞头没做好,水慢慢地流去了五分之四,而水一浅,好腥的野猫从高墙上闯进园子把鱼儿吃了大半。水池边上还有吃剩的烂鱼,地上一片狼藉。我难过得一天饭都吃不下。

> 作者观鱼觅雅趣

大概水池里有假山，还有几条小鱼逃过一劫。后来我重修了水池，又买了十几条锦鲤鱼回家放养，以前的小鱼肯定把那次大祸告知了新朋友。这样一来，鱼的警惕性特高，每次我一靠近池边，它们都躲到假山后去了，我撒了鱼食，也没有鱼出来抢。我只得躲在二楼的窗前悄悄观察。过了好大一会，鱼儿确定没有危险，才慢悠悠出来吃食。

这样过了好几个月，鱼儿的恐惧才慢慢消失。岁月可以抚伤，鱼和人大概都如此吧。

我喜欢观鱼，因为锦鲤鱼实在是一种心平气和的动物，至少没有人那么浮躁。它们舒展自如地在水中游动，姿态是那么优雅而灵动，轻裘缓带，翩跹舞之。真令我好生羡慕。其二，鱼与鱼之间十分友好，我们常说"大鱼吃小鱼"，但在我家的鱼池里，大鱼与小鱼，好像从来没发生过什么冲突，几年之后，小鱼也变大了，大鱼更大了，至少说明它们是和谐共处的。其三，我不能每周回苏州老家，半个月或一个月不喂它们，鱼儿照样活得健康。我现在只要一回苏州家里，推开门，第一件事，就是给鱼儿撒食，只要我嘘的一声，鱼儿们纷纷从假山洞里游出，涌到我眼前，一条条昂头争食，那场景真让我心醉。有时候，我就闭着眼坐在半亭里，也不说话，也不看书，只是静静地打量着四周的树木与鱼儿。风吹树动，鱼儿游荡，园子里安谧得很。我也不想什么，只是有点羡慕池中的鱼儿。它们无欲无求，天性随和，因此也没多大的烦恼与忧虑。这也许是它们的幸福所在。

那一晚，我做了一个梦，自己竟然也变成了一条锦鲤鱼。

写于2011年5月锦沁楼

# 品画记

## ——舒园随笔之三

〉舒园内的画趣

　　笔者居住的姑苏小宅，分东西两园，约有300多幢房子。走进小区，每一家装修各有特色，牌楼、门头、回廊、假山、鱼池、亭子、小桥、石雕……一家比一家弄得精致，一家比一家装修得豪华。相比之下，陋室"舒园"就简单多了，好像一个清贫的书生，混杂在一批达官贵人之中，有点孤芳自赏的味道。不过，来陋室访玩的朋友说我家装潢、家具是不如人家，但墙上的书画却颇有特色，"舒园"多的是一份书卷气。

　　我是年过半百才开始收藏书画，陆陆续续有了些当代名人字画，过去没地方挂，现在正好补壁。先说苏州籍书画家的作品。陋室中有祖籍苏州、名扬海上的著名画家颜梅华作的两幅画，一幅是"花牛图"，画于壬午年；另一幅是"松鼠图"，画于戊子年。颜先生擅长画动物、人物、山水、花卉，其笔下的动物尤为惟妙惟肖。颜老原为上海人美出版社创作员，他早年随颜文樑学素描西画，打下了扎实的功底，后师从吴湖帆学习传统山水，又从来楚生、江寒汀画中领悟花鸟灵气。故颜老笔下诸物，形似与神似相得益彰。我与颜老同是苏州人，我

喜欢他的画,他也蛮赏识我的文字。我与颜先生
聚过几次,我所在报社举办书画大赛,我曾邀请
颜先生任评委。他今已84岁,每天仍练字作画,
还好唱京剧老生,唱得韵味十足。还有两位苏
州画家,一位是花鸟画家张继馨,张老生于1926
年,师从吴门花鸟画家张辛稼,其笔下的花鸟颇
为传神,现任苏州美术家协会名誉主席。张老
几年前曾送我一幅花鸟小品,那鸟有点怪异,与
传统吴门画派温婉甜秀的笔法不同;另一位是
人物画家王锡麒,王先生于1938年生于苏州,曾
任苏州画院副院长。他擅长仕女人物画,承他送
我一幅"仕女读书图",生动描摹出吴门美女的
风韵。我手头还有几幅苏州画家的作品,如号称
"宫牡丹"宫音的牡丹扇面,山水画家顾荣元与
章致中的山水扇面,各有特点,颇可雅玩。

> 姑苏画家王锡麒仕女图

苏州不少诗人作家,皆是书画好手。如荆
歌、陶文瑜的文章写得端是漂亮,其书画也可玩
味。我与荆歌文字之交大约有二十多年,当年我
在报社编副刊,他就给我投稿,转眼二十年过去
了,他的文章已自成一格。他曾送我一把扇子,
录唐伯虎的诗句,反面是他画的鱼,那鱼居然从
鱼缸中游了出来,旁题"自由自在"四个字,颇有
寓意。还有他手书的周作人《自寿诗》,蛮有文
人书法的味道。陶文瑜是《苏州杂志》的主编,
文章写得诙谐,在散淡中见个性。他送我几幅绘
画小品,以淡墨雅趣见胜。其书法亦有苏州文人
书法的气韵,很耐看。

> 姑苏画家张继馨鸟趣图

"舒园"二字系上海书法家协会主席周慧珺
题写的,书房"锦沁楼"三字,则出于陈立夫之

手，他当时为我题斋名时已96岁。书斋中还有赵冷月、翁闿运、任政、秦孝仪、苏步青、张晓明、刘一闻、刘小晴的书法，韩敏、王仲清、胡振郎、汪观清、钱行健、王克文、顾振乐、龚继先、吴颐人、汤兆基、杨正新、陈世中、唐逸览等名家的画作，这些书画作品，我时而拿出来欣赏，玩味再三，不亦乐乎。

这些书画作品的作者，我大多有一面之缘，并有文字之交。我于20世纪70年代末去周慧珺北京西路寓所采访，见她住在一个暗无天日的旧式里弄里，她就是在这样艰难困苦的环境中，练成一手好字。我后来写了《陋室墨香》的文章刊登于《解放日报》上，慧珺为我书写了唐伯虎诗句赠我留念。我赴台湾写"台北十大文化名人"，访问台北故宫博物院原院长秦孝仪，后来写了秦先生的访问记发表在报上。秦孝仪收到报纸后，专门托人送我一幅他的书法，让我喜出望外。赵冷月晚年出版书法集，请我作序，后送我一幅字和一幅扇面酬谢。20世纪70年代，我曾出版过一本诗话集，内有插图五幅，作者分别是赵宏本、韩敏、汪观清、颜梅华与陈光镒，后来我又为晚报写武侠连载，我作文，韩敏配图。我写的历史小说，插图作者分别是刘旦宅、戴敦邦、韩敏、韩硕，可惜我当时没有收藏意识，竟把他们画的插图手稿弄丢了，实在可惜。

在"舒园"中与朋友们品书论画，实在是一件有趣的事。

写于2011年6月锦沁楼

# 听书记

## ——舒园随笔之四

> 作者在书斋品赏雅物之趣

我幼年居住在肖家巷巷底最末一家，开门便见雪糕桥，从巷底到巷口观前街，步行大约五六分钟时间。20世纪50年代家家流行有线广播，从陋室走到巷口，正好听一曲弹词开篇。我一生对评弹的迷恋，便是从那时候滋生的。苏州评弹以雅致悦耳而富有书卷气闻名于世，演出既不需要大的排场，行头道具又很简单，一件长衫，一件旗袍，配上三弦琵琶，就把古代戏文演说得惟妙惟肖。演员那眉宇间的神情，配上生动的说表和细糯深情的弹唱，让观众获得了无比美妙的享受。后来我全家迁居上海，我只好暗自羡慕做苏州人太幸福了。

身居沪地，心中还依恋着吴侬软语的丝弦之声。还在我五六岁时，我就每天晚上听"广播书场"，其中最令人发噱的是苏州评弹艺术家徐云志与王鹰弹唱的《三笑》，从"追舟"到"载美回苏"，吊足了我的胃口。苏州评话艺人曹汉昌的《岳传》也让人欲罢不能，尤其是"龙门败十将"这回书说得颇见功力。我当时上海的家离"大华书场"不远，从小学三年级起就几乎天天下午去书场听书，先是薛筱卿、郭彬卿的《珍珠塔》，后来又是吴子安的《隋唐》。在苏州则去

>外宾参观苏州评弹
学校

察圆场听书,在苏州评弹艺人中,"二金"令我拍案叫绝,一是金声伯;二是金丽声,今天还有一位女演员张建珍。

苏州评弹流派纷呈,头块牌子非评弹艺术家蒋月泉莫属。蒋月泉先拜张云亭为师,后师承周玉泉的"周调",他借鉴京剧及北方曲艺的唱法,终于形成"蒋调"的独特风格。蒋调韵味醇厚、深情委婉,韵律端庄优美,行腔飘逸大方。蒋派代表作有《玉蜻蜓》《白蛇传》。与"蒋调"媲美的是张鉴庭的"张调",音色遒劲苍凉,韵味饱满,力度强,音域宽,形成铿锵有力的特点。张派代表书目是《闹严府》《顾鼎臣》。严雪亭的"严调"则运腔流畅朴实,吐字清晰淋漓,善用小嗓翻高腔,说表灵活多变,以弹唱《杨乃武》名震江南。在20世纪40年代,严雪亭被广大书迷评选为"评弹皇帝",可见他在40年代的影响力还在蒋月泉之上。薛筱卿的"薛调"节奏明快,唱词爽利,擅长叠句连唱。而徐云志的"徐调"脱胎于"俞调"与"小阳调",他又从民间小调中吸取营养,终于形成了"徐调"节奏舒缓,旋律圆润、音色软糯的"糯米腔"。还有"祁调""姚调""杨调""琴调""丽调"等独树一帜的流派。

我那天在苏州书斋中整理听过的评弹书目,仔细一排,竟然也有七八十个古代长篇(我是不听现代书目的),但真正称得上精品的也不过十来部,如《玉蜻蜓》《三笑》《珍珠塔》《描金凤》《杨乃武》《白蛇》《大红袍》《神弹子》《闹严府》《顾鼎臣》《长生殿》,中篇折子书则有《苏州二公差》《十五贯》《三约牡丹亭》《大生堂》《花厅评理》《老地保》等。我个人最喜欢的书目当推杨斌奎、杨振言弹唱的《大红袍》。杨斌奎起的角色是古代清官海瑞，他说表细腻，弹唱不愠不火。无论是海瑞、杜雀桥，还是船艄公，都活灵活现出现在眼前。听电台播出或听CD，演员口齿是否清楚，一听便知分晓。在这方面，蒋月泉、严雪亭、杨斌奎是难得的典范。

在20世纪八九十年代，我有机会采访评弹演员蒋月泉、唐耿良、陈希安、王柏荫、吴君玉、张振华、庄凤珠、秦建国等艺人。杨振雄为我写过文章，还送《长生殿》签名本给我。我在编报时，常有评弹小文刊出，以飨书迷。在众多评弹书迷中我结识了周清霖、程功、小雪、吴子厚等超级书迷，时常向他们请教，与之谈书，不亦悦乎！

**写于2011年7月锦沁楼**

> 庄凤珠唱弹词开篇

> 在苏州评弹博物馆

# 玩物记

## ——舒园随笔之五

> 作者的舒园内有不少精致的藏品

《尚书·旅獒》曰："玩人丧德,玩物丧志。"笔者以为前一句甚对,以权术玩弄人,那是很不道德的小人,而后一句令人生疑。当年卫懿公因痴迷养鹤而不理朝政、不察民情,被斥之"玩物丧志",那是不错的。但如果一个人有癖,嗜好收藏玉器、瓷器、碑帖、书画之类的艺术品,那未必丧志。相反,还多了一点生活情趣。

我自幼就迷恋收藏,先是藏书,家中收藏各类图书16500余册(大部分今已捐出);尤爱收藏名家签名本,先后觅得作家签名本3600余册(全部捐给了苏州图书馆)。到了20世纪90年代初,我开始周游列国,到一个国家就买一两件工艺品,如获至宝。先是收藏世界各国的动物小玩意儿,如俄罗斯的白熊、美国的老鹰与小狗、澳大利亚的袋鼠与树熊、葡萄牙的公鸡、泰国的大象、西班牙的斗牛、韩国的老虎、瑞典的麋鹿、南非的狮子与企鹅、埃及的骆驼、牙买加的

> 鹰（木雕）　　　　　> 羊（木雕）　　　　　> 猫（木雕）

鹦鹉、巴西的孔雀与大嘴鸟……材质有铜的、银的、木的，大多是瓷器的，造型生动，很精致，如美国一组小动物有8只不同品种、模样的小狗，只只栩栩如生。我把搜集到的60多个国家的小动物摆件放在一个玻璃橱内，家里有个世界动物园，可热闹了！

后来，我又搜集名家制作的工艺品，第一件是苏州工艺大师殷淑萍的木雕作品"古典仕女"，那女子身段优美、举止轻盈，线条流畅而柔和，造型生动而委婉，颇有江南女子气韵，纤纤玉指托腮凝视，那精致的五官颇有姑苏女子特有的万般风情，而眉目间似羞犹喜的神态，更是令人遐想万千；另一件黄杨木雕"飞天"出自乐清工艺美术师郑小红之手，飘逸的姿势，脱俗的神情，令这件工艺品荣获一等奖。家中木雕作品还有不少，其中一件令我喜欢不已，那是一块民国年间的挡板"姜子牙钓鱼图"，图上的姜子牙悠然自得，而求贤似渴的周文王率众官员毕恭毕敬，他们请姜子牙出山的神情相当虔诚。这块雕板是浅浮雕，布局精巧，刻画人物各见其妙。

紫砂壶亦为文人所好。珍藏的紫砂壶也有五六把，许四海制作的一把"世博神韵壶"，壶上有韩敏画的"老子品茗图"，刀工沉稳而雅致：另一把是宜兴工艺美术师葛武英制作的"篱下瓜果壶"，此把提梁壶气韵丰茂，古朴雅致。雕塑家陈大成制作的一把方壶，壶上雕有欧美西洋油画，这是陈先生晚年创新之作，将西洋画技移入紫砂的一次完美结合。

案头有件苏州著名文玩木雕家胡家林制作的一只水盂。水盂上童子牧牛图，是件相当精致的文玩。苏州人好盘玩手中之物，除了材质优秀的木质手串，当数核雕手串最可让人留恋。吴县舟山村是核雕之乡，或以刀法疏朗、造型灵动之物引人注目，或以线条流畅、巧夺天工之技让人心生爱意。我收藏的是核雕家承莉君的一件手串"水景八仙"。莉君系家传核雕，她少年有耳残，便发奋学艺，技艺日精。她雕刻的"老子出关""八仙过海"均获大奖。在我的"玩物"中，还有一把荆歌作书、夏回题画的扇子，其扇骨出自张泰中之手，张泰中的阴刻名震江南，他把荆歌的书法与夏回的画作刻在扇骨上，真是惟妙惟肖。案头玲珑，掌上把玩，亦怡人也。

写于 2011 年 8 月锦沁楼

＞郑小红黄杨木雕《飞天》

# 园林记

## ——舒园随笔之六

> 作者在苏州庭院花园内小憩

"上有天堂,下有苏杭",这让苏州人很自豪。待我长大去了次杭州,才有点脸红耳赤。若论山水之美,苏州与杭州相比,实在稍逊风骚。

杭州的西湖,仿佛是天上掉下来的一块绿翡翠。玉皇山、凤凰山、孤山、栖霞岭等连绵起伏的群山恰到好处地成了西湖的天然山屏,把西湖裹在群山环抱之中。登山可俯瞰湖之旖旎,游湖可远眺山之壮丽,且湖光山色有相映成趣之美。而杭州山水间建立的亭、台、楼、阁、寺、庙、轩、塔,更增添了浓郁的人文意识,浓艳中有飘逸,繁华中有机趣。故春看苏堤春晓,夏赏曲院风荷,秋听南屏晚钟,冬望断桥残雪。

杭州之美,非笔墨所能言尽。纵然苏州也有山,也有水,但不能与之比肩。

不过,苏州亦有胜杭州之处,那就是苏州的私家园林。苏州园林的历史可追溯到春秋吴国,吴王阖闾、夫差建立的宫室园囿,初具规模,后来汉之吴王刘濞也曾在苏州大造园苑。不过苏州私家园林的兴起,还要稍晚些,如汉代的"笮家园",东晋的"辟疆园",恐怕是江南最早的私家园林了。东晋时有"缰园",唐代时有"孙园",宋代有"沧浪亭""乐圃""韩园""隐圃""蜗庐园""小隐堂""石湖别墅""南园",元代有"狮子林""玉山草堂"。明清之际,苏州私家园林如雨后春笋般兴起。明代最著名的便是"拙政园""留园""环秀山庄"等。还有"惠萌园""紫芝园""艺圃""谐赏园""五美园"等。明代除了出现园林,还出了一位造园的著书立说者计成,他著的《园冶》是中国造园理论的首创。清代有私家园林130多座,"耦园""依绿园""逸园""怡园""曲园""鹤园""听枫园""畅园""残粒园"等。

有幸的是,我从小就生活在苏州这个大园林中,据父母说,苏州城里古代时园林最多时达300多处。现存园林六十余处,这些园林虽都是有山有水有亭台楼阁,但各有各的妙处。比如拙政园显得大气,由吴门画派代表人物文徵明为之设计,以水景见长。各个建筑景点都借助于波光粼粼、平静如镜的水面,亭台楼阁倒映于水中,雅趣盎然。又巧妙运用借景之法,把园外的北寺塔"借入"园内,让人想象无限。留园之长在于"廊",留园长廊竟达700余米,长廊上的花窗与隔窗让人驻足留恋不已,而长廊上的名家墨宝,令观者目不暇接,其楠木厅则华贵精致之极。始建于元代的狮子林,后由画家倪云林参与,既是精美的园林,又是佛家讲经说法之胜地。其园以湖石堆成假山,让人入其洞而不知其踪,是江南名副其实的"假山王国"。沧浪亭是苏州最古老的园林之一,它最

> 作者在庭园内留影

> 苏州庭园内的照壁

早动工于五代,后来北宋诗人苏舜钦官场失意,便辞官返乡,加以扩建。沧浪亭的玄妙在于一反高墙深院的常规,建成面水的园林,未进园先见涟漪碧波,进园便有山林野趣扑面而来。苏州园林中,网师园小巧精致,占地仅九亩,其门楼的苏砖雕刻,古雅而多趣味。园内有集虚斋、躲鸭廊、涵碧泉、撷秀楼、青松读画轩、月到风来亭等景点,皆可观也。

其实,整个苏州城就是一座精致的园林。我现在回老家小住,也不去逛园林,在黄昏时沿着曲折的小巷,踏着霞光,悠闲地散步,走不了几条巷,眼前便是一只亭子、一座小石桥。过桥再走几十步,可见一个高高的牌坊,这是进士的旧居,那是状元的府第,这是名画家的墨宝,那是古代诗人咏吟之处。待夜幕降临,如银的月光泻在石子路上,把一条条古色古香的小巷照耀得光华无比。抬头望去,有木雕,有砖雕,有旧屋檐,有昔日的粉墙黛瓦,还有静静流去的水。那桥仿佛是苏州男人的腰,远处则有娇柔甜糯的吴音,那种园林式景致和苏州女人的温馨对话,恐怕是杭州人享受不到的。

与其他城市相比,园林让苏州这座古城变得风雅了、精致了。在咫尺之间,可以从容慢慢品味苏式园林的无穷妙处,令人怡然也。

写于2011年9月锦沁楼

# 盆景记

## ——舒园随笔之七

> 作者在书斋悠然自得

  我中学毕业那年，正遇"十年浩劫"，沪上寒舍离卢湾区图书馆很近，恢复阅览室功能后，我常躲在里面读书，可惜书目有限。后来成了馆内常客，便有馆员老朱让我悄悄进入书库帮助整理图书。卢湾区图书馆原名明复图书馆，藏书甚富，我得以一睹"禁书"为快。其中有不少20世纪三四十年代的老杂志，其中有一套《紫罗兰》很吸引眼球，我看了又惊又喜。我过去对这些旧杂志从未见过，因此有极强的好奇心和新鲜感。一读之下，居然放不下来，也记住了主编周瘦鹃的名字。我回家之后，在自己书架上又翻到一本藏书《行云集》，也正是周瘦鹃所写，对照而读，便把周瘦鹃引为自己读书与写作的引路人。

  那年寒冬，我回苏州肖家巷小住，听亲友说起周瘦鹃建的"紫兰小筑"，便去寻访。可惜墙门已闭，听邻人说，周先生在"文革"时因不堪凌辱，已投井自尽，令吾闻之黯然神伤不已。周先生当年精心制作的上百盆精雕细琢的盆景，真不知在朔风中还能存活吗？

  据载，周瘦鹃是个有骨气的知识分子，他以著、译、编的笔墨生涯，驰骋文坛50余年。在20世纪40年代，他因愤于国事日非，乃投笔毁砚，在苏州建"紫兰小筑"，以其深厚的文化艺术修养，制作了许多以"古人名诗名画"为题材的盆景，如唐寅的"蕉石图"，沈周的"鹤听琴图"等情趣盎然的盆景佳作，令观赏者观之赞叹不已。

由此推想，周瘦鹃的贡献不仅表现在他卓越的编著成就，而且他制作的盆景亦堪为苏州一绝。而苏州盆景实在是苏州人文风景的生动体现，也为苏州园林之精巧缩影。

苏州之美，美在园林的小巧玲珑，别有洞天。苏州人喜欢园林，但大多数人家造不起园林，就在小园子里动脑筋，砌假山、造亭子、挖鱼池、铺石路、弄花木……家里再小一点的，也有办法，买个瓦盆，自己在有限的空间里叠山造树，砌砖搭桥，在精心摆弄之下，造出一个顾盼有情、别具一格的山石盆景来。侍弄盆景比造一个园林简单多了，一个情趣盎然的盆景至少有三点：一是重于构思；二是精巧制作；三是讲究古诗意境和文人趣味。像周瘦鹃制作的盆景代表作，就具备了这三个特点，既有美不胜收之感，又有浮想联翩之意。

苏州盆景的特点是：灵动、风雅、精致与妍丽，这四种风格正好体现了苏州"天堂之美"的特点。读周瘦鹃的散文，其实亦如其制作盆景的风格。就拿引我入文学之门的《行云集》来说。周瘦老写江南山水，文字凝练，构思精巧，布局考究，在虚实之间恰到好处地点出每个景点之妙。周先生的每篇文字不过千余字，小中见大而留有想象空间，这也酷肖苏州盆景之特点。

＞小巧玲珑的苏式盆景之一

我后有幸结识周瘦鹃之孙周南，周南兄与我同在上海，他编杂志，我编报纸，时有往来，由他引荐，访周瘦鹃旧居，接待我的是周瘦老的外孙李为民。今年清明前夕，我又访"紫兰小筑"，给我开门的是周瘦老之子周连。周连生于1930年，今已82岁，但人相当清健，他和他夫人与我谈起往事，昔日浩劫，历历在目。他说，1968年张春桥在上海接见苏州两大造反派时，阴险地点了周瘦鹃名字："周瘦鹃这类无聊的文人，给人家弄个盆景……那不是搞复辟？"张的言下之意，就是要造反派集中精力批斗周瘦鹃。在这样政治压力下，曾任全国政协委员、苏州市博物馆副馆长的周瘦鹃才不得已自尽。周瘦鹃一生爱莲，周连原名周莲，"文革"中在外地才改了名字。听周连先生谈盆景之兴衰，亦吴人之悲欢离合也。

我观"紫兰小筑"内的上千盆盆景，或雄浑、或奇丽、或古朴、或雅致、或简约、或妩媚、或木讷、或灵动、或巧夺天工、或浑然天成、或高山流水、或桃红柳绿、或云岚翠烟、或洞天问道、或透溢山林野趣、或极具人文意识。姑苏文人多姿多彩的诗词文章，岂非别具面目的各式盆景耶？

写于2011年10月锦沁楼

> 小巧玲珑的苏式盆景之二

# 小吃记

## ——舒园随笔之八

> 作者在庭园客厅内遐想

苏州人是蛮讲究吃的。中国四大菜肴"苏、鲁、粤、川"风味各不相同，人称"东酸、南甜、西辣、北咸"，苏州菜肴属于"南甜"之列。拿得出手的，就有"松鼠鳜鱼""碧螺虾仁""清炖甲鱼""西瓜鸡""水八仙""太湖三白""阳澄湖大闸蟹"……这些菜肴，我大体品尝过，其味鲜美，令人口馋。

不过，讲到吃，我实在不大登大雅之堂。年轻时忙于编稿与笔耕，很少有时间去品美味佳肴，就是到了苏州，有朋友拉去饭店吃一顿，也是匆匆忙忙。现在年纪大了，吃"咸"的血压升高，吃"甜"的血糖升高，吃"油"的血脂升高，也不大敢在美食上兜圈子。但苏州的小吃，倒是值得我一记的。

溯源苏州小吃，历史要倒退到唐朝。当时唐代大诗人白居易在苏州当刺史，他诗写得好，为官也清正，还为苏州修了一条路，疏浚七里山塘。游人赏完虎丘，可以乘一叶小舟去太湖，而游船小，河道窄，船速慢，于是会附弄风雅的苏州人便想出了饮酒赋诗的高招。不过俗人不会吟诗，又有人不擅饮酒，于是苏州船上配备了专门厨师，拿出了精致的苏式小点心，无论是糕团，还是面点馄饨，都讲究江南风味的香、软、糯、滑、鲜。这些创意十足的苏式点心，不仅味美，而且造型别致，如糕团做成小兔子、小鸭子，或是牡丹花、茉莉花，还有亭台楼阁造型，让人看了实在舍不得下口。

这些在唐朝时兴的苏式点心，经过明清两代，便成为苏州小吃的特色招牌。从民国到20世纪五六十年代，苏式点心与苏州园林一样名闻天下了。我幼年住在肖家巷，吃早饭总是由大人带了去黄天源吃面或朱鸿兴吃汤包，一碗黄花菜扁尖肉丝面，馋得我叫好不绝。现在这种面还有的，不过味道相差了许多。在过去观前街上，还有一些小吃名气也蛮大，比如朱鸿兴的汤包，黄天源的松糕、定升糕、玫瑰糕、薄荷糕，还有猪油年糕，我买回家去煎一煎，上面放一只蛋，真好吃。还有稻香村的鲜肉饺与叶受和的玫瑰酒酿饼，趁热吃，味道好得勿得了。今天到观前街去看看，还有人排长队哩！

不过，苏州的点心质量，好像也在下滑。陶文瑜兄写过一篇文章，讲朱鸿兴开分店，分店的招牌与老店一样，看看菜谱，如同一辙，但一品尝，味道不对哉。由于一些名店乱开分店，不讲究质量，让外地来苏州的观光客吃得很不满

> 柔柳低垂戏湖水

> 窗外回廊衬新绿

> 庭园卧室一景

意,这无疑是塌了苏州小吃的牌子。我现在回到苏州老家,对于一些名店的分店,不大敢上门,还有一些老店的水准也在下降。比如阳澄湖大闸蟹,这两年的味道也不如往昔了,啥个道理,我也讲不清楚。

尽管如此,今天的苏州小吃,还是让我值得回味的。比如软糯香甜的苏州糖粥,形如蟹壳、色如蟹黄的蟹壳黄,还有苏州的头汤面,一碗下肚,出身大汗,顿感腋下生风。再有小馄饨与哑巴生煎也是苏州小吃的招牌。我每次到苏州,喜欢转到伦敦路的哑巴生煎店吃客生煎。苏州人喜欢哑巴生煎的人蛮多,我是偶然发现,见那小店门口排了长长的队伍,进去一品尝,果然好吃,后来看到中央电视台介绍苏州,居然把"哑巴生煎"与苏州园林、苏绣并列。

在狮子林旁,有家沙佩智开办的"吴门人家",那里是正宗的苏式菜肴,其中小点心蛮好吃,如糖粥、泡泡小馄饨、虾仁饼、二面黄、眉毛酥、拉糕、萝卜丝饼都是极道地的苏州风味。沙总说,她正在挖掘苏州织造府食谱,让苏式点心更精彩。

现在,我到苏州,不大上大馆子,而是爱穿街走巷,在桥墩旁、大树旁的小吃摊上过过瘾。只盼苏州有个正规的"小吃广场",像台湾的小吃夜市一样,把更多的人吸引过来,让"苏州小吃"做得与"苏州园林"一样脍炙人口。

写于2011年11月锦沁楼

# 吴人记

## ——舒园随笔之九

> 作者与苏州电视台编导殷德泉（中）、陈希安夫
人薛钟英（左）合影

苏州,古称吴。公元前514年,吴王阖闾命伍子胥造吴国国都,即最早的苏州城。秦设郡县制,古代苏州称"吴县"。至隋朝,始有"苏州"之名。从唐至宋,吴文化日益广大。至明清时代,苏州以人杰地灵、名人荟萃而名闻天下。

说到苏州名人,陆龟蒙、范成大、沈石田、唐伯虎、祝枝山、文徵明、仇英、冯梦龙、金圣叹、顾炎武足以傲视天下。至于白居易、韦应物、范仲淹也曾在苏州为官,与苏州结下不解之缘。纵观吴人,喜舞文弄墨的人居多,爱动刀动枪的人少。苏州人喜欢读书,清代进士、状元就名列全国前列。但苏州人中,不少人有了功名,却经受不起官场的倾轧,纷纷辞官回乡,把积蓄下来的一点银子造了园林,把小家造得别有洞天。因此,"苏州园林甲天下"。说到吴人(苏州人)的特点,笔者以为大致有以下几条:

第一,苏州人有书卷气。苏州人以好读书闻名天下,读书多了,腹中有墨,博学多才。苏州在明代中叶出了个爱书家毛晋,建汲古楼,高价求购宋元刻本,藏书8万余册。又苦心校勘,先后刻书600余种,为历代私家刻书最多者。今日苏州,"读书种子"多矣!

第二,苏州人是文章高手。我从事新闻工作30余年,编副刊也有27年,所编发苏州作者稿件可名列全国第一。此非我私心,乃苏州人会写文章也。苏州人写的文章,构思巧而角度小,文字在随意中摇曳多姿,又好引经据典,用词考究,细细品味,很有意境。以《苏州杂志》而言,读完它要半个小时哩,多数文章经得起反复品味。

第三,苏州人讲究精致的生活。你到苏州小巷中走走,会发现真正的苏州人大多穿得"山清水绿",手腕上有手串(或是沉香木,或是紫檀,或是核雕),不少苏州人还在衬衫口袋中插支笔。请苏州人签个名,字蛮漂亮,不是专业画家,也能随手涂鸦。苏州人还喜欢逛花鸟市场,在自家天井或写字台上摆个小盆景,养几枝花,摆个鱼缸或吊个鸟笼。总之,苏州人讲究生活的精致与风雅。最好听的还是丝弦之声,苏州评弹的唱词是精雕细琢的,如《玉蜻蜓》《珍珠塔》《描金凤》《三笑》……无一不具有让你百听不厌的艺术韵味。

第四,苏州人能言善辩。我好几次在苏州小巷里,见到两个苏州人为了车

> 庭园出墙有红叶

〉姑苏好友书画文章家陶文瑜

子碰擦而发生口角，苏州人大多不会拔拳相向，而是用其巧嘴，与对方辩个明白。我苏州朋友中，属于这种"铁嘴"者，为数不少。苏州人口才好，一是肚里有货色；二是擅长表现自己。苏州人乐于助人，你在街上问个讯，苏州人会不厌其烦地回答你。

第五，苏州人心灵手巧。苏州的工艺美术可以说名冠天下，苏绣、苏扇、核雕、琢玉、苏式盆景、昆石、金砖、苏铸、桃花坞木刻年画、苏式红木小件，一直到苏帮菜肴，无一不显示苏州人的手艺高超。就拿蟋蟀盆来说，苏州陆慕地区制作的蟋蟀盆名气最大。走进舟山村，只见那里不少人家都是核雕高手。而在镜湖苏绣一条街上，从小姑娘到好婆，都是一等一的巧手绣娘。周日去文庙逛逛，见不少制作红木小件的苏州本地人来此设摊，制作精美的红木小件价廉物美。

一个寻常的苏州人，或者是能工巧匠，或者是书画高手，苏州人有那么两下子，不必大惊小怪的，盖因吴文化之熏陶也。

写于2011年12月锦沁楼

# 签名本记

## ——舒园随笔之十

　　自幼有癖，最早收藏的是香烟牌子，香烟牌子上有山有水有人物，反面是格言，画工精致。后来收藏糖果纸，当时一粒高级糖要卖7分钱，我不吃糖，把精美的糖果纸收藏起来。"文革"中，我收藏小贺年片与徽章，上百张贺年片在搬家后不知所终，但家里仍有几十枚领袖像章，有金属的、瓷质的、塑料的，有几枚在黑夜里还会闪闪发光。我还收藏过邮票、钱币、瓷器、木雕、书画、藏书票、钥匙圈。

　　我一生收藏最多的还是图书。我在1995年被评为"上海市十大藏书家"，当时家中藏书也不算多，大约是16500余册。我之所以在上海众多藏书家中胜出，缘于我收藏了3600册作家签名本，其中一流名家签名本达1000册之多。如巴金、冰心、唐圭璋、柯灵、吕叔湘、季羡林、施蛰存、黄裳、廖沫沙、秦瘦鸥、吴作人、张中行、吴冠中、董桥、金庸、贾平凹、林清玄……为此，我写了三本书，记录每一本签名本是如何得来的，以及我与作者的交往经过。我现在谈一下我得到苏州作家签名本的一些逸事。

> 签名本陈列室揭幕式上朱永新（右）与作者共同揭幕

> 作者与苏州图书馆领导参观陈列室

> 郑逸梅、施蛰存、赵超构、董天野之后裔率众文友参观签名本陈列室

第一位作家是苏州昆山人冯英子先生。我于1981年考入《新民晚报》当记者，冯英子时任副总编，他在20世纪40年代任香港《文汇报》总编辑，不仅名气大，而且为人正气凛然，以敢于直言著称。我时常在食堂吃午饭时或下班后向冯英老（他当时已66岁）请教，后来又拜其为师。冯老送我的第一本签名本是《苏杭散记》。此书借游山玩水来评点历史人物。受其影响，我也写过五六本游记。冯英老一生著述甚多，至2009年逝世，享年95岁。

我收藏苏州另一位作家的签名本是钱仲联的《梦苕庵清代文学论集》。钱老是江苏常熟人，18岁时就著有诗集三卷，晚年在苏州大学带研究生，是中国第一批博士生导师。我去苏州大学组稿，当时钱老是明清诗文研究室主任。在他的书斋中，我见到了满头银霜却精神饱满的钱老。他已80开外，和我谈起清诗，滔滔不绝，还谈起他叔父钱玄同先生的一些往事。临走时他送了我一册签名本，并为我写了一篇《品诗之乐》的千字文。

我在苏州得到第三本签名本是陆文夫的《小巷人物》。陆文夫不是苏州人，但他年轻时分配到《新苏州报》工作，他的作品写活了苏州生活，从《小巷深处》到《美食家》，因此读者都认定他是苏州人的骄傲了。1986年，我在陆文夫的新居拜访了他，高高瘦瘦的陆文夫，说起话来不快不慢，谈苏州与江南风情，谈小说与读书生活，异乎寻常的沉着与平静，这种聊天像雨天里品味一壶浓郁的茶,慢慢就喝出了味道。临别,他送了我一本签名本,后来又为我写了好几篇文章。

我得到第四本签名本是范伯群教授的《郁达夫评传》。他也不是苏州人,但他把自己一辈子的教学生活献给了苏州。我是1988年与他认识的,他除注重研究现代文学作家,还致力于中国通俗文学的研究。我当时正在撰写《古龙小说艺术谈》《金庸小说人物谱》,范教授也正把精力转向中国近现代通俗作家评传。范教授赠我的是他编写的《中国近现代通俗作家评传丛书》,他对平江不肖生、包天笑、程小青、王度庐、李涵秋等人的点评,都有新意。

我收藏的3600册签名本中,有不少苏州作家的签名本,如朱永新、范小青、荆歌、陶文瑜、王稼句、姜晋、刘放、黄恽、范婉、汤雄、蒋坤元、任协成、凌龙华……其中陶文瑜兄送我的签名本最多,有诗集,有散文集,还有介绍苏州古镇风俗的,写得蛮有趣。

苏州书画家的签名本,也有几十种,如苏州画家颜梅华、郁文华的画册就有五六本之多。华人德的书法集独步姑苏,我一直非常欣赏,常常拿出来把玩品味,字写得那么韵致脱俗,且有书卷气,在苏州,大概只有华人德先生了。其他画册签名本有濮建生、张钟、宫音、章致中、姜晋、蒯惠中、李嘉球……

这些签名本,我现已全部捐献给苏州图书馆。"曹正文收藏签名本捐赠陈列室"让参观者分享我的收藏签名本之乐。

写于2012年1月锦沁楼

伍

名家
访谈

【风雅苏州】

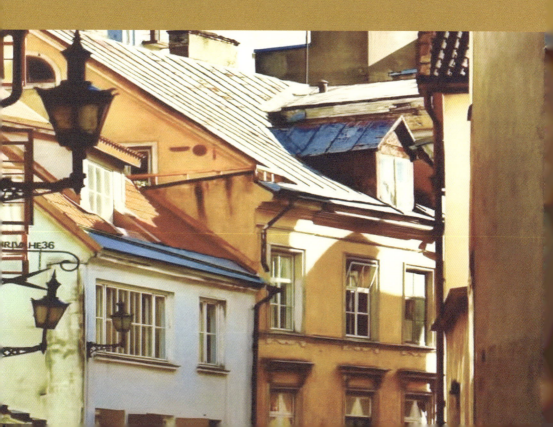

# 马悦然院士谈中国文学

> 在著名汉学家、瑞典皇家科学院院士马悦然书斋
作客，听他评点中国文学

1997年夏天，我由上海学者王元化先生向马悦然院士推荐，而后接到瑞典外交部发来请柬，邀请笔者参加第97届诺贝尔颁奖仪式。我在11月中旬拿到赴瑞典斯德哥尔摩的头等舱飞机票。12月2日，我从上海飞赴法兰克福并转机飞赴斯德哥尔摩。

在诺贝尔奖颁奖前夕，我于12月7日参加了第97届诺贝尔奖10位获奖者与各国记者见面招待会，还出席了诺贝尔文学奖获得者达里奥·福的演讲会。

12月10日，一年一度的诺贝尔奖颁奖仪式于下午五时在瑞典皇家音乐厅举行。在那天的会上，我第一次在18名诺贝尔评委中见到马悦然院士，感受到这个世界盛典的庄严隆重而又激动人心。

瑞典外交部诺曼司长在会前曾接见我，并微笑着对我说："本届诺贝尔颁奖仪式只允许50名各国记者进入大厅，其他来自世界各国的200名记者在场外观看大屏幕电视。中国政府有两名记者受到邀请进入会场，您是其中一位。"

如此近距离见到马悦然院士，却未能对他作访谈，作为一个媒体人，心中不免遗憾。12月13日我终于接到瑞典外交部通知，马悦然教授约我于12月14日赴他府上做客，令我心生喜悦。

据我预先了解的情况是：马悦然是瑞典皇家学院院士，瑞典皇家人文科学院院士，他曾担任斯德哥尔摩大学东方语言学院中文系主任，现任欧洲汉学协会会长。他是瑞典最负盛名的汉学家高本汉的学生，也是致力于在西方推崇而介绍中国文学的著名学者、翻译家。

走进马悦然院士的家，站在我眼前的是一位身高1.82米的73岁老人，他身材高大而腰板挺直，红光满面而头发灰白。他穿了一件白衬衫，系一条黑色的领带，一身蓝灰色西装，十足绅士气派。

马悦然微笑地请我在客厅内坐下，便去倒咖啡。我环视四周，这个客厅与两个大书房相连，仿佛是一个小型图书馆。有意思的是，这位瑞典老人的书橱内有许多我久已熟悉的中文书，如《论语》《孟子》《诗经》《左传》《尚书》《史记》《庄子》等古籍，还有《三国演义》《水浒传》《西游记》《红楼梦》四大中国古典小说，以及唐诗宋词的各种版本。

我先代王元化先生向马悦然致以问好，马悦然家的墙上挂着一幅王元化的书法作品，这令我感到十分亲切。马悦然向我问起王元化的近况，又谈起了他四十多年来与中国作家的交往，如老舍、沈从文、柯灵、曹辛之、叶君健、艾青、冯至。他谈到当代较为年轻的作家，马悦然对张贤亮与莫言很有好感，他说，他俩的作品正日益引起欧洲人的阅读兴趣。

&gt; 作者采访第97届诺贝尔物理学奖获得者朱棣文

我们又谈到了中国作家与诺贝尔文学奖的问题，马悦然院士站起来，引我走到他的书架前，取出《水浒传》《西游记》给我，我发现这两个外文版，是马悦然翻译的。他翻译的还有几本中国作品的英文版，如陶渊明的《桃花源记》，董仲舒的《春秋繁露》以及现当代文学《边城》《绿化树》《城南旧事》《俳句一百首》。他说："我翻译过老舍的小说，可惜他不幸去世了，如果他能活到80年代，他一定是诺贝尔文学奖最优秀、最有力的竞争者。"说罢，他递过一本由他翻译的老舍小说《普通病房》。

他还谈到中国文学有悠久而深厚的历史，他说："中国是一个伟大的文明古国，不说其他文学作品，单就唐诗宋词与《红楼梦》的价值，就足以让中国文学进入世界文学之林的高峰。"他又补充说，中国今天优秀的文学作品也不少，有的作品敢于直面现实，很可贵。但还需要有好的翻译家，他说他正在做这方面的工作。马悦然又指着一排书说："我正组织人编写了《中国文学手册：1900—1949》与主编《中国文学及其社会背景》等书籍，让更多的欧洲人了解中国的文化及其文学作品的价值。

我在马悦然院士书房中交谈了半个多小时，这位瑞典文学界的重量级人物，每天除了坚持写作与翻译，还坚持散步一个小时。他说，他能走得到的地方，绝不坐汽车。他最后送我出门，挥挥手说："我要去散步了，祝你在瑞典的采访一切顺利。"

1997年12月25日

# 汉学家罗多弼谈中国文人

> 与斯德哥尔摩大学校长（中）、中文系主任罗多弼（中）交谈后留影

　　1997年的瑞典之行，全程活动由马悦然的学生、斯德哥尔摩大学中文系主任罗多弼教授为我安排。我于1997年12月3日凌晨在阿兰达机场见到了这位清瘦儒雅的瑞典汉学家，罗多弼中等个子，操着一口流利的汉语，亲自开车送我至斯德哥尔摩老城的莱森旅馆。他在车上告诉我，这幢7层楼的中世纪古典建筑是位于斯城最古老优雅的地段，他笑着说："你在这家旅馆可以眺望对岸一座豪华的大宾馆，那里就是接待诺贝尔奖获奖者的下榻之所。"

　　我在瑞典12天的行程，罗多弼安排得相当紧凑而丰富，除了参加第97届诺贝尔奖颁奖仪式，还应邀去斯德哥尔摩大学与南拉丁中学讲课，出席第97届诺贝尔获奖者与各国记者的见面会，并与瑞典新闻界同行进行交流，参观瑞典国会、瑞典老人院和诺贝尔博物馆，访问欧斯特劳监狱，与瑞典两位著名汉学家林西莉与盖玛丽会晤。这些行程除了在斯德哥尔摩，还应邀去哥德堡，访问VOLVO汽车厂与瑞典的爱立信公司，并安排参观展示中国艺术品的东方博物馆与闻名世界的瑞典沉船博物馆及瑞典南部风景优美的维纳恩湖……由于行程排得满满，一天至少要走马观花参观两个景点。

我除了在车上与罗多弼交谈，还应邀去他府上共进晚餐，见到了他的夫人与女儿，欣赏了他女儿弹奏的钢琴曲。在晚餐后的休憩时光，我参观了他的书房，对他进行了访谈。

罗多弼生于1947年，从小喜爱学习汉语。他说在中学时代，第一次在电视上见到瑞典汉学奠基人高本汉，立刻被这位研究中国人文学者的儒雅风度所吸引。1968年秋天，罗多弼在斯德哥尔摩大学获得哲学学士后，便找到了高本汉的学生马悦然，在马悦然支持下，罗多弼到香港进修中文一年。1973年罗多弼被派到瑞典驻中国大使馆工作三年。1977年他在斯德哥尔摩大学中文系任教，1980年获中国文学博士学位。在以后的近二十年中，罗多弼翻译和创作了不少有关中国的著作，还对中国问题提出了自己的看法。我就他对中国古代文人的研究，作了近两个小时的访谈。

〉作者在汉学家罗多弼家作客

罗多弼教授对孔子、孟子、庄子、荀子、司马迁、李白、朱熹、王阳明、李贽、戴震这几位中国古代文人发表了自己独特的见解。他说,他读完《论语》后得出结论:"孔子不单属于中国,他不仅是一个民族主义者,而且是一个世界主义者。"他非常欣赏孔子所说的名言:"君子和而不同,小人同而不和",这表现了一种宽容的尊重差异的思想。他还很欣赏孔子的"中庸之道",他说这是一个人思想成熟的体现。

相比孔子,罗多弼更喜欢孟子,他说孟子是个重感情的人,孟子发现婴儿在母亲哭泣的时候,婴儿也会很痛苦。他说,在中国儒家的经典中,他非常喜欢读《孟子》,《孟子》看似简单,其实字里行间有许多深刻的道理。他读完戴震的《孟子字义疏证》后,对孟子有了更深的认识,认为戴震这个人也很了不起。

罗多弼又和我谈了他对庄子、荀子、孙子这几个人物的了解和评价,他说瑞典第一位汉学家高本汉特别喜欢庄子,他在晚年在病床上就放了一本《庄子》。他的老师马悦然认为庄子是个奇人,正在准备翻译《庄子》,让更多的瑞典人阅读。

谈到中国新文化运动,罗多弼说,胡适、陈独秀等著名学者并不对中国传统文化采取全盘否定的态度,胡适很重视儒学和中国古典小说,他用新眼光看传统,采取去糟存精。对胡适的学术思想他很欣赏。

罗多弼说他在20世纪80年代认识了来瑞典访问的王元化先生,并说在自己的学术生涯中,王元化是个特别重要的人物。他说自己喜欢读戴震的著作,就是受了王元化学术思想的影响。戴震把人性与理性联系在一起,他赞同戴震的观点,对人的欲望不是去消灭它,而是需要支配它。

# 费约翰的"中国情结"

> 澳大利亚汉学家费约翰教授谈中国情结

　　2000年5月,我应墨尔本大学邀请,赴澳洲作学术访问,除在墨尔本大学讲课,对即将举办悉尼奥运会的著名运动员与场馆作采访,还去阿德莱德现场访问刚当选的澳洲第一位华人市长黄国鑫。

　　在澳洲访问的日子里,几乎在每个城市都可以听到澳洲人口中吐出流利的汉语。据接待我的澳洲国际交流中心副主任米都先生介绍,澳大利亚中学开设8种外语课,其中就包括中文课程,并规定一个学生至少掌握一种外语,中文也在其内。在澳大利亚各所大学中,这几年学中文势头很热,澳、中学生之间的关系相当友好。

　　我在澳洲访问期间,应邀参加一个国际教育基金会举办的联谊晚餐会,那些欢迎我的澳大利亚大学生、研究生,不少人中文讲得挺流畅。还有一些澳大利亚学生对中国历史、文学、电影讲得头头是道。而澳洲人的这种"中国情结",在著名汉学家费约翰教授身上表现得更为淋漓尽致。

　　5月13日,我在墨尔本市中国澳华博物馆中会晤了费约翰教授。这位碧眼金发的澳大利亚学者对我的来访表示热情欢迎。他一开口，令我大吃一惊，那语气纯粹是北京人的，不看他典型的英式脸庞，谁会想到那是一个老外在说汉语呢？

费约翰生于1951年，他现为拉特罗布大学亚洲研究学院的博士生导师，也是一位中国问题专家。他说："我是属兔的，喜欢到处跑，我到中国的次数已记不清了。"他又说，他少年时就对古老的中国产生了浓厚兴趣，后在国立大学亚洲学院学中国历史，获博士学位。

谈到中国，费约翰如数家珍，他说："中国的楼房，中国的服饰，都是中国民俗文化的一面镜子。"他谈沈从文，谈周立波的《暴风骤雨》，谈中国的人情风俗。在20世纪70年代，中国流行的样板戏居然也传到了澳大利亚，他说，他的太太也会唱，他还以长笛横吹作伴奏。据说，他们还一起看过中国电影《地道战》呢！

费约翰教授告诉我，他撰写的《唤醒中国——国民革命中的政治、文化与经济》已由斯坦福大学出版社于1996年出版。这本书出版后，已有二十多位著名学者对此书发表了评论。说到这里，他开怀一笑，为自己对中国问题的看法颇为自信，他建议要了解中国如何崛起，可以读他写的这本书。

> 作者在 2000 年参观悉尼奥运会赛场

在费约翰游览过的中国城市中，他对上海评价最高。他说，我每一次去上海，总有一种新鲜感，上海是全世界最热闹的城市之一。当然它也有许多欠缺，比如街上太拥挤、太嘈杂。他又说："我最近一次去上海，突然发现马路上人少了，街变阔了，"他笑着做了个夸张的手势，"原来上海有地铁了！"

我问："你太太也喜欢上海？"费约翰笑着摇摇头："上海，她喜欢，但她最钟爱的是扬州。"费太太曾随他四下扬州作考证，写出了一本《明清时代的扬州》专著。而费教授那本《唤醒中国——国民革命的政治、文化与经济》则荣获了"约瑟夫·李文森20世纪图书奖"，他也是第一位获此殊荣的澳洲学者。该书以回顾中国人民在19世纪至20世纪中的觉醒为主线，对康有为、梁启超、孙中山等人作了客观评价，书中还有诸多精彩细节。澳大利亚国际事务研究所高级研究员保尔·蒙克指出："这是一本非常优秀的著作。任何要了解中国之崛起的人，都有必要读一读。"

据费约翰说，在墨尔本就有200名学者在研究中国，他带了10个研究生，4名来自中国，6名来自澳大利亚与意大利。目前他正在研究的课题是：《澳大利亚华人交往史》与《中国20世纪民族主义思想史》。

费约翰准备在2000年秋天到上海举办一个"梁启超到澳洲100周年图片展览会"，因为梁启超是澳洲人最早结识的中国朋友之一。我们相约十月金秋在上海再相会。

2000年6月5日

# 柏杨纵横古今谈读书

2001年6月,笔者赴台进行学术交流,第一个访谈对象便是柏杨先生。

柏杨的寓所建在台北市新店的山坡上,为我开门的是端庄丰润的张香华女士。这位柏杨夫人也是作家兼翻译家,她笑意盈盈引我走进客厅,我终于见到了一头银霜,面目慈祥的柏杨先生。

我在未见柏杨先生之前,就读过他写的《丑陋的中国人》。我读后震惊,颇有同感,便写了推荐文章,但编上版面后,被当时报社的领导拉下此稿。为此,我一直愤愤不平。不知怎的,柏杨先生也知道了这件事……那天,他对我的访问,显得十分高兴。

柏杨先生与我亲切握手后,我们便坐在他的客厅里交谈,那客厅的窗,面对青山绿水。夏日的窗外绿树重叠,林峦起伏,浑然是一幅山水画卷。

以撰写《丑陋的中国人》闻名天下的柏杨,不仅写杂文犀利诙谐,而且他博览群书,古文根基十分扎实。他知道我在上海编一个读书专刊,我们的话题便从读书开始。

柏杨说:"现在的年轻人都喜欢上网、看电视,不大爱书。不仅在中国,美

> 柏杨先生与夫人张香华在其寓所阳台上与作者合影

> 作者在台北采访柏杨后,
> 在"揽翠楼"合影

国与欧洲也如此。有人担心书在现代生活中的地位在后退，我认为很正常。"柏杨顿了一顿，略有感触地说："我们这一代人汲取知识，只有书本一条路，而今天汲取知识的途径多得很。但电视与网络再发达，也替代不了书。因为读书是一种习惯，是一种对知识的沉淀。一本好书可以读它10遍，如《红楼梦》。买10张票子看同样一部电影的人，恐怕不会太多吧！再说那个人必须口袋很丰满。"柏杨先生的文章笔姿纵横、妙趣横生，想不到他说话也如其文。

柏杨原名郭衣洞，1920年生于河南开封，其母早逝，从小个性倔犟。他在20世纪60年代担任台湾某出版社社长，因刊出"大力水手漫画"，而遭台当局逮捕，被判死刑，后改判徒刑，在绿岛的黑牢中待了整整9年。但他把监狱当课堂，写出了《中国人史纲》等学术专著。

当我问起柏杨他最尊敬的古人是谁，柏杨不假思索地说："孔子。他是我心目中最了不起的老师。后来有人奉他为圣人，打出孔家店的牌号，那是别有用心。孔子一辈子都是平民，他一生都没有进入官场，他教人尊重人，教人包容世界万物。《论语》的某些精辟之言，对今人作用仍然很大。"

柏杨还提到老子与孙子，他说，孙子是世界军事理论的权威，欧洲人一直把《孙子兵法》当成最好的兵书。

因《柏杨版资治通鉴》在海峡两岸都很热销，我问他为什么要把《资治通鉴》改成白话文，柏杨说："封建专制制度为什么不好？你必须首先了解封建社会，这是读《资治通鉴》作用之一；中国人要了解中国历史，这是读《资治通鉴》作用之二，"柏杨说到这里，话题转到现代文学，"在'五四'新文化运动中，我最佩服胡适，还有鲁迅。张恨水是《新民报》的元老之一吧，他的小说写得真有水平。"柏杨先生纵横古今，言辞中显示了他的博学与坦率。

不知不觉两个小时过去了，我与柏杨夫妇合影后告辞。柏杨夫妇的寓所风景甚美，但离新店地铁站有10多千米路，张香华女士开车送我们下山。这位年近花甲的女作家看上去不过50挂零，照顾柏杨与家中内外事，里里外外操劳，全靠她一人。她日前在"夜光杯"上发表《妻子们》一文，写柏杨坎坷的一生，说曾有不少伴侣陪柏杨同行，她只是最后一个伴他一程。她的胸襟是何等大度，和她的车技一样令人佩服。

2001年8月5日

# 秦孝仪：两岸文物皆中国

> 台北故宫博物院原院长秦孝　　> 秦孝仪与作者畅谈中国文物
> 仪在其书斋与作者合影

　　赴台访问前，我曾征求有关部门意见，想对台湾故宫博物院前院长秦孝仪先生作一次访谈。上海市外事办的回复是："可以，秦先生是支持一个中国的，但他因年事已高，一般不大会客。"我赴台后，把电话打到秦老家，想不到他当下一口应允，答应翌日在他办公室见面。

　　走进秦孝仪先生宽敞明亮的办公室，我眼前顿时一亮，墙上、案几上、写字台上，都是名家墨宝与精致的工艺品。坐在我面前的秦孝仪先生生于1921年，当时已80岁，他肤色白皙，面容清癯，气度儒雅。秦孝仪早年从政，曾担任蒋介石先生的秘书达25年之久。1982年他离开政坛，出任台湾故宫博物院院长，我们的话题便从"国宝"开始。

　　秦孝仪操着湖南口音的国语说，这几年两岸的交往已开始频繁起来，他接待了不少内地的文物专家，与北京方面多方接触，台湾故宫博物院与北京故宫博物院联手编辑了《五千年文物辑刊》，一共出版了71册。又由两地专家共同主编了《文物集萃》，已由商务印书馆出版。他说，这两件大事很有意义，因为中国的文物历史悠久、价值连城，在世界文物宝库中占有很大的比例。而且，中国文物还烙下了那个年代的风俗，是考古的重要资料。

　　秦孝仪说到这里，用手姿作了比划："中国的青铜器不仅是精致的艺术欣赏品，而且还是实用的礼器，它把中国古老的民俗以及那个时代的特征全部保

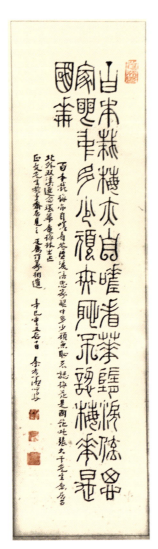

〉秦孝仪书写张大千的梅花诗赠作者

留了下来。单就这点，其他国家就比不上。又比如中国书法，它分为篆书、隶书、行书、楷书，每一种字体都开创了独特的艺术风格，而外国文字只是符号而已。这是中国人的骄傲。"

秦先生很有感慨地说："中国分久必合。北京的文物，台湾的文物，都是中国的文物。这一点我是坚定不移的，因为中国人都是炎黄民族的后代。"在秦老主持台北故宫博物院18年工作中，他朝夕与文物打交道，对一些文物的来历说得头头是道。但他认为自己工作最有意义的，还是把流失在海外的中国文物，千方百计买回来，如苏东坡手书的"寒食帖"早年流落在日本，秦先生不遗余力，几经努力，终于完璧归赵。这本宋帖目前价值连城。同时，秦先生为了弘扬中国文化，还几次带了台湾故宫博物院珍藏的祖国"国宝"去巴黎、纽约等城市举行展览，这当然有风险，但秦老说，这有利于国际文化交流，值得。

这样的畅谈，不知不觉两个小时过去了，我怕秦先生疲劳，但他却摇摇手，说："你不是问我，最崇拜的古人是谁？告诉你，我最崇敬顾炎武先生，他学问广博，反对空谈，开清代朴学风气。他写的《日知录》尤为可贵。几十年不断，这就是'贵在坚持'四个字对后人的启迪。"

2000年刚辞去台湾故宫博物院院长的秦孝仪先生现在正以读书写字为乐，他送我出来时说："我希望两岸加强文化交流，中国人只有一个老祖宗啊！"

2001年8月13日

# 余光中谈"幽默散文"

我原定7月4日赴高雄中山大学访问，原外语系主任、著名散文家余光中先生已为我订好了温泉宾馆，我们准备作秉烛夜谈。但台风突袭台湾东北部，高雄因受台风影响，全部航线停飞。于是我只能把会晤余光中的时间改在7月6日，我因7日已另有所约，而余先生要在6日晚上到台北赴宴。因此，我们的会晤只有两个小时。

我早晨乘飞机从台北市至高雄市，仅45分钟。我上午游览了佛教圣地佛光山寺庙，在那里吃了素面，便乘巴士至中山大学。

高雄中山大学位于西子湾风景区，校园十分漂亮，我打电话给余先生。不一会，满头银霜，动作灵敏的余光中先生驾了一辆本田轿车来到校园门口接我。

余光中先生当时72岁，个子不高，但神态与举止颇为年轻。他一边开车，一边对我说："听说内地规定60岁以上的人不能开车，那我可惨了，我一天不开车，就找不到感觉。"

余光中可以说是台湾文学史上影响最大的诗人，他是"蓝星"诗社的发起人之一，受"新月派"唯美主义诗风和西方现代诗的影响，又融入他对祖国深深

&gt; 作者与余光中夫妇在高雄大学办公室合影

&gt; 余光中赠作者的签名本

的眷恋之情。因此，从他的诗集中可以体味"诗经""楚辞""唐诗"的神韵，又看到儒家的敦厚、道家的空灵。但对内地读者来说，余光中散文的名气更大，他写的那篇《听听那冷雨》便是一篇广受好评的美文。

我坐在他办公室的沙发上，听他谈散文的内涵。身旁那四只顶天立地的大书橱上，有余先生喜欢的书，还有五十余本他出版的诗集、散文集和译著。我们探讨的话题是文学的幽默。

余光中先生说，依他的理解，真正的幽默背后是正面的价值观，真正的幽默并不远离严肃。幽默是一个作家用一颗诚恳的心，比较敏感地观察事物，看出事物的荒谬性。余光中又说，幽默的界限是很难掌握的，太过活泼，就易流向油滑；太过严肃，就易流向刻薄。历史上的幽默大师，都不仅讽嘲他人，也要反嘲自己，对自己的荒谬看不到的人，绝不是幽默文学家。

于是，我们谈起了历史上的幽默大师，我们公认的古人是苏东坡，现代文学家是林语堂、梁实秋、王了一与老舍。

余先生又补充说，学儒教的人不大容易幽默，幽默的人大约都出在道家行列中，但孔子本人却是例外，他的言谈也不乏幽默，他曾说自己是"丧家之犬"，这便是大幽默。

后来我们谈到外国文学的幽默，余光中极力推荐王尔德。他说，幽默其实是与机智联系在一起的。余光中谈到对自己一生影响最大的文学作品，是《唐诗三百首》与《三国演义》。

在现代文学史上，余光中说，他受朱光潜美学思想影响最深。最后一个话题是谈新诗的低迷状态。我坦诚相告，内地新诗无人读。余光中说，台湾文坛也如此。原因是新诗不如古诗，好的诗应该是深入浅出，如李白、白居易的诗，那才有味，再如屈原、杜甫的诗。问题是今天不少诗人是浅入浅出，或者是浅入深出，这样的诗怎么会吸引广大读者呢？

谈到下午3时，余光中先生驾车送我去机场，然后与我一起登机赴台北。在飞机上，余光中先生谈起他曾去过不少国家，他的英语不仅笔译好，口语也相当不错。他完全可以在异国他乡生活得很好，但余先生认为他在国外始终是个"无根的过客"。谈话间，不知不觉飞机已在台北机场降落。还要补充一点，台湾70岁的老人乘飞机享受半价票，不知内地老人何日有此待遇？

**2001 年 8 月 16 日**

# 罗兰妙语动人心

> 作者在罗兰女士寓所做客

在两岸书店的畅销书榜上，《罗兰小语》几度跃上榜首。她那平易亲切的娓娓小语，给内地青年男女几多启示。我在到达台北第二天，访谈对象便是罗兰女士。

访台前，我与罗兰女士通过电话，话筒里传来的声音是那么爽朗乐观，显得很年轻，完全不像一个82岁老人的声音。

这次在台北市一条僻静的小巷深处，我找到了罗兰的寓所。叩开门，站在我面前的罗兰，神态之活泼，举止之生动，俨然是个中年妇女。更让我惊奇的是，她坐在我面前翻资料不戴老花眼镜，与我交谈，耳朵听力十分灵敏。对此，罗兰女士笑笑说："脑子要常用，手脚要常动。我50岁时也一度眼睛老花，后来我坚持每天按摩眼睛穴位10分钟，后来眼不老花了，耳朵用起来还如年轻时。"

罗兰原名靳佩芬，河北人。她大学毕业后去天津广播电台工作，1948年，快30岁的她感到一切都不顺利，事业与爱情走到了低谷，天津又兵荒马乱。这时她偶尔在画报上发现了台湾，这个美丽的宝岛令罗兰异想天开，她就托人买了船票，提了一个小箱子，从天津到上海再到台湾，坐了7天7夜的船，来到了人生地不熟的台湾。

罗兰想了一想，对我说："记得那天是1948年4月29日，我找到了一家清原庄旅馆，当时手头的钱只够花两天。台湾又没有一个朋友，我正犯愁，旅店老板

> 罗兰赠作者签名本

问我过去干什么的？这一下子提醒了我。第二天我就找到台湾广播电台，巧得很，问讯的那个中年人正是台长，当场考试，当天上班。"罗兰回忆起这些往事，动了感情，说："我现在常常给年轻人说，当一个人遇到挫折时，千万不要绝望，在山穷水尽之际，也许正是柳暗花明的开始。我一生的经验便是如此。"

罗兰在台湾电台当主持人兼音乐编辑，自写、自编、自播，有滋有味。后来与新闻记者朱永舟喜结良缘，生儿育女。按当时台湾风俗，她应在家照料孩子，但罗兰太热爱广播事业了，她39岁又干起了老本行，前后又干了32年广播工作。由于她出色的工作，荣获广播节目杰出奖等四项，应美国国务院邀请，访问了美国，并免费周游世界两个月。

我问她怎么会走上作家道路的？罗兰说："那是因为我要与听众交流，我常常收到听众来信，我觉得单用嘴交流还不够，我还得用笔。"罗兰41岁开始发表文章，44岁出版处女作，想不到书一出版大受欢迎。于是，罗兰一发不可收，从44岁写到80岁，先后出版了20余本书。1988年两岸开放，70挂零的罗兰女士重返故乡，又几次去内地，为读者签名演讲。北京还专门举办了"罗兰作品研讨会"。

我问罗兰："您家中没有保姆？"罗兰摇摇头，说："我每天6时半起床，买菜、烧饭，我什么都能做，好在我儿子住在附近，他常来看我，他是搞美术的，我的书就是他设计的封面。"我问她最喜欢的古人是谁？罗兰站起来，引我走到一座济公佛像前，笑语："我最佩服的就是他。"

说到济公，罗兰话就多了，她觉得济公的可爱在于儒、道、佛兼收并蓄，他又与百姓同心。"我作为节目主持人，也要学济公那样，尽力做到与听众同心。"她送我出门时说："请你转告广大读者，一个人要随时学习，只有打好了基础，机会来了，才不至于错过。学习是人生一辈子的事呀！"

2001年8月6日

# 访制联名家张佛千

张佛千生于1907年,我见他时,他已94岁,但神清气爽,脸色红润。他把我们引进其客厅"九万里堂",只见满室墨宝,书香扑鼻。"九万里堂"由张大千题,旁有沈尹默的条幅,书房"爱晚斋",集苏东坡字,"爱晚书屋"四字,钱穆题。张佛千早年在北平创办《老实人》抗日旬刊,后在苏州办《阵中日报》,日印10万份,送至抗日前线。他1947年应孙立人之邀赴台任新闻处长,后因"孙案"发生,张佛老自请退役,在大学任教。他谈起制作对联,笑呵呵地说:"这完全是偶然中触动的。"

有一次,他遇访美100位教授学者聚会,有熟人说他是制联高手,请他制嵌名联。他翌日送上一联,那些教授便个个都想要。张佛老花了一个月时间,制作了100副对联,每人皆大欢喜。后来报社获悉,便每天在副刊上登一联。从此,张佛老名声在外,中国台湾和中国香港地区乃至欧美各地华人求联者无数。

耳闻他的一副对联高达30万台币,但张佛老笑着摆摆手说:"制作对联,我只是开心而已。"张佛老制作的对联,一是巧妙,把夫妻的名字嵌于一联。就以罗兰家对联而言,他把罗兰与其夫名字嵌入,罗兰原名也在联中,更妙的是新婚贺喜及书香结缘皆有言之;二是气势极大,文字隽永

> 张佛千为作者制作的嵌名联

> 作者访问台湾制联名家张佛千

可观。如张佛老家中的对联："庄子逍遥化作大鹏培风九万里，行者狂放偷尝仙果结实三千年。"又如"直以友朋为性命，多从翰墨结因缘"。张佛老说："我觉得汉字兼有两种艺术之美，一字一形，有书画之美；一字一音，有音乐之美。外国字只是符号，而汉字是艺术。这就为制联创造了条件。你看偌大中国，何处没有对联？家中、庙里、寺内，山水名胜古迹处，皆有佳联。结婚要喜联，办丧事也有挽联。我以为中国人不爱中国文字之美，他爱中国之心不会太深。但汉字要流行于世界，必赖中国之强盛。我希望中国人团结起来，两岸人是一家人。"张佛老回忆起当年与张根水、赵超构相遇的情景，说："《新民报》以副刊闻名天下，现在也如此吧！"

张佛老早年攻诗词，尤喜骈文。这是他制作对联的基础。此外，张佛老想象力丰富，为人豁达乐观。我一进门，他就说："新朋友，老朋友，都是我的朋友。"他所巧作的嵌名联，在工整之中见其活泼的趣味。不仅中国台湾和中国香港地区的一些大学教授皆以挂张佛老对联为荣，连欧美、日本、韩国、新加坡的一些名牌大学与大使馆都有张佛老的对联。

张佛老早年是报人，后来又成为名教授、名作家，他在台湾报纸副刊辟的专栏"一灯小记"与"花下散记"，一直脍炙人口。我问他对自己影响最大的一本书，张佛老答："《资治通鉴》，古人说'文以简为贵'，史笔最简，这部书我读过二十多遍，每读一次，皆有心得。还有一书是《红楼梦》，我读二三十遍，其写人状物，是一辈子可学习的。"

张佛老称黄苗子是一甲子的好友，他曾为自己自制一联："纵横计、治平策、草檄手、扪虱谈，惜哉不用；长短句、窈窕章、生花笔、雕龙辞，老矣方传"，苗子先生评之："音则抑扬顿挫，辞则雄雅工整，意则有得有失，如闻长叹息，如闻纵笑，如闻长啸。"苗子先生挥巨笔书之，张佛老笑曰："寒舍无此大壁，此是戏言，亦不敢挂。"

访台返沪不久，即收到张佛千先生为我与内子琪美作的两副对联，赠我一联："正诚乃修身基本，文章有华国光辉"。上联用《大学》，下联引陆云文。赠内子一联："琪树垂珠而璀灿，美风扬芬以畅和"。上联用孙绰文，下联引宋玉赋。署名为张佛千撰，徐新泉书。联语隽永而书法秀美，蓬荜生辉。

2001 年 8 月 7 日

# 李昂谈《杀夫》及性描写

> 与台湾著名女作家李昂合影

　　台湾地区文坛有施家三姐妹,大姐施淑,写文学评论;二姐施叔青,写现代诗与留学生文学;小妹施叔端写小说。俱是文坛高手,其中三姐妹中以小妹施叔端名气最大,她就是以《杀夫》闻名于世的李昂。

　　李昂约我在EXCHANG俱乐部会晤。那是一家健身、美食的名人俱乐部,我赶到那里正好下午6时,李昂笑着迎出来,请我共进晚餐。那餐厅环境很优雅,是中西式自助餐。我们先要了两杯咖啡,坐在我面前的李昂挺精神,神姿活泼,比她实际年龄要年轻。李昂生于1952年,毕业于台湾中国文化学院哲学系,后赴美国奥立佛大学深造,获戏剧硕士。她学的是哲学与戏剧,但她更醉心于写小说,17岁就发表作品了。

　　谈到小说,自然要谈到《杀夫》,李昂喝了一口咖啡说:"写《杀夫》其实与你所在的上海滩有关呢!"她说,1976年赴美,住在白先勇加州的家中,偶尔在桌上翻到一本《春申旧闻》(陈定山著),这本小册子中记载的都是上海滩十里洋场的奇闻轶事。李昂本是作消遣看,不料被其中一篇《詹周氏杀夫》吸引住了。詹周氏是个信佛的女人,其夫是屠夫,以杀猪为生。那个男人以杀猪为乐趣,还常常戏弄信佛的老婆,强迫詹周氏看他杀猪,从不杀生的詹周氏吓得闭住眼睛。但丈夫不放过她,把妻子当作取乐与施虐的工具。日久天长,詹周氏有

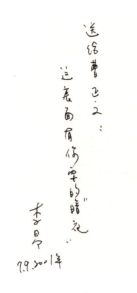

点疯了，一天，她趁丈夫熟睡，把他斩成八块，放在床下。不料那屋子的地板有缝，血就流到楼下二房东家中，那房东以为是猪血，也不当一回事。但房东借口污血弄脏了她屋子，要赔一条猪腿，詹周氏这时已经不知所措。二房东上来敲竹杠，结果从床下拖出一条人腿。案发后，詹周氏被判了死刑，但未到枪毙日，抗战胜利了，詹周氏后来也不知所终。李昂说："这段史料很有价值，我把杀夫的背景搬到了台湾鹿港，写出屠夫残忍背后的东西。"《杀夫》发表后，在海峡两岸引起轰动。

李昂被台湾文坛称为"叛逆的女性"，她的小说《暗夜》《有曲线的娃娃》《爱情试验》《禁色的爱》《走过情色时光》都以两性关系入手。通过女性命运的波折，折射出社会某些特征。同时，李昂笔下的性描写，也引起争议，我问李昂："你如何看待性描写？"李昂说："关于性描写，我们不要轻易否定它。古今中外许多名著都有成功的性描写，茅盾在《子夜》中的性描写，就对写活人物、反映那个时代的特征很有作用。"她说到这里，笑曰："停一下，我们先吃点再说吧！"

我们用完晚餐，李昂继续她的话题，她从《包法利夫人》说到《北回归线》，又谈到《金瓶梅》，她说："东西方民族的不同特点，也导致性描写的方法不同。"她又说，听说内地有几位女作家以写性为时髦，这些小说无论从哪方面看，都是羽量级的。真正有社会使命感的作家，应该揭示性描写背后政治权力的争夺与高度经济发展对人类灵魂的腐蚀。李昂认为，她通过性描写，可以反映出她对社会问题的看法。

与李昂交谈，发现她思路很敏捷，语音很爽朗，动作很快速。她最后谈到现在一些年轻人在找网友谈恋爱，她说，这很不好。前个时期台湾就发生两个年轻人在网上搞同性恋，后来两人见面，一个叫虐犬的网民失手把另一个人扼死了，这与网上色情文学的泛滥有关。

访谈结束后，她开车送我回宾馆。

2001年8月8日

# 蔡志忠谈"功夫在画外"

> 在台湾漫画家蔡志忠家访问

  台湾著名漫画家蔡志忠是个大忙人,那天中午,他终于与我约定在凯悦大酒店咖啡厅相见。未见之前,我与蔡志忠通过好几次电话,也在我编的杂志《大侠与名探》中刊登过他的漫画(我主编的《大侠与名探》由蔡志忠任顾问)。但我一直未能与他一晤,问他要照片,他只寄来"自画像",拒绝让真容示人。这次相会,才知蔡志忠一副艺术家打扮,长发披肩,大鼻阔口,神情幽默。

  漫画是无国界的,因此它比文字更易于在世界各国沟通与流行。蔡志忠的漫画集真不少,已在38个国家和地区出版发行,总印数达4000万册,可以说是中国畅销书作家之一。

  我们各自点了一客西菜,蔡志忠先谈了自己的绘画经历。他5岁时就开始画画,14岁第一次在画刊上发表作品,后来他画卡通,画诸子百家,画"大醉侠"与"光头神探",还画科技漫画(如光、电、声波),皆风靡世界各国。我以为,蔡的画技自然很有特点,但令他声名鹊起的还是他对绘画的悟性,以及他在绘画中透溢出的聪睿与学识。

  我就这个问题与他作了探讨。蔡志忠说,他在动笔前总要读很长一段时间书,他喜欢庄子、老子,还有《易经》《黄帝内经》,这几本书读懂了,读通了,才能真正了解中国古代文化的精髓,才能领悟哲人的妙句。他说,现在有些人视读书为任务,或看书是走马看花,这不行。我想,没有一个读者只读几本书就可以

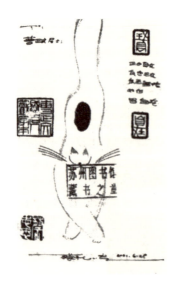

> 中国畅销书作家蔡志忠赠作者签名本

成为学者吧，也没有一个人读那么几小时书，就会很博学。读书其实是一种积累，画家要让自己画的东西真正吸引读者，成为读者难忘的东西，那他首先必须自己吃透他画的东西。画得有意思，才让读者看得有意思。

蔡志忠一边喝咖啡，一边强调说，他蔑视技巧，技巧只是沟通的一种手段。蔡志忠回忆自己在日本绘画的那段日子，他当时40岁，早晨3点钟起床绘画，一直画到深夜，一天只睡5个小时。读者只知道他画得多，画得快，并不知道他在绘画前读书是多么的认真。蔡志忠十分感慨地说："功夫在画外，一点也不错！"

我问他，除了老庄，你还喜欢读哪些作家的书？蔡志忠想了一想说："屈原、李白、老舍，还有纪伯伦。"他提出有几部作品让他一直难忘，可以说常读常新，庄子的《逍遥游》，班固的《两都赋》，蒲松龄的《聊斋志异》，吴承恩的《西游记》。他又说："还有印度神话和日本风俗画，对我漫画制作影响极大。"

说起上海，蔡志忠说，他1990年来上海书店签名售书，在书市上，他为读者连续签名达8小时之久，人流还如长龙，他十分高兴他的漫画在上海这么受欢迎。他最后说："画家要使自己有学问，你的画才会有内涵，但作品思想的内涵又必须通过趣味性的手段来表现，这是最难的，但也必须是画家应该努力去做到的。"

我们这样聊了一个小时。我说想去看看他的画室，蔡志忠便陪我去他家，他的家就在凯悦大酒店对面，那是台北市最现代化的地段之一。走进蔡志忠的家，只见金光闪闪一片，原来是他十余年来花了许多功夫，请进了3000座金佛像。那些放在架子上的神情各异的金佛像打量着我这个内地来的不速之客，而我置身其中，也感受到室内一种虔诚的气氛，艺术是需要虔诚态度的。在这样的气氛中，蔡志忠的作品才能升华，这就是他作品拥有众多读者的秘密。

2001 年 8 月 11 日

# 胡因梦陶醉心理学

> 胡茵梦说起话来十分生动

　　胡因梦是台湾地区大名鼎鼎的电影演员，年轻时扮相靓丽，神韵清雅，一举一动，风情万种。她在《云深不知处》《跟我说爱我》《海滩上的一天》《梅花》《人在天涯》等40余部片中出任女主角，红极一时。有人说胡因梦不仅戏演得好，文章也写得好，是影视圈内有名的才女。生活中的胡因梦年轻时也曾对作家产生过盲目的崇拜，与一位姓李的作家有过一段短暂的婚姻，更让她成为媒体炒作的对象。但今天坐在我面前的胡因梦，完全像变了个人。

　　那天黄昏，细雨迷蒙，胡因梦约我在她家附近的紫藤茶艺馆会晤。紫藤茶艺馆虽不大，但雅趣盎然，紫藤丛中掩映着古典式的门窗，走进去只见案几上放着各种精致玲珑的茶壶，还有一些书籍画报与艺术请柬。我本想挑沿窗坐，陪我同来的李进文说，还不如包一个房间畅谈。

　　那个房间是日式的，我们席地而坐不久，胡因梦不一会就走了进来。她刚从台中返回，脸上有些疲乏之色。由于胡是台湾地区家喻户晓的名人，因此她一进茶馆，就有好些茶客与她打招呼。坐定之后，我请她自己点茶，然后边喝边聊。

　　胡因梦带来一本新著送我，是她写的序，那是一本心理学。早就听余光中先生说，胡因梦这几年淡出影坛，著书立说，对印度哲学与禅宗特别有研究。我问起胡因梦,她笑语:"这是我的兴趣。"她说,她喜欢把哲学与心理学结合起来阅读,从中悟道。她从柏拉图、尼采谈到老庄与慧能,又说笛卡尔、伏尔泰与叔本华。她谈的几位现代心理学家的名字,我很惭愧,从未听说过。胡因梦戴了一副黑框眼镜,使观众心目中那个明星已经变成了一个充满智慧的哲人。我一边听她眉飞色舞地谈心理学,目光却落在她写的那本书上,书上的她与眼前的她,还有在多部电影中的她,在我脑子里,三个"她"很难统一起来。

我们的话题,后来转到文学、电影与戏剧。毕业于辅仁大学德文系的胡因梦说,她最喜欢的诗人是泰戈尔,最喜欢读的小说是刘鹗的《老残游记》。谈到近代文学,胡因梦举了两个作家的名字:许地山与张爱玲。我从她钟情的文学作品中,隐隐体味出她的心正在远离昔日的豪华与喧嚣的尘世。

我问起她走过的电影之路,她不愿提昔日的辉煌,她说自己学的是斯坦尼斯拉夫斯基体系,但在拍摄过程中,她总觉得当一个演员没有什么意思。她拍的影片尽管很卖座,但她的心一直很迷惘。有一次她与秦汉演对手戏,因为拍摄时间很长,秦汉有事出去了,导演催着拍,就让副导演用一个拳头代替秦汉的脸,让她对着那个拳头念台词。胡因梦说到这里,很无奈地说:"观众看电影,觉得演员很风光,却不知我们演戏的,真的是在演戏。"

当我问起有什么好看的影片令她难忘,胡因梦不假思索地说:"法国导演最有水平,如《偶然与巧合》就令人难忘。还有伊朗影片《何处是我朋友的家》,导演手法很不错。"谈到台湾电影,胡因梦投了侯孝贤一票。

紫藤茶艺馆环境很优雅,胡因梦的谈吐也很优雅,毕竟是大明星,说起来很生动,手势很形象。令人感叹的是,五十未到的胡因梦与她实际年龄相比好像苍老了许多,不过,让我感受到的是,她的心依然年轻。

2001 年 8 月 10 日

> 胡因梦赠作者的签名本

# 温世仁与"空中书城"

　　第一次知道温世仁，是读了中国著名经济学家吴敬琏的一篇文章，他对温世仁的《漫话东南亚金融风暴》一书给予很高评价：一是可作为国际金融入门书读；二是写法深入浅出，作者善于用浅显的语言说清复杂事物的深刻道理。

　　对经济是外行的我，对这本印了30万册的畅销书说不出什么，但温世仁指出"人民币不会贬值"的观点，被以后几年的事实所证实。尔后他写的12本新经济理论读物，也成为海峡两岸的畅销书。2000年我在上海书城听他演讲，原本容纳300人的七楼演讲厅，那天还增加了十几把椅子，依旧还有不少人站着听讲，并从头至尾的两个小时内，无一人中途退席，这在浮躁的书市中，也算是一个奇观吧！

　　我这次赴台湾作学术交流，正逢温世仁先生的新著《温世仁新观点：新经济、新工作、新财富》新书发布会召开。温先生在内地这么热，在台湾地区又如何呢？我一走进会场，就发现人头攒动，台湾不少经济界学者，企业界巨头赶来了，不少温世仁忠诚的读者赶来了，当然还有众多的媒体老记们⋯⋯主持人的发言很幽默："我们今天请来的是21世纪台湾新经济的前卫人物温世仁先生，诸位请看，温世仁先生体形伟岸，红光满面，但他一年365天，有300天在飞机、火车、旅途上度过。他去世界各国调查与演讲，但一年难得见他吃过几顿晚餐。他对物质生活并不讲究，但他的精神生活很丰富，他拥有许许多多喜爱他书的读者，现在请这位'终身的旅行者'讲述他的新经济观点。"

　　温世仁身材魁梧，气质儒雅，浓眉慈目，极富书卷气。他的发言慢条斯理，他从台湾近年失业率升高谈起，谈台湾经济的新机遇，两岸实行"三通"的重要性与必要性，又从农业社会谈到工业社会，继而谈到网络社会。他说，今天一种新的经济消费形式正在替代传统的"以市场为中心"的店铺，而量的消费已转为质的消费。温世仁的演讲十分形象，他说过去人们不习惯去超市购物到今天有50％的人去超市购物，正说明消费方式的改变；从拥有电视机到今天讲究电视机质量来说明人们对质的消费的重视。

　　最后，他向与会者介绍他创办的"空中书城"。他说，"空中书城"装置在

> 作者于2001年采访台湾十大文化名人之一温世仁先生

> 温世仁在上海明日工作室与作者相聚

> 台湾新科技领军人物温世仁先生赠作者签名本

手机内，你无论走到哪里，只要打开手机，就可以读到你想读的书。"空中书城"有10万种书，还有精华文摘，名人专栏，幽默小品……使用起来相当方便，不仅能看，而且能听。温世仁说，他希望通过这种方式，让每个人随时可以学习，让点滴的无聊时间，变为有用的阅读学习机会……

温世仁生于1948年，毕业于台湾大学电机系，在台大电机研究所获硕士学位。以后他任金宝电子厂总经理、英业达集团总裁，是一位成功的企业家。但他不仅是位实干家，而且还是台湾新经济的挂帅人物。他把经济理论与两岸文化结合起来，写出了一系列生动有趣的经济理论读物。他写的《成功致富又快乐》《2001年第二次奇迹》《新经济与中国》《网络创财富》已经成为继《穷爸爸、富爸爸》之后的又一批畅销书。

温世仁还被称为是最具有"中国情怀"的台商。他发展的"千乡万才"计划，给中国大西北农村注入了活力。温先生投资5000万美元，成立了"千乡万才"科技公司，计划在内地建立"网络城乡示范中心"，在西部培训出1万名计算机软件人才。除了捐助，他还要教会内地西部农民致富的能力。1999年春节，他和太太大年三十在农村过年，亲自教西部学生学习计算机，并为52所中学赠送了2500台计算机。

2001年8月12日

# 林清玄的"感情独白"

> ＞ 作者与林清玄（右）在其寓所花园合影

　　林清玄在海峡两岸都拥有广泛的读者，他的演讲曾倾倒了无数青年男女。他在台北演讲时，那些虔诚的女读者会跪着迎接他。这样一个清心寡欲的"圣人"，前几年突然发生婚变，舆论大哗，为避免那些铺天盖地的口诛笔伐，林先生逍遁了。

　　我来台北后，多方联系，无法找到他，正在这时，凌风的妻子贺顺顺打来电话，告诉我与林清玄的联系方式，并约翌日中午见面。

　　林清玄的寓所"至善天下"就在台湾故宫博物院对面，那是一座面对绮丽风景的著名豪宅。走进林先生的家，仿佛走进了一个艺术画廊，精致的工艺品与古玩，还有大竖琴都显示了主人高雅的艺术趣味。未到五十的林先生前额已秃，后留长发，显得脑袋很大。他的神情很悠闲，但眉宇间仍透溢出离婚风波带来的阴影。

　　我们的谈话单刀直入，我说，你在内地拥有众多的"林清玄迷"，对于这次婚变，外面传得沸沸扬扬，我想听听你本人讲的真实情况。

　　生于1953年的林清玄娓娓谈起他的生活经历。他7岁发表处女作，20岁成名，在30岁前，他每天给报纸写8个专栏，并把台湾地区所有的文学奖都拿下了。他说："我这时候好像到了一个顶峰阶段，我感到很迷惘，很困惑，要说精神生活，我拥有众多的崇拜者。要说物质生活，我一个月的收入可以买一套房子（当时台北一套房子仅20万台币）。我突然想到了逃避尘世，出家当和尚。

> 作者与林清玄夫妇合影　　　　> 林清玄赠作者签名本

我就辞去所有的工作，住到了台北郊外的桃园大溪去，那里清静、安闲又充满野趣。我在那里住了两年，不做事，不写作，潜心研究佛经。"

林清玄回忆起那段生活充满了感情，他说两年后，他决定回到世俗社会来，因为他要把自己悟道的知识讲给大家听。他说，一个人去旅行，固然愉悦，但还不如带了大家一起去分享人生的奇妙与快乐。他重返台北，再次执笔，又出入演讲场所，开始了第二次辉煌。至今他已写了110本书，而且每本书几乎都是畅销书。

这时，一位三十来岁的女子走出来向我致意，我们的话题自然转到他现在的妻子——方纯珍小姐身上。方小姐并不像流言传说中是个二十来岁、美艳如仙女的女孩。她穿一身黑裙，举止淡雅，容貌平平常常。她过去也不是他的女秘书，认识林清玄时，她已获得两个学位，是一家基金会的执行长。当然她承认她也是崇拜林清玄那群女孩子中的一个，由于他们经常在一起，日久生情，于1994年结婚。

我问方纯珍："你和林先生结婚7年了，你认为林先生最大的缺点是什么？"方纯珍想了一想说："我看人先看人家的优点，很少注意他的缺点。"一旁的林清玄说："她是一个善解人意的妻子。"那顿午餐，本来说好是我作东的，但谈话之间，方纯珍已把一桌酒席准备好了，并说非要我尝尝她的手艺。

饭后，林清玄陪我参观他的豪宅会所，那会所有6000平方米，各种设置应有尽有。林清玄说："说我住豪宅那是不假，但有两点需向读者澄清。"第一，他与前妻离婚，他给了她一套合2000万台币的房子，并一次性付给她500万台币，现在每月给她6万台币。第二，读者应该关注作家的作品，而不是去关注他的隐私"。林清玄顿了一顿，又说："再说婚姻如同鞋子，是否合适，只有自己的脚知道。对于流言，我并不在乎。"

2001年8月14日

# 陆

## 探访
## 名居

【风雅苏州】

# 在斯特拉福访莎翁故居

由于天性喜爱读书,责编"读书乐"后,借组稿去各地访问著名学者,无论是北京的冯亦代、曾彦修,台湾的柏杨、余光中,还是香港的金庸、梁羽生,乃至瑞典汉学家马悦然、罗多弼,他们都不约而同谈到人类文化史上的一些畅销书籍,主要有:《圣经》、莎士比亚的戏剧全集与阿加莎·克里斯蒂的侦探小说等。

《圣经》已发行100亿册,被译成1800多种语言,作为一本历史传记,蕴含了丰富的哲理。阿加莎·克里斯蒂的侦探小说有80部,被翻译成103种语言,总销量早就超过了20亿册。莎士比亚开创世界四大喜剧与四大悲剧,还有诸多历史剧,在世界各国演出并出版了上万种图书版本。我在少年时代读过一本《莎士比亚戏剧故事集》,一直视为最珍贵的藏书之一。

这次去英国访问,我们在曼彻斯特游览一下,便急于赶去斯特拉福小镇,因为那里是莎士比亚的出生地,想到参观莎翁故居,心中便有说不出的渴望与期待。

经过两个小时的车程,我们来到了艾冯河畔,这是一个乡村小镇。走进镇去,只见一派英国田园风光:小桥流水,恬静安闲;田野绿茵,风光宜人;木屋乡舍,古色古香。不一会,天空突然下起了小雨,千万条雨丝给莎翁故乡的小镇罩下一张网,但也给小镇带来了更多的诗情画意。

我找到小镇的亨利街北侧,那里有一栋16世纪建造的带阁楼的老房子。我走到一座半木结构的双层小楼前伫立,导游说,这就是莎士比亚的诞生地。透过窗子,只见室内简朴,一切布置照旧。莎翁的童年与青少年时代在此度过。

故居旁有一个莎士比亚纪念馆,一进门便是莎翁的巨幅照片。纪念馆里还陈列着莎士比亚的幼年照片及其父母肖像,最多的是莎士比亚创作的作品集。在这里有一个莎士比亚研究中心,它是在莎翁诞生400周年之际由世界各国捐款兴建的,其图书馆里收藏了3万多种莎翁作品版本和世界各国不同文字的莎士比亚戏剧著作,以及评述莎士比亚戏剧艺术的各种剪报资料。

小镇内有一座莎士比亚歌剧院,这里成为世界文学爱好者与戏剧爱好者的向往之地。旁有一公园,名唤班克罗夫特公园,内有莎士比亚纪念碑与莎翁铜像。

斯特拉福只是英国无数小镇中的一个,但因这个小镇出了一个天才大戏剧家莎士比亚,也就成为"地灵人杰"之处。莎士比亚成名后,他用过的桌子,已成为文物。这张桌子比一般的桌子高许多,因为当时英国提倡师道尊严,老师讲课,学生必须站着听课,由于站立时间太长,很多学生都用两臂支撑在桌面上,莎翁当年用的桌面也被胳膊磨得凹凸不平。据讲解员说,这凹凸不平的桌面显示少年时代的莎翁是如何刻苦用功的。事实上,莎士比亚作为一个杂货商人的儿子,他从小的生活并不如意。父亲尽管当过当地的议员与镇长,但莎士比亚在文法学院读书时,其父经营惨淡,家境江河日下。莎士比亚不久便失学独立谋生。他的广博知识与写作才能是其后来在生活实践中自学得来的。因此我在莎翁故居前流连往返几次,深感"天才出于勤奋"这一名言的伟大。

斯特拉福小镇上,有许多精美的礼品店,店中出售的照片、瓷器、钥匙圈与各种小玩具,都有"莎翁"的肖像以及创作文学的记痕,这已经成为当地人一笔可观的收入。

> 在英国,莎士比亚已成为公众心目中的标志性人物

> 作者在莎士比亚故居

2011 年 11 月 16 日

# 在肖邦故居漫步

抵达华沙的翌日,我们专程去拜访了肖邦故居。

肖邦故居位于华沙西北约50千米的一个幽静的小村庄,名唤热拉佐瓦·沃拉,这是肖邦的诞生地。当车子驶入村庄,便看见一幢白色小屋掩映在绿树鲜花之中,导游小陈说:"这是'二战'后重建的。"

肖邦故居门前有一尊他的铜像。走进一楼陈列室,那里存放着肖邦各个时期的照片,以及他创作的音乐作品史料,还有肖邦少年时代使用的"长颈鹿"竖式钢琴。这些物品勾起了人们对这位爱国音乐家生平的回忆。肖邦1810年出生于此,他从小显示了音乐天赋,6岁学习音乐,7岁能弹波兰舞曲,8岁登台演出,被誉为"音乐神童"。他20岁前已名闻欧洲乐坛,后来成为欧洲音乐史上最具影响力和最受欢迎的钢琴作曲家之一。肖邦短暂的一生,创作了200多部作品,包括多部钢琴前奏曲、叙事曲、波兰舞曲、钢琴奏鸣曲、谐谑曲和幻想曲,被誉为"钢琴诗人"。

肖邦成才,与他老师李斯特有关。当时年轻的肖邦初到巴黎,无人知晓,而誉满全城的人物正是大音乐家李斯特,但李斯特见了肖邦,大为赏识。李斯特当时正准备举行一场音乐会,李斯特登场以后,按照音乐会惯例,全场灯火全熄,突然那深沉浓郁的乐曲在钢琴上奏了出来,一会儿令观众如痴似醉。大家正为李斯特热情鼓掌之际,灯火亮了,钢琴前出现的是一位年轻的小伙子。李斯特从后台走出来,向观众介绍了肖邦,顿时掌声雷动。

李斯特用这种独特的方式,为这位名不见经传的年轻人亮相作了隆重推出,从此肖邦在巴黎音乐界一举成名。

肖邦在巴黎期间,交友广泛,他的好朋友有诗人缪塞、海涅、密茨凯维奇,作家乔治·桑与画家德拉克洛瓦。

肖邦与玛丽亚有过婚约,后来告吹。他与乔治·桑有过一段恋情,但终因性格不合而未有结果。肖邦身在巴黎,但他是波兰人,他一生钟爱波兰,当俄罗斯入侵波兰时,肖邦严辞拒绝沙皇授予他"首席钢琴家"称号。他因战争原因,离开祖国18年,他在异国他乡的日子里,生活贫困,关在小黑屋中创作音乐,把

> 作者在肖邦故居前留影　　　　　> 作者在肖邦公园

一腔爱国热血化为音符。

　　肖邦在巴黎住了18年,他为了生活,四处奔波,疲劳加上忧愤,让他的肺结核病复发了。1849年10月的一天,他在病榻上抓住他姐姐路德维卡的手说:"我死后,请把我的心脏带回去,我要长眠在祖国的土地上。"

　　我们在肖邦故居的花园里慢慢散步,回味着这位伟大音乐家39年短暂的一生。这个花园里种满了绿色的乔木,园子大约有300平方千米,这是我参观许多名人故居中所罕见的。那园中幽静的景致和流淌的小河,还有肖邦弹奏的"英雄曲"萦绕在花园的空中,也让人感受其无穷的魅力。据介绍,这里每年都要举办音乐会,以此怀念肖邦。

　　参观完肖邦故居,我们当即乘车前往华沙圣十字教堂,在这座庄严肃穆的教堂内,存放着肖邦的心脏。我看到许多音乐爱好者赶来在肖邦像前放上鲜花并致敬意。

　　翌日清晨,我们怀着对肖邦的敬意,来到瓦津基公园,那里有1908年雕刻的一尊高5米、重160吨的肖邦青铜像。雕像中的肖邦坐在柳树下,他的头发和斗篷在微风中仿佛在飘动,其眉头微蹙,嘴角有淡淡的哀愁,都显示了其内心的倔强。因为这里有肖邦,也成了世界音乐爱好者瞻仰之地,不少人称之为"肖邦公园"。

2013年8月

# 访居里夫人博物馆

　　华沙是名人辈出的地方。除了天文学家哥白尼，大音乐家肖邦，这里还是居里夫人的故乡。

　　因为购物，导游陪了同行的许先生去淘古玩旧货，我们一行人只得自己去寻居里夫人故居。我想，居里夫人大名鼎鼎，也许一问，当地人都会知道。但当我向路人打听："where is 居里?" 好多人居然摇摇头，表示不知道。好不容易问到一个年轻人，他恍然大悟："Oh Curie." 他指了指就在不远处。我们才知道，我们说中文"居里"，当地许多人都听不懂，他们只知道她叫玛丽亚。我们穿过华沙老城广场，走在一条弗雷塔(Freta)街道上，终于找到一幢巴洛克式粉色三层公寓，它的二楼就是居里夫人博物馆。

　　居里夫人博物馆有三个房间，第一个房间展示了她幼年到少年生活的有关照片与资料。居里夫人本名玛丽亚，她1867年11月7日生于华沙，父亲是数学教师，母亲是一所学校校长。玛丽亚从小喜欢摆弄父亲实验室中的仪器。她毕业于私立女子寄宿学校，后转到公立中学。玛丽亚24岁时随姐姐去巴黎读书，她的学习成绩一直名列前茅，在参加物理学学士学位考试中，她在32名考生中考了第一名。翌年在数学学士考试中，她又在芸芸考生中获第二名。当时她住在一个小阁楼上，没有火，没有水，没有灯，屋顶上有一扇天窗。她一个月只有40卢布，但贫困磨炼了她的意志。后来玛丽亚在索邦结识了一名叫皮埃尔·居里的讲师，他们兴趣相投，两人都致力于对放射性物质进行研究。日久生情，玛丽亚嫁给了皮埃尔·居里，成了居里夫人。

　　博物馆中详尽展示了居里夫妇成功分离出了氯化镭，并发现了两种化学新元素：钋(Po)与镭(Ra)。因为这个重大发现，居里夫妇与亨利·贝尔勒尔在1903年荣获了诺贝尔物理奖，居里夫人也成为世界科学史上第一位获得诺贝尔奖的女性。

　　但一年之后，居里夫人生活中发生了灾难，她的丈夫皮埃尔·居里发生车

> 作者在居里夫人博物馆　　> 居里夫人像　　　　　　> 居里夫人 100 兹罗提
　　　　　　　　　　　　　　　　　　　　　　　　　（1974 年纪念银币）

祸遇难。居里夫人在忍受悲痛之后,出任巴黎大学物理系主任,并在1911年荣获诺贝尔化学奖,成为世界上一个人荣获两次诺贝尔奖的杰出女性。我在博物馆中第二个房间的墙上,看到了两份诺贝尔奖证书。

在居里夫人博物馆内,还存放着居里夫人的许多生活用品与她的手稿,还有她获奖后引发的研究成果,如利用镭的治疗特性去保护和拯救人类的健康与生命。

由于居里夫人常年从事对放射性物质的研究工作,导致她身体的健康状况急剧恶化,她67岁时因白血病而去世。

这位伟大的波兰女科学家一生荣誉无数,但她一生处世很低调。就像这座博物馆,陈列室也相当简朴,这与居里夫人一生的作风相吻合。我们参观之际,正好有一批北京的旅友也来此参观,他们的导游原是当地中国餐馆打工的中国小伙子,他特别介绍了居里夫人一生淡泊名利,他们夫妇在获得各种荣誉之后,为躲避社会活动,到乡村继续从事科学研究。当一个美国记者追踪到他们时,居里夫人表示:"你们应该注重事,而不是注意人。"

居里夫人博物馆中还展示了居里夫人一生获得的10项大奖,10枚奖章和107个荣誉头衔。有趣的是,居里夫人一位女友来她家拜访,见她女儿正在玩英国皇家学会刚颁发给居里夫人的一枚奖章,那女友说:"这是极高荣誉的奖章,你怎么让孩子当玩具呢!"居里夫人回答:"荣誉就像玩具,绝不要看得太重。"

当我们走出居里夫人博物馆时,夕阳已西下,我们要学习居里夫人刻苦研究的精神,还有她淡泊名利的生活观。

2013 年 8 月

# 在歌德雕像前

　　法兰克福是一座景色幽雅而又时尚新潮的城市。我去的时候正好是初夏,那米黄色的墙和红色的人字形屋顶在绿色的怀抱中显得安闲而高贵。绕城的美因河像一首抒情诗,而远处的黑森林则像一曲轻音乐,让观光客有喜出望外、美不胜收之感。

　　这座城市的名字,据说是查理大帝取的。有10位皇帝在此加冕,后来法兰克福成了德国经济繁荣的大都市,而古意盎然的老城在青山绿水间更加吸引人。可惜第二次世界大战爆发了,33次大轰炸几乎摧毁了法兰克福拥有的美好一切,包括大量的中世纪古典建筑。战后的德国人在这片废墟上重建家园,今天当我漫步在这座世界金融博览会之都,看到大街上男士飘逸的风衣和身材高大、蓝眼金发的德国女子,他们的脸上都有掩不住的喜悦。看来历史已翻过了沉重的一页,今天的法兰克福又充满了明媚的阳光。

　　导游把我们带到市中心的一个广场,指着广场中央的一座雕塑说:"这就是德国大诗人歌德。"

　　我望着这座歌德塑像:鬈发、高鼻和充满睿智的眸子。他让我感受到诗人气质与思想家的风范。这就是我少年时佩服的大文豪。

　　在德国,歌德是文化名人,他的雕像不仅在法兰克福,还在魏玛、莱比锡等各座城市都能见到。但这座雕像是建在诗人的出生地,一个德国人告诉我,这里是陪诗人走过青春岁月的地方。

　　在歌德雕像的不远处,是一条石块铺砌的幽静小巷,有一幢房子是歌德的故居,我找到了一块铜牌,上面用德文刻着:Goethe House(歌德屋)。歌德24岁时在这里写下了《少年维特之烦恼》,书中这个厌恶封建专制、与现实格格不入的年轻人,最后愤而自杀了。早在1903年这本小说就由马君武译成中文在中国出现,歌德后来又在这里写了《浮士德》的初稿。

　　由于故居还没有开门,我在门口徘徊。听一个路人说,此地在"二战"期间被空袭而夷为平地,德国政府为了让世人认识歌德年轻时的生活环境,战后重新建造,并力求保持原住宅的风貌,连一砖一瓦、一草一木,都与当年相仿。看来德国人是十分尊崇历史文化名人的。

> 作者在歌德雕像前

歌德的父亲是法学博士,皇家参议,其母是法兰克福市长的女儿。歌德从小接受了良好的教育。歌德童年时就学习多门外语,10岁时开始阅读《伊索寓言》与《荷马史诗》,并开始接触法国戏剧。16岁那年,歌德赴莱比锡大学学习法律,并开始阅读伏尔泰与卢梭的作品。正因为他广博地吸收一切,在24岁那年在这所寓所中完成了《少年维特之烦恼》的创作。

> 歌德用过的笔

让我十分感慨的是,歌德故居位于法兰克福的黄金地段,它对面是劳力士专卖店,那里有一条名品街,我一路走去,只见沿街的服饰与皮件都是顶级品牌。而歌德故居的背后是欧洲银行总部和德国银行总部,在这个寸土寸金的地段,依旧容纳了文化名人的故居。在物欲横流的今天,歌德遗址无恙,太让世界各地的观光客高兴了。

法兰克福是一座极其幽雅的城市,这里没有喧嚣与繁杂,尽管车水马龙,但没有司机会按喇叭。远处是黑森林与多情的美因河。

法兰克福的魅力,不仅在于它拥有罗马贝格广场、棕榈园、法兰克福大教堂和摩天大楼林立的现代金融区,更因为这里诞生了伟大的思想家与诗人歌德,歌德的人文精神与这座不朽的城市同在!让每个观光者来到此地,都难以忘怀。

2012年5月9日

# 异想天开的毕加索

　　到西班牙旅游，自然要去拜访一下毕加索故居。在马拉加梅塞尔广场的西北角，我找到了毕加索1881年10月25日的诞生地。

　　当年的马拉加，只是一个古老的港口，而现在已演变为一座繁华的城市。毕加索的出生地，现在已成了毕加索故居纪念馆。

　　故居保存完好，共四层，我们只参观了两个楼面。那里保存着毕加索洗礼时穿过的白色婴儿服，还有他做作业的练习簿、小纸片与他少年时作画的画具。在故居中，毕加索与家人使用过的几件旧家具保存完好，看上去很有沧桑感。我再端详他父亲的相片，有点陈旧了，但其面容的温和依然让我感受到，他与安达卢西亚人的面庞有很大差别。故居内还有毕加索为数不多的几幅作品。

　　徜徉在故居中，边看边思考，不由想起这个"画坛怪才"的一些生平往事。毕加索的父亲是个没多大名气的画家，42岁时才和25岁的玛丽亚结婚。毕加索1881年出生，形如"死胎"，其叔父对"死胎"的鼻孔喷了一口雪茄，毕加索才嗷嗷怒叫。他幼年还未学会说话，就开始不停地作画。他从小不喜读书，对算术一窍不通。上课对他来说是种折磨，他喜欢漫无边际地幻想，还有看窗外的大树与小鸟。

> 毕加索像

　　毕加索父亲为其14岁的儿子举办了首次个人画展。在那次画展中，毕加索的画一幅也没有卖出去。他曾经决定自杀，但这只是短暂的一闪念。身高才1.61米的毕加索历经坎坷，他异想天开的思想，让其画风新奇而独特，他变形的"立体主义"画作居然成功了。毕加索死于1973年，活了92岁。他死后留下37000件画作，遗产达几亿美元。

如今在他的故居门口，还保存着毕加索儿时喜欢的梧桐树。那扇绿窗户，就是毕加索当年住过的房间。

由于毕加索故居正在整修，没有完全对外开放，工作人员告诉我："如果您对毕加索有兴趣，可以去不远的毕加索博物馆。"

> 作者在毕加索纪念馆旁留影

我穿过巴洛克建筑风格的大街，行不多远，便来到了毕加索博物馆。门口只有一块小牌子，那扇黑漆的大门看上去并不显赫，但每个参观者进入都要经过严格的安检，照相机与摄像机一律要寄放在门口，连矿泉水也不准带入。因为对影响名人故居的任何行为，都是禁止的。

这两层楼的展馆十分宽敞而极具现代气派，展出的画作均系毕加索真迹，多达204 幅，全是毕加索后代及亲友捐赠的，捐赠的年限从10 年到50 年不等。从素描、油画、版画到雕塑、陶瓷，从毕加索年轻时的作品到他晚年的作品，涵盖面极广，颇具代表性。据估价这204 幅真迹的价值高达1.76 亿欧元，其中《戴头纱的女人》就值200 万欧元。

> 作者在访问毕加索纪念馆后，
接受西班牙媒体记者采访

在马拉加，我还找到了毕加索父母举行婚礼的那座教堂，此处虽未门庭若市，但慕名的来访者也有很多。总之，毕加索死后是幸运的，他的故居与遗物被全世界很多人关注。而西班牙政府对毕加索故居的保护工作做得相当出色，让我们每个参观者都心生感慨和感激。其实，名人故居是一个国家文化精华的生动缩影。

> 西班牙当地媒体刊出作者访问西班牙的文章

2012 年10 月

# 访川端康成文学馆

　　在日本文学史，也是在亚洲文学史上，川端康成都占有一个重要的位置。我去年在伊豆半岛静冈县旅行时，曾见识了《伊豆舞女》诞生的地方，那是一幢二层楼的温泉旅馆，叫汤丰馆。近日我在茨木市又访问了川端康成文学馆，得以了解和认识这位亚洲文豪一生之不寻常经历。

　　川端康成文学馆于1985年5月在日本大阪府茨木市正式开馆，这是川端康成逝世之后的第十三年。他是日本首位诺贝尔文学奖的获得者，也是亚洲继泰戈尔之后的第三位。因此，到日本旅行的文学爱好者，都希望见识一下川端康成文学馆。

　　在我访问过几十家日本作家文学馆中，川端康成文学馆无疑是最精致而高雅的，虽然只有200多平方米，但布置陈设都很讲究。馆长高桥照美女士为我作了详尽介绍。

　　从照片与资料来看，川端康成的童年相当不幸，他的父亲是医生，母亲是贵族，但川端康成2岁时，父亲因肺结核去世，在他3岁时，母亲也撒手人寰。川端康成便由祖父母抚养长大。

　　川端康成少年时代的照片，目光坚毅，他虽体弱多病，但作文成绩全班第一，13岁时以第一名成绩考入市立茨木中学。在中学时代，川端康成就立志当一个小说家。他浏览各种文艺杂志，尝试写短歌、俳句、新体诗和散文，写出了《拾骨》《参加葬礼的名人》等写实文章，以此悼念祖父病逝。川端康成还努力从欧美文学中汲取营养，他不仅读《源氏物语》等日本名著，还通读了契诃夫、陀思妥耶夫斯基等俄国文学，并不断向《新潮》杂志投稿。

＞作者在川端康成纪念馆

＞作者在川端康成住过的旅馆

据高桥照美馆长介绍，川端康成与芥川龙之介、菊池宽等文学家交往甚密，并一起去实地采访。川端康成写的《南部氏的风格》，第一次获得了稿酬。在他28岁那年出版了《伊豆舞女》，五年后拍成电影，田中绢代成为首位《伊豆舞女》的女主角。高桥照美让我观看了《伊豆舞女》不同版本的剧照，她说："《伊豆舞女》一共拍过五次电影，山口百惠、吉永小百合分别出演过女主角。而川端康成也因写《伊豆舞女》而一举成名。"

> 伊豆舞女的雕像

在川端康成文学馆最引人注目的是门口那张巨幅照片，照片上的川端康成满头银霜，他正站在诺贝尔文学奖的讲台上接受证书，并当场作了"我在美丽的日本"的演讲，场面很震撼，鲜花围绕在川端康成身边。

> 川端康成获诺贝尔文学奖在授奖仪式上发言

高桥照美说："川端康成先生以其《雪国》《古都》与《千羽鹤》获诺贝尔文学奖，他当时已69岁。他回国后受到日本民众的热烈欢迎，盛况空前，因为他为日本获得了世界荣誉，也为亚洲人争光。"

川端康成文学馆还陈列着他几十本文学著作，如《雪国》《伊豆舞女》《千羽鹤》《温泉旅馆》《睡美人》《富士山的雪》《古都》等。他几乎荣获了日本文坛所有的大奖，如菊池宽奖、艺术院奖、野间文艺奖、每日出版文化奖，并获得前西德政府颁发的"歌德金牌奖"，法国政府授予的艺术文化勋章和日本政府最高文化勋章。

> 川端康成出版的书籍

但至今令人困惑不解的是，荣获诺贝尔文学奖的川端康成在获奖的第四年，即1972年4月16日晚上，他在玛丽娜公寓用煤气自杀身亡，事前没有任何征兆，更没有留下纸质遗书。仿佛印证了川端康成在十年前说过的一段话："自杀而无遗书，是最好不过的了。无言的死，就是无限的活。"

> 伊豆舞女

2019年1月11日

# 访松本清张纪念馆

日本福冈北九州市,有个小仓城。这座古城名气不大,旅游特色也不显著,我在行程中加入这个景点,主要是为了去参观松本清张纪念馆。

在日本文坛,松本清张是一位家喻户晓的推理小说大师,他与中国民国时代最畅销书通俗文学家张恨水的地位有点相仿。不过,以他们的文学经历而言,松本清张成名较晚,他41岁以写纯文学初入文坛;43岁以文学新人的面目崭露头角;48岁以推理小说《点与线》而引人注目。自此他写下了700余部推理小说,成为日本文坛名气最大的推理小说大家。

松本清张纪念馆位于北九州市的小仓山附近,是一幢三层楼的房子。我们买票后进入,每张参观券为500日元。纪念馆有三层,一楼、二楼与地下一层,占地面积约为1.3万平方米,建筑面积3400平方米。据介绍,纪念馆以松本清张故居扩建而成,保存了松本清张原来的工作室、藏书阁、客厅,还新设了有关松本清张信息的图书室、读者阅览室、影视厅、茶馆及纪念品销售处。

我们先浏览了馆内长达22米、由松本清张年谱与当时的新闻图片构成的巨型年表。他的文学成就除擅长推理小说,还从事研究日本的古代史与现代史,著有《古代疑史》《游史疑考》等学术专著。此外,松本清张还是一位美术鉴赏家,他对美术作品的评价亦颇见功力。

我曾在《世界侦探小说史略》一书中,把松本清张与中国的张恨水相提并论,因为他们有诸多相仿之处:都是通俗小说的大师,作品数量多而广泛,并引起无数读者青睐。但张恨水成名较早,而松本清张是大器晚成,纪念馆中的大量图片与文字介绍还原了松本清张在日本文坛走过的艰辛之路。

松本清张1909年生于福冈县北九州市小仓山,家境贫寒,自幼失学。两个姐姐也因生活艰难而夭折。他小学毕业后去一家电器公司当徒工,后来又在印刷厂当石版绘图的学徒;28岁进入《朝日新闻》福冈分社当记件工,后在广告部搞设计;"二战"期间派往朝鲜,战后返回报社。至40岁,他尚无发表过任何作品。

> 松本清张在这张写字桌上写下了
> 许多脍炙人口的推理小说

> 作者在松本清张纪念馆

> 松本清张晚年写作
> 时图片

　　只有小学学历的松本清张十分勤奋好学，他业余时不断练习写作。1950年《朝日周刊》举办"百万人小说"征文大赛，松本清张写了一篇小说《西乡钞票》，意外获三等奖。两年后，松本清张以《〈小仓日记〉的故事》获"芥川奖"。他后来写的文学回忆录《半生记》回忆了这段辛酸的往事。松本清张当时为了养活一家七口，白天忙碌，晚上在昏暗的灯下埋头写作，最初的手稿是用铅笔写在一本纸质很差的本子上。

　　松本清张写出《点与线》推理小说后，名声大震，他先后写出了《隔墙有耳》《零的焦点》《日本的黑雾》《女人的代价》《砂器》《恶棍》等脍炙人口的作品，其中《砂器》等作品先后改编成电影与电视剧达17部之多。他于1963年出任日本推理小说理事长。

　　纪念馆内，不仅陈列了松本清张的多部手稿，以及他用过的钢笔、笔记本、眼镜、放大镜与烟具，还有他获奖的各种证书，以及《松本清张作品全集》。他以写纯文学闯入文坛，后来成为通俗文学的大师；他不仅开创了社会派推理小说，还发表了不少历史小说、科幻小说与各种纯文学作品；他与江户川乱步、横沟正史并称日本文坛推理小说三大高峰，又与柯南道尔、阿加莎·克里斯蒂并称"世界侦探三大家"。

　　我在这座宏大的纪念馆中漫步良久，这座纪念馆气势之雄伟，布置之精美，皆令人赞叹。日本对名人故居的保护也好生让人钦佩。1992年8月松本清张因肝癌去世，该纪念馆于1998年对外迎客，现已成为北九州市的一个旅游观光景点。

2016年6月28日

# 访托尔斯泰庄园

2016年夏天再访俄罗斯,距离上一次访俄,已23年了。出访前上海正连续高温,笔者来到离莫斯科195千米的托尔斯泰庄园,当地气温仅25℃。

在车上,地陪钱进介绍说,这个景点不列入莫斯科游程,但由于他个人喜爱文学,自己曾乘公交车去过一次,但并没进入庄园故居内参观。

车至庄园门口,我才发现这座托尔斯泰庄园规模宏大。一进庄园,便见几十棵参天大树迎面而立,左边有湖泊,右边是森林,庄园占地竟达338公顷,相当于上海两个半世纪公园那么大。我曾在欧洲参观过几十个名人故居,以面积而论,此为第一。

据引领我们参观的讲解员丹嬢说,如果你要在这个庄园内走一遍,一天时间恐怕是不够的。她又说,列夫·托尔斯泰(1828—1910)的父亲出身于伯爵世家,母亲是公爵贵族,当过女皇叶卡捷琳娜二世的侍从官,这座庄园便是她嫁给托尔斯泰父亲的陪嫁。

我们沿着松柏与白桦树相映成趣的林荫道,走近一幢18世纪建筑的白色砖塔楼。与阔大幽深的花园相比,楼房并不精致,更不豪华。丹嬢指着小白楼说,这是托尔斯泰外祖父设计的,列夫·托尔斯泰诞生于此,现在楼的式样与布置,已由列夫·托尔斯泰进行了改进。楼前有一棵榆树,是当地农民为纪念列夫·托尔斯泰而栽下的。

我们在门厅内换上鞋套,然后依次进入托尔斯泰故居。故居内有托尔斯泰使用过的写字台、书橱,有一间"穸室",内存放了作家的手稿与信件。据丹嬢介绍,托尔斯泰两岁时,母亲去世了,在他10岁时,父亲又亡故。他自幼学会了独立生活,小主人与庄园的保姆、马车夫、乐师、厨师、仆人结下了友谊。他在这张写字台前完成了自传体三部曲《童年》《少年》与《青年》。

我们随着丹嬢步入二楼,二楼是一个宽敞的大厅,沙发与钢琴都是当年的,这里曾是俄罗斯文艺界人士的沙龙。托尔斯泰34岁结婚,厅内有托尔斯泰夫人的画像,他在这里接待过屠格涅夫、契诃夫、高尔基等知名人士。而在隔壁

&gt;托尔斯泰的卧室　　　　　&gt;在托尔斯泰纪念馆　&gt;托尔斯泰陵墓

的藏书室内，存有23000册藏书（现已流失了大部分），其中包括罗曼·罗兰、屠格涅夫等人的赠书。列夫·托尔斯泰的雕像是由俄罗斯著名美术家列宾制作的，另一幅列夫·托尔斯泰画像，出自画家克拉姆斯科依之手。列夫·托尔斯泰的卧室很小，他睡的三尺小床，仅有90厘米宽。

据丹嬢说，列夫·托尔斯泰曾迁居萨马拉斯与莫斯科市，但终因留恋庄园的自然景色而回归故居。我在故居中见到了一把猎枪，因为列夫·托尔斯泰是个狩猎爱好者。他不仅在故居中完成了《战争与和平》《安娜·卡列尼娜》与《复活》的修改工作，而且他还精通法语、德语、英语，并能阅读意大利、阿位伯、古希腊与荷兰文字。

列夫·托尔斯泰是个贵族与庄园主，但他在写《复活》时，思想发生了变化，他开始厌恶贵族生活的奢侈，他的房间里有他使用过的镰刀、绳索等农具。他为当地农村创办学校，把土地分给农民，但他的所作所为，遭到家人的激烈反对。而令列夫·托尔斯泰伤心的是，农民也不理解他。

在1910年深秋的一天，82岁的列夫·托尔斯泰突然离家出走。几天后，人们在临近的阿斯塔堡车站的小旅馆内发现了他，患上肺炎的老托尔斯泰已经去世了。

我们在钱导指引下，走了20分钟，才找到了一个呈棺木状的小土丘，长方形的土丘上面什么标志都没有，只有青翠的小草点缀出生机，这就是托尔斯泰生前的遗愿。墓四周的景色异常美丽，林荫深处是橡木、桦木等高大的树木，金色的阳光洒在绿叶上，那叶子的色彩呈现出翠绿、碧绿、油绿、湖绿、浓绿与醉人的嫩黄色，好似一幅色彩斑斓的俄罗斯油画。

2016年8月

# 普希金故居的联想

在莫斯科的阿尔巴特大街53号,有座引人注目的名人故居——普希金故居。

喜欢俄罗斯文学的人,几乎无人不晓普希金,他不仅是俄罗斯文学的奠基人,也是世界文坛最杰出的诗人之一。俄罗斯人对这位诗人充满了尊敬与喜爱,街头有不少诗人雕像。在53号门口就有一座普希金雕像。

阿尔巴特大街是一条用砖石铺设的步行街,与我23年前来访时大致一样。不过当年在这里可以淘到名人油画作品,今天只是一些青年画家在卖水彩画与给路人画漫画像,而街头表演的乐队人员也年轻了很多。

我走进普希金故居,这幢蓝色小楼有三个楼面,每个楼面都陈列着普希金塑像,还有许多关于普希金的图片与文字,听导游说,这些图片文字介绍了普希金的经历与他和朋友们的交往。普希金(1799—1837)出身在一个贵族家庭,他父亲有许多藏书,叔父是位诗人,这就让童年的普希金在文学氛围中长大。他童年时学习法文,8岁就会用法文写诗,由于他的保姆给他讲了不少俄罗斯民间文学故事,12岁的普希金开始从事文学创作,他后来写下了那首最著名的诗《假如生活欺骗了你》。

从普希金照片与画像去端详,发觉诗人长得并不高大,导游说他身高仅为1.58米,外貌也并不英俊,面色红润,有一头金黄的卷发,眼睛很亮。普希金毕业于皇村贵族学校,后在外交部任闲职。由于他写的诗在民间引起轰动,使他成为俄罗斯的名人。他写了许多爱情诗和诗体小说,也写了不少反对农奴制度、讴歌自由、向往民主的诗。这些诗在艺术上吸取了生动的民间语言,并从内容到形式向贵族主义文学发起挑战。这些作品问世后,引起沙皇政府的不安与恐惧,他们在1820年将普希金派往俄国南部任职。这是一次变相的流放,但普希金没有屈服,他一方面与十二月党人交往,又写了一组呼吁自由的诗歌。六年后,普希金重返莫斯科,被沙皇政府秘密监视。

在此期间,普希金个人生活发生了变化,他28岁时爱上了莫斯科第一美女,但第一次求婚没有成功。经过两年多的努力,32岁的普希金凭着他的蒸蒸日上的才名与娜达丽娅举行了婚礼,新婚后住进了阿尔巴特大街53号。但这段"郎才女貌"的最佳组合,生活并不幸福。两人没有共同语言,对于诗人来

> 普希金故居内陈列着诗人的照片　　> 作者在普希金夫妇雕像前
> 与家具

说,写诗是他的第一生命,但对于美女来说,她对诗毫无兴趣。他每次给她念新写的诗歌,娜达丽娅就大喊:"你的诗,我已经听够了。"普希金的诗友到他家来举行"诗歌朗诵会",娜达丽娅会索然无趣地说:"你们朗诵吧,反正我也不听。"

令普希金更为尴尬的是,为了美若天仙的妻子有个体面的生活,他付出了大量的金钱、精力与时间,因为美丽的妻子经常外出跳舞,深夜归来。普希金开始欠债,欠木柴商的,欠卖牛奶的,欠修马车的,欠仆人的,为了妻子的新衣,他又欠了裁缝好大一笔钱,结婚四年,欠债已达6万卢布。沉重的债务压得诗人抬不起头,而更让诗人受不了的是,沙皇不时邀请娜达丽娅进宫赴宴,这让他怀念当年单身生活的快乐。同时,娜达丽娅对天性浪漫的丈夫也日益产生不满。

这时,一个法籍宪兵长丹特士闯入他们的生活,他疯狂追求普希金的妹妹,后来又打上了娜达丽娅的主意。天才诗人终于忍不住,与之决斗,丹特士抢先开枪击中普希金的腹部,两天后诗人不治身亡,年仅38岁。

我在郁闷中走出普希金故居,走到普希金广场,后来又驱车去皇村,那里有个普希金年轻时就读的皇村贵族学校。在那里我又见到了普希金与其妻子娜达丽娅的雕像,诗人似乎比妻子矮了半个头。听说在圣彼德堡还有另一个普希金故居。在街头的文具店与工艺品商店内,普希金的照片被印制在明信片上、冰箱贴上和各种小玩意上,商店还出售大大小小各种材质的普希金塑像。

我发觉,生活在19世纪的普希金仍然活在俄罗斯人的心中。

2016年8月

# 在高尔基博物馆的沉思

> 高尔基纪念馆内的高尔基画像

莫斯科市中心卡恰洛夫街6号，是一幢灰色的花园洋房，原为俄国富翁里亚布申斯基的豪宅，1931年起由斯大林拨给高尔基居住，这位苏联文豪对住宅的富丽堂皇并不喜欢，但他不得不住了进去，五年后在此去世。

今天，这幢高尔基故居已定名为高尔基故居博物馆，我们在钱导引领下，走进了这座俄罗斯新艺术建筑。一进门，墙上便是一幅高尔基的画像。听工作人员介绍，由于高尔基当时患有肺病，他的工作室、卧室与书房都安排在一楼。偌大的工作室有40多平方米，沿窗是一张大的写字台，写字台没有抽屉，桌上放了信笺、笔与各种文具。据说，高尔基写作不喜欢用打字机，他每个字都用笔来书写。

隔壁是高尔基的卧室，只有十多个平方米，有一张单人床，床头有一个小书架，一本读到一半的书是《拿破仑传》，这是高尔基最喜欢看的书。我看着这些作家遗物，不由想起自己少年时代读过的《海燕》《鹰之歌》，还有他自传体三部曲《童年》《在人间》与《我的大学》。

沿着楼梯，我们走上了二楼，这是一个高尔基文学陈列室，首先见到的是高尔基的油画肖像与一尊塑像，还有高尔基的漫画像。陈列室内有作家的手稿，高尔基曾任苏联作家协会第一任主席。

高尔基（1868—1936）生前除从事文学创作，还同时担任13家刊物的编辑。他每天都会收到世界各国的来信与来稿，高尔基喜欢亲自回复，他总共回复了2万多封信,其中8500封来信已保存在档案馆。在高尔基的工作室内,至今还陈列着高尔基当年用过的剪刀、绳子与胶水。

高尔基故居中陈列着作家的许多藏书,其中有3000多本书上有高尔基阅读时做的记号与眉批。由于高尔基对东方艺术特别偏爱,他的收藏品中有中国的瓷器、陶器与象牙雕刻作品,还有印度钟、意大利油画与中国古琴。

我漫步在高尔基故居内,听讲解员说起这位前苏联文豪生前的辉煌与他晚年生活的惊心动魄,不由令我百感交集。

高尔基51岁时因声名卓著而成为苏联现实主义文学的奠基人,但新生的苏维埃政权的打击面日益扩大,高尔基的不少文友遭打压和关押。他为此很痛苦,他一方面违心迎合斯大林统治;另一方面他由于与列宁、斯大林有特殊关系,曾多次设法营救他的一些被捕的文友,为此,他本人也受到了监控。由于高尔基常年吸烟而导致咳嗽不已,他在痛苦中开枪自杀,子弹没有击中心脏,而击中了肺部,肺病日益严重。高尔基的第一任妻子因怕牵连与他离婚,第二任妻子也因他冒险搭救文友而感情破裂。高尔基的朋友这时为他找了一个女秘书,昵称穆拉,一个27岁会多国语言的漂亮女人,她说自己丈夫被迫害致死,高尔基对她的淡定与怡然十分欣赏。

穆拉当了高尔基的女秘书,她聪颖而勤劳,相处两个月,高尔基爱上了她。但穆拉拒绝结婚,原因是不确定高尔基的两个儿子能否接受她,于是她成了高尔基的情人。后来,穆拉要回爱沙尼亚探望孩子,一去不返。高尔基心急如焚,找到列宁,想得到他的帮助。为了见到穆拉,高尔基曾去意大利与她同居一段时间。但后来穆拉又神秘失踪了,高尔基寻到爱沙尼亚,才知道穆拉的丈夫没

> 高尔基的卧室

死,在英国定居。经多方打听,穆拉极有可能是一名特工,这时高尔基旧宅的手稿与高尔基和各国名人交往的信件已被穆拉转移。因此,高尔基只得返回苏联,按斯大林指使,他住进了这座豪宅,而这时穆拉又出现在他身边。

一个晚上,穆拉终于把事实真相告诉了高尔基,由于高尔基组建的苏联作家协会班子中有不少作家,斯大林对他们看不顺眼,而且高尔基在与外国作家讲话中流露出对现行体制的不满,于是她被派来做"卧底",但她与高尔基日久生情,真正爱上了他,她愿意保护他。高尔基为此原谅了她,也看到了希望。

但不久,穆拉接到命令,让她把有毒的糖果给高尔基吃。穆拉接下糖果,争取拖延时间,不料那个主治医生也是苏联特工,他趁穆拉睡觉时,骗高尔基服下有毒的糖果。穆拉惊醒后扑到高尔基床前,他已说不出话来。

高尔基的去世引起苏联知识界的震荡,斯大林为挽回面子,将两个医生处死,另一个医生监禁25年。穆拉侥幸逃亡英国,她促成高尔基许多著作在西欧发表,包括《克里姆·萨姆金的一生》。穆拉后来一直回忆与高尔基一起生活的日子……她卒于1974年,享年82岁。

2016年8月

# 在阿·托尔斯泰故居

莫斯科市中心尼基塔门附近，有两幢毗邻的漂亮房子，成为世界旅行者光顾的一个景点。

这两幢漂亮的房子都住过前苏联文学界的显赫人物，一幢豪宅的主人是高尔基，另一幢稍逊一筹的建筑是阿·托尔斯泰的故居。导游说，历史开了一个玩笑，当年是流浪汉的高尔基住进了主宅，而其"配殿"（可能是管家、仆人住的）的主人却是俄罗斯世袭贵族阿·托尔斯泰。

我参观完高尔基豪宅，便在导游引领下走进了阿·托尔斯泰故居。阿·托尔斯泰（1882—1945）故居的房间与花园，确实不如高尔基故居那么高雅华丽，但两相比较，我发现高尔基的书房与卧室，都安排得比较简单而缺少艺术构思，高尔基虽收藏了不少中国古玩，但据说不少是阿·托尔斯泰送给高尔基的。而阿·托尔斯泰的房屋建筑虽不如高尔基故居气派，但其大书房与走廊上的布置却相当考究。阿·托尔斯泰书房里有彼德大帝与普希金的雕像，还有一些著名的油画，以及中国的瓷盆，而从书房到走廊的墙上，挂满了各种艺术古玩珍品，家具的质量也相当上档次，一看之下，便知主人的艺术趣味。

我发现二楼有一个琴房，那是阿·托尔斯泰与其夫人演奏钢琴的地方，钢琴前有五六排椅子，是阿·托尔斯泰演奏时专门招待客人的。

﹥作者在阿·托尔斯泰纪念馆 ﹥阿·托尔斯泰的客厅

在阿·托尔斯泰的书房内,我发现竟有四张书桌。据工作人员介绍,第一张墙角的高桌,是阿·托尔斯泰站着构思与打草稿时使用的;他构思成熟后,便坐在有打字机的写字台前打出清样;在壁炉旁,有一个小圆桌,供作家修改打出的稿子;阿·托尔斯泰在完成以上三个步骤后,便坐在窗前的大写字台前对作品作最后的润色。他写的《俄罗斯性格》《彼德大帝》等作品,就是在这里完成的。

据故居讲解员介绍,阿·托尔斯泰,又称小托尔斯泰,以区别列夫·托尔斯泰,故列夫·托尔斯泰又称老托尔斯泰。

阿·托尔斯泰是萨马拉世袭贵族家庭,他曾在彼德堡工学院读书,后因迷恋象征派诗歌而中途退学。阿·托尔斯泰先以诗人面目进入文坛。他25岁时出版了《抒情集》,后又出版了《蓝色河流后面》。他的诗打上"颓废派"的印痕,后来他写童话集《喜鹊的故事》,仍受象征主义的影响。再后来,他开始走上现实主义的创作道路,先后出版《伏尔加河左岸》《怪人》《跛老爷》。第一次世界大战爆发后,阿·托尔斯泰以战地记者的身份走上前线,写了不少有关战争的特写与随笔,如《途中寄语》。阿·托尔斯泰最重要的作品是《苦难历程》三部曲,这是他在流亡巴黎与柏林期间创作的,第一部是《三姐妹》,第二部是《一九一八年》,第三部是《阴暗的早晨》。三部曲出版后,他成为俄罗斯文学的重要代表人物。

阿·托尔斯泰还写过历史小说、科幻小说、讽刺小说与剧本,《尼基塔的童年》是作者的自传体小说。

两位先后担任苏联作家协会主席的文学大家,相邻而居。高尔基在68岁去世时,阿·托尔斯泰才54岁,他一直怀念他的邻居兼朋友高尔基。据介绍,他常常在窗前眺望着高尔基故居,那里的不少艺术品都是阿·托尔斯泰赠送给高尔基的,可惜物在人去。阿·托尔斯泰卒于63岁,当时高尔基已去世9年了。

2016年9月

# 参观列宾故居

在离圣彼德堡郊外45千米处的一个小村镇上有座"别纳特"庄园,那是一幢木结构的芬兰式三层小楼,是俄罗斯著名画家列宾(1844—1930)的故居。故居周围是一片茂密的丛林,大多是橡树,还有一个碧绿清澈的湖泊,风光旖旎雅致。据黄导说,"别纳特"的中文意思是"老家",那是俄罗斯画家列宾给自己庄园取的名字。

列宾是被世界公认的著名俄罗斯画家,他在画坛的地位,俄罗斯评论家认为相当于俄罗斯文坛的列夫·托尔斯泰。列宾在这座庄园度过了31年,在这里接待过诸多文艺界著名人士。

我们换上鞋套,走进列宾故居。故居的画室有点零乱,一张大沙发与几把椅子,边上放着画架。据工作人员介绍,列宾常常为来访的俄罗斯文化人士画肖像,其中包括屠格涅夫、叶赛宁、门捷列夫、夏里亚宾……只有列夫·托尔斯泰来到列宾故居后,他会被众人所包围,大家一致要求他讲有趣的故事。于是列夫·托尔斯泰讲他生活中的际遇,并对俄罗斯封建农奴制进行强烈的抨击。这些故事后来成为列宾绘画的最好题材,而列宾除为列夫·托尔斯泰制作雕像,还画了一幅《赤脚的托尔斯泰》,画得特别传神。

列宾的书房则相对严谨和整洁,他除了绘画,也极爱写作,他写的《远与近》就是很优美的艺术随笔。在故居中,陈列着许多列宾画作,如最有名的就是《伏尔加河上的纤夫》,原作已珍藏在博物馆,此画为复制品。

在画面上,饱受繁重劳动折磨的11个纤夫,已精疲力竭,但仍挣扎着前行。而另一幅《意外归来》,更令我及其他观赏者心头震撼,在当时的沙皇专制制度下,许多遭受迫害的知识分子被长期流放和服苦役,他们与家人长久失去联系。

> 列宾自画像

> 列宾油画名作《意外归来》

> 作者在列宾石雕像前

> 鲜花中的列宾墓前有一个简易的木制墓碑

现实主义画家列宾选择了《意外归来》这一场景，一个面容瘦削、满脸胡须的中年知识分子身穿囚衣走进房间，令门口的女佣认不出他是谁，而两个年幼的儿女也视父亲为"陌生人"，只有久别重逢的妻子吃惊地站了起来。惊诧的神情还表现在一位年迈的老妇人眸子中，她面对儿子的突然归来惊喜交加，不敢相信。我们都站在这一幅画面前，久久地凝视，沉思半晌。

在一位工作人员的引领下，我走过列宾故居中一间又一间房间，看到了列宾一系列名画复制品，如《伊凡杀子》《索菲亚公主》《泥泞路上的押送》《查波罗什人写信给苏丹王》……这些画作大多是列宾当年在这里创作的。

列宾故居的每间房间大小不一，有的还搭了阁楼，在屋角、桌面、柜上和墙壁上，都有艺术品点缀，或是雕塑、或是干花、或是挂毯、或是民间工艺品。据说都是列宾第二任夫人精心布置的，而墙上的画，除了一部分是列宾原作的复制品，不少是其学生绘画的习作。

我们看了一部录像片，列宾的创作态度极其认真，但他创作完成后，喜欢过散漫而无拘无束的生活。他平日画画时不接待客人，但每周三是他会见宾客的日子，故居的屋顶上会插上一面蓝色的小旗，很多远道而来的艺术家、诗人、演员，还有作者的学生们也会赶来，熟人与老朋友在故居门口会用小锤敲一下挂在门厅的小锣，列宾就会迎出来与大家见面。

有一个影视资料，记录了列宾与他的朋友们在大雪天走出屋子，在雪地上说笑、抽烟、喝冰冷的泉水，每个人都欣喜若狂，列宾特别喜欢轻松、随意的生活。而在客厅内朗诵自己创作的诗歌，也是列宾生活中的一种乐趣。

我们走进了一个大餐厅，这是列宾招待客人的地方。他本人主张素食，用餐强调自己动手，餐桌中间一个转盘，他反对别人为他人夹菜。

列宾的生活极有规律，他在这里生活了31年，度过了80岁生日。他86岁去世后，遵其嘱，家人在土丘上建了一个墓，我们看到有一个简易的木制墓碑，墓的周围有许多不知名的小花在盛开着。

2016年9月

# 瞻仰胡适故居

> 瞻仰胡适故居

　　以倡导"白话文"、领导中国新文化运动闻名于世的胡适先生,一直是我懂事以来心中最崇敬的偶像,他的学问与为人,一直是我努力追随的楷模。

　　余生也晚,无缘投其门下为弟子。但我对胡适的著述常读常新,对其人格魅力的崇敬亦与日俱增。他的故居亦是流连忘返好几次。胡适故居有四处,一处在安徽绩溪上庄村,我在十年前去过两次。那是一幢典型的徽派古建筑,小青瓦,马头墙,门罩门楼,水磨砖雕,进宅便是天井,两侧为厢房,正厅上有沙孟海题写的"胡适故居"。门窗上兰花雕板,似象征了胡适写的"我从山中来,带来兰花草"的诗句。厅内摆设如旧,胡适当年的婚房,依然是那只朱漆描金的"月宫床",陈列的胡适家书与现代名流赠送的书画,我估计都是复制品。

　　胡适在上海的故居,在万航渡路320弄49号(靠近静安寺的新闸路口),这是一幢三层的石库门楼房。楼上有胡适与其夫人江冬秀的卧室,旁侧小间是胡适两位公子胡祖望、胡思杜的卧室,另一间为胡适书房。楼下有一个展室,陈列着一些图书与照片,还有胡适曾穿过的几件衣服。当年胡适在上海任光华大学教授时在此居住,其间他与徐志摩、梁实秋、邵洵美筹办《新月》杂志,他的《胡适文存》三集由上海东亚图书馆出版。

　　上海胡适故居的实物比较简单,唯有窗门上的精致木雕,颇可一看。那镂刻得栩栩如生的兰花,亦是胡适生平之爱物。在复制品的照片中,有一张曹佩

> 胡适纪念馆一景　> 胡适晚年在台湾的生活介绍

声青年时代的照片。曹佩声是胡适三嫂的妹妹，在胡适结婚时当过新娘江冬秀的伴娘，这位美丽聪颖的伴娘后来与胡适在杭州相遇，曾有一段情缘。坠落爱河的胡适返回北京，欲与江冬秀离婚，泼辣的江冬秀向胡适面部扔出一把裁纸刀，幸亏胡适及时躲过，江冬秀操起菜刀威胁："离婚可以，我先把两个孩子杀了。"胡适从此不敢提及离婚。曹佩声则终生未嫁，临终时让家人把其骨灰葬在胡适回绩溪的必经之路上，她哪里知道胡适早在十年前已在台北逝世……

北京的胡适故居，在东城区钟鼓胡同17号。我曾由北京友人陪同去寻访，但那天只见宅院，未能进入，据说正在装修。这四合院是胡适1918年租下的，当时胡适在北大讲坛的演讲很成功，傅斯年、罗加伦、顾颉刚这些学生便常去那里请教胡适。可惜未能一窥其貌，我只看到伸出宅院的古树，已苞出青翠的嫩芽。胡适在北京住过的房屋，据说还有两处，一处在东厂胡同1号，他在北大当校长时曾住过；还有一处在米粮库4号，但只在书上读到。

今年2月24日，是胡适先生逝世56周年，我去台北参观了他最后居住的故居，现改名为胡适纪念馆。

胡适台北故居位于南港区研究院路2段128号。我步入陈列室，正中便见胡适雕像，旁有胡适语录"有几分证据，说几分话，有七分证据，不能说八分话"。陈列室的玻璃柜内陈列着胡适用过的西服、文具、皮鞋、眼镜及名人信札，四壁皆是胡适一生活动之记载，分为"胡适情感世界""胡适学术文化成就"与"近代中国"三部分，其中"胡适年表"让我颇有收获。我原来只知胡适生于绩溪，而今才发现胡适1891年12月17日生于上海，他3岁随母去了台湾，先住台南，后住台东。胡适5岁时才去绩溪老家生活。胡适14岁与江冬秀订婚后赴上海求学，20岁改名胡适，赴美留学。胡适一生获29个高等学府授予的学位，包括哈佛大学、耶鲁大学、哥伦比亚大学、普林斯顿大学等世界级名校，英国牛津大学也在其内。这是中国学者获得博士学位最多的一位。

在胡适故居中，其卧室、书房、客厅只能与小康之家比肩，累加不过四十余平方米，书橱、书柜、书架很多，有藏书千册，乃胡适先生生前之所好。

在瞻仰胡适故居时，脑海中不由浮起胡适先生的几条语录："无目的的读书是散步而不是学习""大胆地假设，小心地求证，认真地做事，严肃地做人"。

这个故居设立于1962年12月10日，故居旁是胡适墓园。胡适的雕像位于绿树丛林之中，十分简朴，让我想起这位温文儒雅而又正直大气的著名学者在77岁去世时，身边仅有135美元。

2018年3月3日

# 面对青山的林语堂

&gt; 作者参观台北林语堂故居

　　林语堂故居位于环境清幽的阳明山半山腰，这是一栋面对青山、中西合璧的庭园式建筑，由语堂老人亲自设计：湛蓝色的琉璃瓦顶搭配白色的粉墙，嵌上深紫色的圆角窗棂，显得古雅而精致。

　　我走进庭园，便见几棵古树，参天而立。穿过回廊便是中庭，玲珑的假山旁栽种了翠竹、红枫，还有紫藤等植物，水池中有十几条锦鲤鱼在悠然游弋。水池的边上，便是林语堂先生的书房。我想他站在书房的窗前，大概可以看见院中的景致：栀子树正在苞青，嶙峋的假山凹凸有致，如果在星光依稀之夜，大约可以看到皎洁月光泻在地上的银辉。这或许就是语堂老人所神往的"宅中有园，园中有屋，屋中有院，院中有树，树上见天，天中有月，不亦快哉"的意境。

　　三月小阳春，有机会访问台北的林语堂故居，令吾激动了好些天。我终于看到了语堂老人最后十年定居的所在，书房、客厅、卧室都摆放得如他生前的原样，四壁的书画与林语堂先生的照片，还有他的手稿、著作与老物件都在。书香环境显得清雅灵动而庄重古朴，门口有个小型商店，可以购买林语堂先生的著作与小纪念品，还可喝咖啡。

　　我依次参观，见卧室只有一只单人床，据工作人员介绍，晚年的语堂老人怕影响夫人廖翠凤睡眠，夫妇两人分房而卧。廖翠凤是鼓浪屿首富廖家之二小姐，当时林、廖相恋，廖的母亲有点瞧不起林语堂是个穷书生，但廖翠凤果断与林语堂结婚。婚后，林语堂便把结婚证烧了，说："结婚证只有在离婚时才派用场。"我在参观中，发现餐厅的台子与椅子上都有家徽，那个家徽便是一个"凤"字，象征了林语堂老人一生都非常珍惜这段爱情。

> 林语堂故居纪念馆一景

在林语堂的书房中，见到了不大的写字台，上面有台灯、书架与打字机，还有烟缸。他的书橱内珍藏着语堂老人生前所爱之书。他的客厅，是两排皮沙发，四壁也是书橱。还有一间小会客室，有沙发、电视柜，有名人字画，有语堂老人晚年一张照片，他侧着头在微笑，显得很悠闲，很随意，很含蓄，也很幽默。

> 林语堂纪念馆陈列的著作

在语堂先生的著作中，我最喜欢的是他的传记文学《苏东坡传》，小说《京华烟云》，散文集《人生的盛宴》《生活的艺术》《雅人雅事》《无所不谈》与《优游人间》。我数了一下，林语堂先生一生出版的小说、散文、杂文、文艺评论、译著共计77部，他的译著包括英译汉的《卖花女》，也包括汉译英的《幽梦影》

> 林语堂的书桌与台灯

《浮生六记》《板桥家书》《东坡诗文选》《齐物论》等29部,为中国文学进入世界文学之林作出了不小的贡献。

在参观林语堂故居时,让我不得不注目的是,主人写字台上的那架简易打字机,这便是"林式打字机",也是林语堂先生发明的中文打字机。林语堂早在20世纪40年代,就有感于汉字检索系统太烦琐,便自投资金,购置设备,加以研究。经过数十年时间,他于1946年发明了"明快中文打字机",在美国申请专利。1952年他又取得了这项发明的专利权,因这架打字机简易快捷,用"上下形检字法"设计键盘字码,每分钟最快可打50个字,故又称"明快中文打字机"。

林语堂另一发明,是他编纂了一本《林语堂当代汉英词典》,全书1800多页,其检字法也是根据"上下形检字法"修订的,于1972年由香港中文大学出版。

林语堂的散文创作半雅半俗,亦庄亦谐,入情入理。他以超脱悠闲的心态提倡幽默文学,但他又说"文章可幽默,做事须认真"。他曾获哈佛大学文学硕士,莱比锡大学语言学博士,后在清华大学、北京大学、厦门大学任中文教授,后任南洋大学校长、国际笔会副会长,于1940年和1950年两次获诺贝尔文学奖提名。林语堂于1976年逝世于香港,享年81岁。

林语堂故居后院即是语堂老人的墓地,墓碑旁是绿色的树丛,我在墓碑前深深三鞠躬后,才依依不舍离开。

2018年3月3日

# 徘徊在钱穆故居

中国国学大师钱穆先生的故居，有两处。一处在无锡荡口古镇，我前几年去瞻仰过。这个故居于2012年5月对外开放，原址因当年钱家火灾，只剩20余平方米一间房，政府根据钱氏鼎盛时期建筑加以修复，前后七间，东西一线，正门高悬清道光皇帝钦赐"七叶衍祥"的匾额，以旌表钱氏先祖钱邵霖于1841年喜得玄孙时所赐。故居内有钱穆纪念馆、鸿议堂、清芬堂及一小园，让人流连忘返，我去时正好园中荷花盛开。

今年春节后赴台北，专程去拜访台北的钱穆故居。台北的钱穆故居在东吴大学内，行不多远，便见一棵古树下有一块巨石，上书"钱穆故居"。朝斜坡上行数十步，便见一幢二层小楼，红漆大门，"素书楼"三个字是钱穆亲题，是为纪念他的母亲，其母在无锡所住之处名"素书堂"。

"钱穆故居"共两层，由馆内行政专员江昱琴小姐陪同参观。一楼是客厅，四壁皆书画，我步入其间，便见南宋理学大儒朱熹所题的一副对联拓本："立修齐志，读圣贤书"，横批是："静神养气"。两壁有刻碑拓片，旁是一间教室，是钱穆当年在家授课之所在。据江小姐介绍，钱穆先生在家中授课18年，其学生后来成为教授，又带其学生来此听课，可谓先生与学生同桌，三代同室，其乐融融。二楼是钱穆当年的书斋，书斋内仅有书橱、写字台、椅子，其卧室更为俭朴，仅两只三尺宽的小床，挂着夫妇二人（钱穆与胡美琦）的合影。据江小姐说，这幢"素书楼"建于1967年，他们当时由香港迁居台北，胡美琦选择了山清水秀的

> 作者在钱穆故居

> 钱穆故居的客厅

> 钱穆故居的书房

外双溪侧自建屋舍，她亲自设计屋舍图样，宅院由群山环抱，小楼掩映于丛林之中。

在"钱穆故居"中有钱穆年谱与他80余种著述。钱穆于1895年7月30日生于江苏无锡，字宾四。他是中国现代著名的史学家、思想家与教学家，与吕思勉、陈垣、陈寅恪并称"史学四大家"，被中国学术界尊之为"一代宗师"。钱穆35岁因发表《刘向刘歆父子年谱》，由顾颉刚推荐，先聘为燕京大学国文讲师，后任北京大学、齐鲁大学、四川大学、江南大学教授。在北大讲课时，钱穆鼓励学生独立思考，要敢于挑战传统观念。钱穆于1949年赴香港，创办"新亚书院"（香港大学前身），1965年在马来亚大学任教。他于1967年由香港迁台北，任"中央研究院"院士，"中国文化学院"史学教授。

听江昱琴小姐介绍，早在1937年钱穆先生撰写《国史大纲》时，因阐扬民族文化史观，已被学界公推为中国通史之最佳著作。在参观中，我了解到钱穆先生因患黄斑变性病，他在82岁时双目失明，但这位目不能视的"盲人教授"仍抱病赴港担任主讲人，而他在"素书楼"中的讲课一直坚持了十余年，他最后一课讲的是"你是中国人，不要忘记了中国"。 钱穆先生一生桃李满天下，邓广铭、何兹金、严耕望、余英时皆出自其门下。

在"钱穆故居"，我还了解到当代几位钱姓长者与钱穆先生的关系，钱穆在《师友杂忆》一文中写道，他称钱基博为叔父，钱基博命其子钱锺书也称钱穆为叔父。而钱伟长是钱穆长兄钱挚之长子，钱伟长是钱穆的亲侄子。

在钱穆故居的陈列室内，有一套煌煌大观的《钱宾四先生全集》，共计五十四册。钱穆于1990年8月在台北杭州南路寓所无疾而终，享年95岁。根据钱穆遗愿，归葬于苏州太湖之滨。其侄钱伟长写了一幅挽联："生我者父母，幼吾者贤叔，旧事数从头，感念深恩宁有尽；于公为老师，在家为尊长，今朝俱往矣，缅怀遗范不胜悲。"钱穆的一生，正如瑞典文学院院士、著名汉学家马悦然所言："他是中国史学家中最具有中国情怀的一位，他对中国光辉的过去怀有极大敬意，同时对中国灿烂的未来抱有极大信心。"

2018年3月6日

# 在邓丽君墓园致哀

> 作者在邓丽君墓园的雕像前留影

从下榻的台北园山大酒店出发,经过两个多小时的车程,我终于赶到了东临太平洋的金宝山邓丽君墓园。

笔者是一个五音不全的人,家中的音响一年难得开几次,但自邓丽君的歌声20世纪80年代初进入大陆后,我就一直非常喜欢听她的歌。十几年前我就对朋友说过:我不会去上海万体馆看演出,除非邓丽君来,我一定去。因为她开创了中国通俗音乐的元年。但邓丽君英年早逝,我就像众多的邓丽君迷一样没有机会和她面对面,这实在是一个令我心中留下的巨大遗憾。

似乎从来没有和邓丽君如此接近过,当我走近金宝山墓园,她的歌声便轻轻响起。首先听到的是她1969年的成名作《一见你就笑》,接下来是《甜蜜蜜》《何日君再来》《在水一方》《夜来香》《小城故事》……一曲又一曲情真意切的歌声让寂静的墓园平添了一种温馨与生机。我首先看到的是邓丽君的青铜雕像,她迎风站立,一头秀发随风飘逸,那仪态万方、风姿绰约的身影勾起人无限怀念。我沿着甬道再向前,就走到了邓丽君的墓前。棺盖是黑色大理石,上面雕刻的是粉白色的玫瑰花环,中间镶嵌着一张邓丽君少女时代的彩色照片。棺盖后面是一个石雕,上面是邓丽君的卧像,左右手交叉于胸前,凝视着前方的太平洋,石雕上写着"邓丽筠,1953—1995"的字样。石雕后面是一排松柏,青翠吐绿,松柏的背后则是巍峨的青山。

今年是邓丽君逝世十周年,我去的那天又恰是"万圣节"的翌日,因此她

> 邓丽君纪念公园　　　　　　　　　　> 邓丽君墓前的鲜花

的墓前放满了盛开的鲜花。我站在墓前，向邓丽君的雕像深深三鞠躬，寄托心中无限怀念与敬意。

　　四年前，我曾赴台湾访问，采访了台湾十大文化名人：柏杨、余光中、罗兰、蔡志忠、胡因梦、秦孝仪、张佛千、李昂、温世仁与林清玄。唯一遗憾的是未能见到在内地引起广泛注目的琼瑶女士，因为我去台湾那天，她正好飞抵北京，与琼瑶擦肩而过。而邓丽君早逝，生不相逢已成永久遗憾，当时因时间紧迫，连想去邓丽君墓前致哀的愿望也未实现。这次访问台湾，我便放弃了其他重要活动，特意赶到金宝山来了却自己的夙愿。因为中国的歌手有许多许多，但我最喜欢的是邓丽君。

　　记得看央视《岩松看台湾》节目中，白岩松在邓丽君墓前说过一句话："在全世界的华人中，如果有一种声音能让人们安静下来，那就是邓丽君的歌声。"这句话让人印象很深也很经典。

　　漫步在静悄悄的墓园，我遇到几位献花者，有年近花甲的老夫妻，也有年轻的男孩与女孩，他们和我一样都是从很远很远的地方赶来，他们也和我一样都没有亲眼目睹过邓丽君的芳容，只是从歌声中感受到邓丽君的艺术魅力。我曾读过邓丽君的传记，她对于音乐，不仅有天赋，更可贵的是她一生都在不断努力地超越自己。这恐怕是世界上每个成功之士的必经之路。

　　在我离开这恬静安详的墓园时，耳畔又传来邓丽君的动人歌声"好花不常开"，也许人生就是如此，这歌声代表了我们每个爱她歌声的人对她的深深惋惜与无限怀念。

　　一个人能做出一些成绩，让人难忘是不容易的；如果他（她）能让世界上许许多多的人一直长久地记着，永远地记着，那他（她）才是在世界人类史上真正的了不起！中国民间歌坛上的女王，便是邓丽君。

# 三毛"梦屋"小记

今年三月,我去台湾自由行,听说台湾女作家三毛,曾在台北新竹县五峰乡的山间小舍一住三年,那里有一个至今保持完好的"梦屋",便想乘车去寻访。

早晨,乘车去新竹县。从台北至新竹要翻山越岭,山路十分蜿蜒崎岖,一路上朝窗外望去,只见古木参天、飞瀑悬挂,沿途风景奇异而古雅。经过两个多小时的颠簸,这才在五峰乡的青泉部落找到一块标牌:三毛的"梦屋"朝前。

沿着山路上行,那坡有点陡,我走了十来步,便觉得两腿沉重,双膝酸痛,小腿绷紧,歇了一会,继续上行。又走过一条十几级台阶的小路,这才在一处悬崖上见到一座红砖小屋,上有四个大字:三毛的家。

此处无人看管,我在门口投了50台币门票,步入小院,见室内四周墙上是三毛的照片与她的生平介绍,还有刊登她浪迹天涯的几十张报纸组成了一个画廊。三毛的箴言,伴着室内优美的音乐,都是台湾校园歌曲,《浮云游子》《如果》《橄榄树》……一首接一首。门口是一个天然咖啡吧,一位年轻人正提供三毛的作品集,还兼卖咖啡。

我在室内浏览一遍,发觉一切布置都不经雕琢,没有装饰,有点陈旧,还有点沧桑感,正如三毛所爱。

屋外的咖啡吧,放着几个小凳子,我放眼远眺,只见眼前清溪翠峦,云雾缭绕,是个休闲聊天的绝佳所在。听那个卖书的年轻人说,1980年三毛到清泉部落来访友,意外发现了这个民风淳朴的"幽谷梦境"。于是在1983年至1985年的三年中,她远离红尘喧嚣,在这个可以俯瞰山谷、吊桥与白云飘浮的悬崖之上,在这个令她惊艳不已而又心灵得以安放的红砖屋里,度过了将近三年时光。她读书、写作、品咖啡;她观云,赏景,听鸟啼。我被这个年轻人的生动叙述,吸引住了。索性坐一会,在一棵台湾特有的肖楠树下静坐冥想,我想到也许浪迹天涯的三毛感到累了,也许朝夕爬格子的三毛觉得烦了,于是她爱上了清泉部落的一山一水,一草一木,让升起的云雾和变幻的山色,还有葱茏的林木与绚丽的野花,成为陪伴她与心灵对话的最好知音。

> 作者在三毛"梦屋"　　　　　　　　　> "梦屋"墙上有各种纪念三毛的报纸

　　三毛生于1943年,祖籍浙江舟山,出生于重庆。1948年随父母迁居台湾,后去西班牙、德国、美国留学。她30岁时与荷西结婚,33岁写出了让文坛震惊的《撒哈拉的故事》。不料在她36岁那年,她深爱的荷西在潜水时意外丧生,三毛在极端悲痛中,神智恍惚,由其父母护送返回台湾。1981年,她去中美洲旅行,回台后写出《万水千山走遍》一书,她在环岛演讲。在感情打击与写作劳累的生活中,三毛的身心健康受到重创,于是她有了远离红尘的念头,便在新竹落脚休憩三年。她的"三毛的屋",又称"爱屋"。三毛于1991年逝世,年仅48岁。她的"梦屋",也成了今天人们怀念三毛的一个故居。

　　我离开"爱屋"时,见来访者正陆续不断前来参观,不少台湾年轻父母携带自己的小儿女来此造访。"爱屋"由一位台北义工代为打理,这里所卖的图书、咖啡及民宿费用,悉数捐赠给附近的桃园小学。我问那位卖咖啡的小哥,你是不是那位义工?他含笑回答:不是,他只是义工的一位朋友,但也是"三毛"的一位粉丝。

2018年3月5日

柒

游踪

印痕

【风雅苏州】

# 童话中的班芙小镇

班芙是加拿大最引人注目的旅游观光景点之一。它盘卧在洛矶山脉下，无论是班芙国家公园、露意丝湖畔，还是班芙小镇，都像飘浮在蓝天、白云、绿地、河流之间的一块美妙乐土。班芙被称为洛矶山脉的灵魂，被联合国教科文组织认定为自然与文化的遗产地。

我们先游玩了班芙国家公园，乘上缆车，只见四周群山环绕，白云飞渡，远处山峦叠翠，林带如墨。向下俯视，河水碧透，清澈如洗，眼前是一幅又一幅彩色的木刻画。至山顶，我四顾环视，深秋的洛矶山在天高气爽中显得格外巍峨雄伟，而山脚下散落的湖泊，则像一颗颗晶莹的宝石，湖光山色点缀出班芙的天然之美。

从山顶下来，我们驱车去一览露易丝湖的美丽。露易丝湖是班芙国家公园中一个著名景点，经过一片茂密的森林，我便见到了一潭沉静的湖水。由于湖源来自维多利亚冰川，一眼望去，便见湖面呈牛奶翠玉色，在青山的怀抱下，湖泊冰肌玉骨，超凡脱尘，湖中还有几条小鳟鱼在悠闲地嬉戏。此等美景，令人宛如置身于仙境之中。

据导游介绍，此湖长2.4千米，宽为0.5千米，深达90米，原名翡翠湖，后改名为露易丝湖。我去的时候正值秋季，天高云淡，金黄的叶子在艳阳下闪闪发光。导游说，一旦到了寒冬，湖面会结冰，与远处的维多利亚雪山浑然一体，是一个天然的滑雪场。

> 作者访问班芙小镇

我们当晚宿在班芙小镇，这是一个迷人的童话世界。进入班芙小镇，首先感到它的地理位置太奇妙了。它坐落在洛矶山脉下，依偎在壮丽雪山的怀抱之中，又面对一片令人心醉的湖泊。小镇两旁都是19世纪的古典建筑，每一幢房子的造型与风格都很别致，外墙的颜色呈五彩

> 班芙小镇

> 夜色中的班芙小镇

缤纷,高雅而脱俗,靓丽而庄严,令班芙小镇的街景充满了艺术的韵味。

除了那些四五层楼的美丽小屋,小镇上还有一幢18层楼的班芙温泉城堡饭店,它是北美最大的饭店之一,拥有788个客房。但我们都习惯住在更接地气的小旅馆,在窗外可以看见远处的瀑布,街上都是喜形于色的背包客。听导游说,班芙小镇只有9000余人,但每年来此旅行的观光者,已超过了350万。我在班芙小镇兜了一圈,已过了两个小时。天暗了,灯亮了,灯光把班芙小镇从头到尾串联了起来,使街景更加风姿绰约、仪态万方。在这个小镇上散步,油然让我想起新西兰南岛上的皇后镇,这两个小镇都太美了,大可媲美一下。

在班芙小镇散步,最悠闲惬意的是观光两旁林立的商铺,有卖皮件皮衣的,有卖七彩石首饰的,有卖羊绒冬衣的,有卖雕塑绘画的,还有各种五光十色的礼品店,更多的是餐馆与酒吧……由于班芙小镇背靠雪山,这里的不少商店里陈列着黑熊、耗牛、麋鹿、小松鼠的复制标本,形象酷肖,制作精致,那些木雕的熊、狼、牦牛、羚羊也神态逼真。我忍不住买了好几个木雕,还买了一顶能翻下耳套的帽子,旅伴们都称我戴了一顶白求恩式的帽子,另外还挑了一双步行单鞋,真不错!

最让我依恋的是班芙小镇上的房子,几乎没有一幢是相同式样与颜色的。这些漂亮的房子大多是尖顶的,但窗框与门框,还有外墙上的装饰线条则各有巧妙不同。由于小镇上的房子都用木结构,看来十分古朴而充满艺术感染力,美妙的线条恰到好处地勾描出19世纪的建筑风格,让人走着、走着,便仿佛进入一个迷人的童话世界。

班芙,真值得再去玩一次。若能留宿逗留几天,更加妙不可言。

2016年9月28日

# 漫步布查特花园

加拿大的秋天真是美得醉人。我于今年九月来到了以"花园城市"著称的维多利亚市，欣赏了乔治亚海峡的迷人风姿后，便去拜访闻名世界的十大私家花园之一的布查特花园。

一走进布查特花园，姹紫嫣红的花容便令我目不暇接，那扑面而来的花团锦簇与巧夺天工的园艺，真让人步入一个匠工独具的百花园。

据导游介绍，罗伯特·皮姆·布查特当年以开办水泥厂起家，幸运的是他在托德海口一带发现了一座石灰矿，于是事业蒸蒸日上。他和其夫人珍妮便在这里建立了一个安乐窝。珍妮本来对园艺一窍不通，偶然中种了一些豌豆与玫瑰的种子，随着鲜花盛开，让珍妮突发奇想：建一个大花园。布查特一向宠爱珍妮，他非常支持太太的想法，将废弃的采石场改建成一个四层的下沉式私家花园。

我们沿着艺术花廊，首先步入新境花园。园中有山有水，小径通幽，山泉飞泻，名花争艳，七彩缤纷。继而走进意大利花园，此园按古罗马官苑设计，蛙形的喷水池中有意大利石雕，长青树墙上绽满了艳丽的繁花，美不胜收。第三座是日式庭园，由日本著名园林师伊三郎岸设计，园内遍栽百合、枫树、松树、杉树与日本樱花，环境古雅，那红色的拱桥与流水、凉亭相映成趣，象征着东方的禅意。第四个园林最惹人眼目，那是玫瑰园，各式玫瑰，绰约多姿，温室花房中至今仍盛开着娇艳的玫瑰，花香袭人，让人观之怦然心动。园中有"水舞"喷泉，能合着音乐的节奏与灯光翩翩起舞。

我们一路看去，布查特花园的盛誉果然名不虚传。据导游说，这座花园那年建造时，并不收费，而且还有由珍妮夫人供应的芬芳四溢的下午茶和甜点。随着布查特花园日益绚丽多姿，四方旅行者纷至沓来，观光客越来越多。珍妮夫人终于无法免费提供香醇可口的红茶，她为了维持花园庞大的日常开销，不得已开始收费，将收来的费用用于花园的整理与维修。我们那天去观光，时不时见园艺工

> 作者参观闻名世界的布查特花园

> 布查特花园是世界十大私
家花园之一

> 姹紫嫣红的花容

> 布查特花园内的山泉飞泻

人在修剪花枝。由于布查特花园占地达12公顷,维修保养工作量相当之大,园丁与工作人员目前已达600人之多。幸亏布查特与珍妮的儿孙们承担了花园的管理工作,才使布查特在全世界私家花园的排名中继续名列第二。

当地还流传了一则轶事,听导游说,布查特与其夫人珍妮一生都在寻觅世界各国的奇花异木,并耗巨资栽入自己的花园。1912年他们本已买好了"泰坦尼克"号游轮的船票,却在中途发现了一些奇花异草,因这次购买耽误了出发期。他们没赶上那艘撞上冰山的"泰坦尼克"号,布查特与夫人珍妮终于免于一场大祸。我不知此事之真假,但布查特与珍妮爱花似痴的故事却有很多很多。

布查特花园的四季,各有其美。春天时,25万株黄水仙与郁金香竞相争艳,还有日本樱花摇曳的美姿,此时园中传递着春色的烂漫与芬芳。夏天时,有250种玫瑰为观光者带来诱人的芳香,那玫瑰的精致造型与缤纷的色彩令人流连忘返。夏夜还举办音乐会,并以烟火引人注目。我们到访时,正遇九月秋季,那是海棠与大丽花显耀风情的时候。浓郁秋色最宜人,红色的枫叶与金黄色的一片花海,让人如入梦幻之境。冬天时,有欢乐的圣诞树,还有室外滑冰场对外开放。

我们走过一片又一片绿茵如毯的草地,目收一片又一片绚丽多姿的动人花容,仿佛在爱丽丝的童话中,又仿佛步入人间仙境。一双双眼睛面对如此丰富的花姿与花色,实在不够用了。而潺潺的流水与锦绣天成的花墙,令观光者赞叹倍加,原来花园可以布置得这么艺术化。

在布查特花园中,我深深感受花的无穷魅力,让人进入大自然静谧而美丽的世界,享受着梦幻般的神奇……

2016年10月5日

# 情迷盐湖城

在美国十大最著名的国家森林公园中，大狄顿国家公园排名第七，它紧挨着排名第四的黄石公园。黄石公园以峡谷、温泉、瀑布、梯田吸引众多旅行者，而大狄顿国家公园由于海拔较低，树木品种繁多，有更多的野生动物活跃其间，使其丛林的秋色婀娜多姿，风光更为旖旎。我们的旅行团队游览完大狄顿国家森林公园，在见识了丛林之美与动物之趣后，便下榻于盐湖城。

盐湖城是美国犹他州的首府，以紧靠大盐湖而得名。它与纽约、华盛顿、洛杉矶、旧金山相比，似乎对旅行者有点陌生，我是2002年看世界冬奥会直播时，才记住了这个城市的名字。但当我们兴致勃勃游览过后，我才发现这座城市原来是美国人养老的一块乐土。

我们依次浏览了盐湖城的市政厅、美国第一家肯德基连锁店的原址（现在还在开门迎客，门口有创始人哈兰·山德士上校的雕像），又去了NBA爵士篮球队的主场，参观了摩门教会的圣殿与美术馆、图书馆、商业中心，虽是走马观花，但我获益甚多。

盐湖城是座年轻的城市，由于采矿业、电子技术与生物技术十分发达，它被誉为"西部的十字路口"，并成为美国重要的金融中心。这座城市地处瓦萨奇山前，又贴近大盐湖，因此这个城市的空气非常好。我们在一个风和日丽的上午游览了盐湖城的市政厅，市政厅内有一群孩子正在排练歌唱节目，还有一些黑人儿童在老师带领下参观市政厅的建筑。由于市民与儿童都可自由出入市政厅，市政厅也成了周日孩子们玩乐与长知识的一个乐园。

> 盐湖畔来了一群欣喜若狂的欧洲游客

第二个重要景点是摩门教会的圣殿，高高耸起六座尖顶的摩门教大教堂，是该城市的象征性标志，十分宏伟壮丽，圆顶尖塔与灰白色的大理石外墙让人感受到这座教堂的神秘与圣洁。由一位英国少女与一位哥伦比亚少女充当志愿者（她们都是当地大学生，利用假期当导游），她

＞在盐湖城与两位美女导游合影　＞盐湖城肯德基创始人雕像

们边指引边向我们介绍了这座城市的历史：1847年由杨百翰率领一批摩门教的信徒在此拓荒，并建成了这座盐湖城。因此这座城市也成为该教会总会的所在地，城内有近半数的人是摩门教徒。该教传播的内容是不吸烟、不喝酒与主张家庭和睦，因此我们在街上浏览，几乎没见一个人在公共场合抽烟。

以坦普尔广场为中心，这里有不少商业场所，店内的服饰与日用品都很华美，还有艺术画廊与工艺品商场。在街上散步，处处是宁静闲适的环境，这座城市没有喧闹与嘈杂。

我还参观了一座美术馆和一个图书馆，在那里见到了一位说华语的中年女士，一问之下，她姓李，来自石家庄，李女士说起盐湖城喜形于色，她说自己在此定居已20年了。我问起她对这座城市的印象，她一连说了三个好。她说，首先犹他州的税特别低（美国各个州的税是不一样的），因此显示了这座城市的物价较便宜，生活成本低；其次盐湖城人口密度稀，又依山靠湖，离大狄顿国家森林公园又不远，因此空气新鲜而清爽，环境则优美而极具野趣；第三，盐湖城虽没有纽约的喧闹、华盛顿的高贵、费城的优雅、旧金山的浪漫，但盐湖城是一座平民城市，很质朴，很亲民，特别适合于老年人居住。她指着绿树掩映下的街道，欢快地笑了起来，看来她已经与这座宁静的城市融合为一体了。

临别时，李女士还说，盐湖城的景致很美，夏天去旅行更加能领略这座城市的迷人风采。

2016年10月7日

# 鹿角小镇观光记

　　鹿角小镇位于美国怀俄明州西部的一个麋鹿保护区旁,它的大名叫杰克逊小镇。因为小镇内有个很出名的鹿角公园,而小镇的商店内都以鹿角为装饰品,因此当地人便称其为"鹿角小镇"。

　　在美国的秋天,我游览了黄石国家公园与大狄顿国家公园。黄石国家公园以峡谷、瀑布、梯田见胜,而大狄顿国家公园的雪山与湖泊特别旖旎,由于其海拔较低,树木种类缤纷多姿。秋末冬初下了一场雪,让林海显得银装素裹,雪一停,太阳出来了,滋润的黑松、银杏、桦树、杉树、柏树皆舒展身子,或迎风挺立,或对人婀娜。绚丽的树叶有说不尽的好看,绿中有黄,黄中有红,五彩斑斓,美不胜收。我们在饱享美景之后,便安排在鹿角小镇享用午餐。

　　一步入鹿角小镇,见游客服务中心门口有一组铜像,一只站着的棕熊正望着两只昂起头的麋鹿,那粗犷的雕塑艺术让人感受到美国西部牛仔之乡的浓郁风格。随意漫步,只见沿街的商店一家挨着一家,橱窗的布置相当艺术化,陈列着具有牛仔风格的牛皮、鹿角等工艺品。不少店铺门口还摆放着盛开的鲜花,店家的木栅栏前则晒着各种兽皮。我走着走着,便被那种高雅的艺术文化氛围所吸引。而路边不时驰过一辆又一辆漂亮的马车,坐着牛仔打扮的骠悍男士与戴着牛仔宽边帽的漂亮女子。

　　小镇的中心有个街心花园,因为四个圆形拱门都是用无数只灰白色的鹿角拼搭建成,因此便叫"鹿角公园"。"鹿角公园"内有不少人坐在长椅上看书,也有孩子们在太阳下嬉戏。我问起这么多鹿角怎么来的? 有人解释:每年冬天有大批麋鹿来自然保护区过冬,春风一起,天气变暖,麋鹿便离开保护区赶往黄石国家公园与大狄顿公园,它们会留下不少鹿角。于是当地的孩子们便去搜集,在鹿角门拍卖,小镇便将收来的鹿角搭建成圆形拱门,或制作成各种鹿角工艺品出售。久而久之,这个杰克逊小镇便有了"鹿角小镇"的雅号。

　　鹿角小镇置身于远山草原之中,那远山是深绿色的背景,如同一幅又一幅笔力粗犷的油画。小镇上有许多雕塑,有西部牛仔的雕像,有奔马、野牛、山羊、棕熊、麋鹿和人像雕塑。美国第一任总统华盛顿的雕像旁,总不时有人与他合影,而解放农奴的林肯总统身旁也常有人陪伴,第三个受青睐的雕塑是安徒生,这座雕塑旁最多的是孩子们。雕塑的风格与路边的老式马车都显示了西部牛仔的艺术风格,粗犷中带有力度。让人喜欢的还有"鹿角公园"内的长椅,气度非常华贵,椅背上有麋鹿的标记,麋鹿几乎成了每一家商店的招牌。

我们原来准备在小镇内吃午餐,但小镇的风景已让我们秀色可餐,于是决定由导游买汉堡到车上再吃,省下一个半小时,我们可以在小镇内观光购物。

商店内的毛皮、木雕与铜像,都相当精致漂亮,但价格不菲,同样的工艺品,这里要贵百分之十。我独自沿街溜达,那白色的、棕色的小木屋,显得厚实而华贵。三角形的屋顶,还有极具诗意的长廊,小木屋的周围则是绿茵如毯的草地。

据当地居民说,鹿角小镇人口不到一万,却有一个飞机场,街上有20个艺术馆与38家酒店。由于它四面环山,夏天有蛇河流淌,冬天则是天然滑雪场。我去的时候,正逢秋末冬初,溜冰滑雪还未开始,但树叶的变幻之美,恰是绚丽深秋的最好时光。小镇的房价不便宜,一幢木质小别墅的标价为1600万美元。

这个凸显印第安人艺术风格的小镇,充满了闲适、雅致与神奇,可惜我们当晚要赶至盐城湖,不能在小镇住上一两个晚上,现在想想真是好后悔。

2016年10月8日

> 作者访问美国西部的鹿角小镇

> 置身于远山草原中的鹿角小镇

> 鹿角小镇商店内木雕与毛皮饰物

> 鹿角小镇上的棕熊雕像

# 在袖珍小镇逛古玩市场

莫宁顿半岛是墨尔本郊外的一块休闲乐土,它距离墨尔本市约一小时车程。由于它拥有美丽的沙滩、葡萄酒庄与雅思迷宫,莫宁顿半岛仿佛像一颗晶莹美丽的吊坠镶嵌在维多利亚州,有人称墨尔本是个"花园城市",那么莫宁顿半岛则是最适宜度假的海滨大花园。

我是2017年3月去墨尔本自助游,南半球的墨尔本已过了盛夏,正步入初秋时光。为我们驾车的唐从,是个精干的小帅哥,他毕业于澳洲莫那什大学金融专业,现在一家公司当个人财富管理。小车进入莫宁顿半岛后,我们来到一个叫Tyabb的袖珍小镇,在那里参观一个名叫泰布的古玩市场。

陪同我去的好友王伟女士,她曾经两次开车经过这个占地5000平方米的古玩市场,因见人头拥挤,就没进去。

据她说,这个古玩市场一周只开放三天,周五、周六与周日对外开放营业。我们是周六上午9点到的,这些古玩商店正陆陆续续在开门,店铺内陈列着油画、瓷器、木雕、首饰、钟表、水晶、花瓶……还有成套的老家具、收音机、照相机、电话机与各种服饰。总之,有了些年纪的老东西,在这里都占有一席之地。

有一家古玩店专卖欧洲的水晶雕刻,老板是个胖胖的中年人,他满面堆笑向人介绍,他的老古玩店专卖英国、奥地利与瑞典的水晶艺术品,尤其是奥地利的水晶特别有名。他指着玻璃柜内的动物水晶雕刻说:"水晶雕刻虽是欧洲工艺,但雕刻的却是澳洲动物,"又指着一只企鹅说:"它多绅士,多有趣!"再指着一只戏球的海狮说:"这造型相当漂亮。"澳洲有一些特有的鸟类,如鸸鹋

﹀作者在墨尔本小镇古玩市场淘宝

与鸭嘴兽，他说正准备请欧洲艺术家来此雕刻，今年夏天你们就可以在这里见到。

我女儿很喜欢烛台，我见一个像水晶雕刻的烛台只卖5澳元，便想买下来，但店主指着烛台很诚实地说："glass"，我听明白了，不是水晶而是玻璃的。我仔细端详后，仍觉得造型好，材质也不错，就说："three dollars"，店主笑了笑："ok"。

> 墨尔本小镇古玩市场中的瓷器

澳洲这个古玩市场经营的古董艺术品，大多是老货，有的还是18世纪生产的。有一家古玩店的店主是个上了年纪的老妇人，女店主以卖宫廷瓷器人物为主，玻璃橱内陈列着18世纪的宫廷美女与贵族伯爵男士，一个大拇指指甲大小的一位公主，开价45澳元，由于制作精巧，那公主的面容清晰可见，红唇金发，长裙低垂，婷婷玉立.一位买主与她讨价还价，最后以30澳元成交。

一个马来西亚商人也在此经营古玩店，他一见我走进去，便向我推销马来西

> 墨尔本小镇古玩市场的商品琳琅满目

亚的木筷与竹筷。还有一家商店中陈列着十几幅埃及的莎草画，我因在开罗旅游时买过，便断定这家店从埃及进的货。同行的小唐起初不信，一问之下，老板果然是埃及人，他说在这里开店已十多年了，不少货源都来自于埃及。还有一家店铺做狗食品生意，胖胖的女店主专门经营狗吃的奶油蛋糕与咖啡。门前的草地上有不少宠物爱好者牵了狗来此品尝，这些狗吃的小点心无盐无糖，人狗均能品尝，价格有点贵，但生意很兴隆。

袖珍小镇的这个古玩市场，大约有五六十家店铺，我们去的时间是周末，客人不多，到了周日，人山人海，因此古玩市场还为观光客与买主专门开设了咖啡馆与餐厅，为淘宝者提供休憩场所。我看了两个小时，只领略了一些皮毛，如果仔细欣赏，花一天时间是不够的。

2017年3月13日

# 在澳洲与动物亲密接触

澳大利亚是我最喜爱的国家之一。

2000年我应墨尔本大学邀请前去讲学,那一年正逢悉尼举办奥运会,澳大利亚外交部安排笔者在奥运会开幕前夕去悉尼采访各个体育场馆与当地体育明星,前后15天。第二次是今年初春,我在墨尔本、悉尼、黄金海岸作了15天的自助游。两次访澳,都与澳洲的动物有了亲密接触。

2000年飞抵墨尔本,当天乘车赶往菲利普岛想看小企鹅归巢。可当我匆匆赶到售票处,对方说已过了下午五点钟,不卖票了,我指着手表说:"对不起,只过了2分钟。"取出记者证想通融一下,卖票员摇摇头:"Come early tomorrow please",看来澳大利亚一切要按规则办事,谁也不能例外。

根据日程,我第五天飞抵南澳洲阿德莱德。澳方接待人员特地帮我安排在袋鼠岛住宿一晚,体会一下与澳洲动物亲密接触的感受。我从堪培拉飞至袋鼠岛,接连换了三架飞机,最后乘一架8人座小飞机抵达。袋鼠岛又名坎加鲁岛,是澳大利亚第三大岛屿。当地导游丹尼士接机后,开车把我送到一家"吊金钟"旅馆,那是一幢掩映在密林深处的乡间别墅,极具浓郁的绅士气派。他让我放下行李,立刻带我去看企鹅归巢。

在暮色渐浓的海滩上,丹尼士用强光手电筒照到了一对又一对的企鹅伉俪。这里有80多对企鹅,企鹅实行一夫一妻制,成双成对,十分恩爱。我特别喜欢企鹅的绅士模样,一摇一摆,气派十足。丹尼士说,企鹅求偶不打架,而是雄企鹅唱歌,以歌声俘虏雌企鹅,夫妻俩死了一个,另一只不甘寂寞,会另外找丈夫或妻子。这一晚,我看企鹅,真过瘾!

翌日早晨醒来,便见窗外是一只有趣的小袋鼠,它好奇地打量着我,我赶紧披衣走了出去,于是便有人与动物的对话。

袋鼠岛上有大袋鼠2万只,小袋鼠3万只,袋鼠中以尤金袋鼠最活跃,它体形如兔子一般大。我们开车在公路上,时而可见跳跃的大袋鼠,大袋鼠用尾巴与一只后腿支撑于地,另一只后腿会疾速横扫,凶如利刃。澳洲人保护动物,在每辆车前装了保险杆,司机见袋鼠跃上公路,会马上放慢车速。尽管小心翼翼,在路上仍有被撞死的袋鼠。

＞作者的澳洲朋友侯福樑太太与树熊合影

＞澳洲动物真是多

＞作者与侯福樑在澳洲佛光山合影

　　我在袋鼠岛还去了海豹保育公园，在那里有1000多头海豹。我见到在海滩上有不少在晒太阳的金海豹，它们见了人便大摇大摆过来，游客纷纷回避。

　　今年春天我在昆士兰州参加抓螃蟹活动，由好友侯福樑夫妇陪同，四人先坐上游艇，开到蔚蓝色的湖中央。船主人拿出食料，让我们喂野生的鹈鹕，后来是钓鱼、钓虾和用铁网笼抓蟹。我没有钓到一条鱼，旁边两位澳洲姑娘，很幸运，各自钓到两条鱼，中午是吃当地生蚝与螃蟹。螃蟹的味道不如中国的大闸蟹，但自己抓的海蟹很新鲜。

　　下午，我们去当地海洋公园，看了海豹港、鲨鱼馆与北极熊海岸，还有小企鹅。因为养在公园里，那些动物表情似乎有点呆板，后来又看了一场有趣的海狮表演，观众还可与聪明的海狮互动。

　　黄金海岸的天堂农庄，也是一个人与动物亲密接触的乐园，有牛羊表演，那些经过训练的骏马，很听话，驯马师也很幽默，不时在节目中与观众互动。还有飞来飞去的澳洲之鸟，袋鼠好像见惯了人，一点也不陌生。考拉（即树熊）趴在树上，很配合地与游客合影，只是神情有点木讷。最后一个节目是剪羊毛，这个节目比在新西兰看到的剪羊毛表演幽默多了。

　　悉尼与布里斯班的动物园都很有名，我这次参加悉尼一日游，去参观了澳大利亚爬虫公园，见到鳄鱼、大龟、青蛙、蜘蛛（号称黑寡妇），还有诸多爬虫类动物。总之，人与动物的亲密接触，是澳洲旅游的一个重要内容。

　　澳大利亚被称为"世界活化石博物馆"，据统计，澳大利亚现有12000种动物，其中9000种动物是澳洲独有的，如袋鼠、考拉（树熊）、鸸鹋、鸭嘴兽等。去澳洲，千万不要错过与动物亲密接触。

2017年3月15日

# 宜兰好风光

2001年6月，我应台湾佛光人文社会学院邀请，经上海市台办同意，赴台参加一个学术交流活动。佛光人文社会学院位于台北宜兰县，我由台北明日工作室主任李文进陪同前往，乘坐的是一列早晨7点半出发的272次"自强号"火车，自台北往宜兰，票价184台币。

那天下着毛毛细雨，沿途可见窗外景致迷蒙，清凉的雨丝给台湾初夏的郊野带来一种闲适感。李文进先生告诉我，位于宜兰县的佛光人文社会学院是一所研究型的私立综合性大学，也是台湾地区极具人文精神的大学，由星云大师创办，于1993年筹办，2000年正式开始对外招生。

经过一个半小时时间，我们从台北抵达宜兰县，乘坐的士盘道上山。佛光人文社会学院位于宜兰县礁溪乡林美村的山上，海拔约430米。沿途观山景，清幽雅致，环境优美。

这个学术活动的出席者是海峡两岸研究中国武侠小说的专家学者，由佛光人文社会学院牵头邀请，因为佛光人文社会学院校长龚鹏程教授是台湾武侠小说的著名研究学者，他曾任淡江大学文学院院长(著名武侠小说家古龙肄业于该校)，致力于弘扬中国传统文化，于1995年发起成立了"中华武侠文学会"，因此海峡两岸交流中国武侠文学的研讨会，一般都由佛光人文社会学院发起。

由于龚校长这天出差在外，由校方的一位徐女士接待了我们。我先去参观佛光人文社会学院的校舍，徐女士陪同参观时对该校作了介绍：佛光人文社会学院设有文学、生命学、资讯学、政治学、未来学、艺术学、哲学、经济学、社会学、宗教学与公共关系学等11个研究所，并正考虑筹建历史学、心理学、传播学

> 作者赴台湾明日工作室，由李进文(后左一)陪同去宜兰大学

> 宜兰的古镇很好玩

> 宜兰山水好风光

等学系。由于该校创建不久,徐女士很谦逊地表示,现在学院只是初具规模,今后逐步完善后,将考虑改名为佛光大学。

由于校舍设立在林美山上,环视四周,只觉得这座学校由绿色环绕,四野的树木郁郁葱葱,风过处,绿浪翻滚。我举目望去,层峦的山峰如泼墨的山水。不由想起星云大师所言,这座发扬人文精神的森林大学,将引领台湾地区的高等教育迈入国际化的大学。徐女士指着隐约可见的土地说:"这是龟山岛,这是兰阳平原。"临别时,她还告诉我,这座人文社会学院以体现古代传统的"书院精神"为宗旨,提倡古代书院讲习之地,营造人文论学风气。

在细雨中,我对佛光人文社会学院作了一个多小时的访问。我们下山后参观了礁溪乡的林美金枣文化馆。宜兰的金枣,也就是内地的金橘。这个馆规模不大,由于礁溪乡盛产金枣,林美村139弄2号便有了一个金枣文化协会。金枣可生食,也可制作蜜饯,入药能理气止咳。协会的一位干事接待了我们,介绍了当地文化民俗活动,如茶文化与国乐表演和金枣美食宴会,这个活动由林美社区发展协会定期举办,时间一般定于秋末冬初的十二月。

由于礁溪乡背山面海,在圣母山庄"国家步道"的入口处,是五旗峰瀑布。据李文进先生介绍,这个瀑布甚为壮观,海拔落差700米,由于我们已买了下午返回台北的火车票,没有去成,只在头城老街逛逛。头城老街古称"头围街",开发于清道光三年,沿街都是清代闽式风格的房子,但又糅合了日式的斜顶、灰瓦、圆拱的元素,还有花雕门联,非常值得观赏。李先生本想在金茸城堡咖啡馆请我品尝午餐,但我见沿街店铺正有人排队买葱油饼,据说礁溪葱油饼以好吃闻名,便不由分说,买了4个。李先生品尝后也啧啧称赞,说比台北的葱油饼美味可口。

一日的宜兰之行结束了,但风景秀丽的宜兰永远留在我的记忆里,不知何时可以再访宜兰,那儿的壮丽风景与独特民俗真的很吸引人啊!

2018年3月20日

# 九份老街与十分天灯

　　去台北前,就听说台北有十大必去的旅游景点,如阳明山、西门町、101高楼、台北故宫博物院……论古镇老街,当地人说,九份老街与十分天灯应排在前列。

　　知道九份老街,是去日本参观宫崎骏动漫时获悉的,这位名闻遐迩的动漫大师曾在《千与千寻》中,把神秘少女安排在九份老街。后来又看了获威尼斯大奖的影片《悲情城市》,让我惊叹九份真是个让人流连忘返的好地方。因此我在2018年初春设计台北旅游景点时,无论如何都要把九份老街列入主要目标。

　　坐车去九份,听司机兼导游陈先生说,九份位于新北市瑞芳区。我问起"九份"名字的由来,陈先生说,在清朝时,这个村落住了九户人家,每当有人外出购物,都要买九份,久而久之,便成了村名。他一讲,我笑了。他又说,还有一种说法,九份有金矿,当地土语"有金子的地方",后被广东移民误传为"九份"。总之,九份是个历史悠久、很值得一玩的老街。

　　下车后,一走进这个小村落,我便发现眼睛不够用了。原来九份老街建在山坡上,参差不一的房屋顺应山势,鳞次栉比地盖在一起。狭窄的街道与陡直的石阶,使这条老街显得高高低低、曲曲弯弯。我行走时四下观望,仿佛感觉自己走在住家的屋顶上,真是蛮有趣的。

＞祝小外孙考上心仪的中学

＞在十分古镇放天灯

> 九份老街上有许多温馨小店　　> 十份天灯工艺品的祈愿内容很丰富

其次让我目不暇接的是，基山街上的台湾美食文化触处可见。百余家传统美味小吃与饮食店、民艺店、咖啡店及各种商铺比比皆是，入目的是红豆芋圆汤、草仔粿、鲜鱼羹、鸡蛋糕、冬瓜茶、鸡肉卷，看得人眼花缭乱。由于这里出产的地瓜与芋头特别香甜，做成的小吃有抹茶、芝麻、山药等各种口味，大家各自要了一份，口感果然润滑好吃。

九份老街的咖啡店很多，小店里播放着台湾女歌手陈绮贞的歌《九份的咖啡店》。坐在里面的男女青年成双结对坐在一起，很悠闲地品尝着咖啡谈情说爱。

我走过一条漫长的石阶路，据说这条石阶路是九份最具特色的"阶道"，名唤竖崎路。司机小陈说，不走竖崎路是不算来过九份的。我举目四眺，看到了高低不一的日式老房子，远处是金矿遗址，还有曾经很热闹的"升平戏院"。石阶、茶香、美味咖啡和熙熙攘攘的人群，组成了一幅九份老街的独特美景。虽然人潮不绝，摩肩接踵，却没有喧嚣嘈杂之声，有的则是老街怀古之风情，还有让人说不出的惬意与舒服。

从基山街到竖崎路，让我感受到九份老街的人气之旺。据说此地一年四季都是人流如潮，那里没有大酒店宾馆，只有闲适随意的民居，但客房干净雅致并不亚于宾馆。而在夜阑人静时，倚窗看渔火闪烁的港湾，还有感受山城夜间的宁静安谧，这是多么具有诗情画意的浪漫之夜啊！

可惜我们不能留宿，还要赶去十分老街，因为那里有个吸引人的节目：放天灯。

十分老街在新北市平溪区，那条街以铁路为主轴，平溪线是给观光客设置的火车线路，十分站是平溪线上最热闹最大的车站，因一部电影《那些年我们一起追过的女孩》而爆红，故事中最浪漫的一刻便取景于十分车站，也是台湾出名的放天灯许愿之地。

两旁的小店都是卖天灯工艺品的，形形色色，色彩斑斓，在天灯上可以写上祈愿之词。"十分"就是一个美好的词，可以与你想到的所有美好词汇联系在一起。

我与妻子在人头拥挤中花100元买了一个天灯，用毛笔写上自己的心愿，为小外孙今夏顺利考上心仪的中学放了一个天灯。

小火车经过十分车站时相当有趣，速度很慢很慢，叮叮叮响着铃声。人群听到铃声立即向两边散去，待火车驶过后，人群一拥而上，每个人就在铁轨上放飞天灯，抬头仰望承载着自己虔诚心意的天灯缓缓上升，双手合十，保佑愿望预期实现。天灯的美，犹如夜空上的点点星芒，似乎点燃了我们每个人心中美好的希盼，也是珍贵难忘的记忆。

2018年3月22日

# 莺歌镇上淘宝记

　　台北市西侧的莺歌镇我去过两次,那条陶瓷老街上有四百多家陶瓷工艺品商铺,规模虽不及景德镇,但莺歌瓷器以精致小巧见胜。因此去台北旅行,莺歌镇陶瓷老街是绕不过去的旅游景点。

　　我第一次去访莺歌镇,是作为"第四届温世仁武侠大奖赛"评委,时间是2008年。记得我们评委一致通过的获金奖武侠小说作品是《王雨烟》,作者黄健是湖北随州市电视台新闻记者,他的写法模仿古龙的文体,文字与小说布局都很讨巧。由于笔者长期主编武侠杂志,我记得来投稿的武侠小说新人作者中,十有八九都是学习古龙文体的,原因是金庸小说博大精深,不易模仿;古龙小说文体独特,又有侦探特色,众人看好,也易于临摹,但真正能写出古龙小说文体神韵的恐怕不多。在台北几天内,有休息间隙,正好有一辆车供我使用,我便选择去了莺歌镇。

　　从台北到莺歌镇,大约40分钟。因为有一天时间,上午先参观了莺歌镇陶瓷博物馆与台华窑。陶瓷博物馆建于20世纪80年代末,三层灰色建筑,莺歌镇陶艺历史是从清嘉庆年间开始,泉州人吴岸在此制陶。莺歌之名是由于此镇附近山上有一块鹦哥石。后来采用的坯土都采自莺歌尖山附近,尖山埔也成了

> 作者在台北

> 台北莺歌镇的瓷器

> 台湾小吃很受欢迎

台北的陶瓷重镇。馆内陈列着各种精美的陶瓷艺术品,地下室设了一个由游客自己动手拉坯、捏泥、彩绘的活动室。台华窑又有"莺歌镇故宫"之誉,展示的陶瓷产品皆上了年纪,别具一格。

在莺歌镇上用了午餐,便去逛鳞次栉比的小商铺。仔细端详莺歌镇的陶器瓷器,那些物件似不如陶瓷博物馆的作品宏大精美,但细细品味,小店铺内的陶瓷更具有民风的亲切感,价格也很实惠。有人把莺歌镇称为"台湾的景德镇",以我看来,莺歌镇与景德镇各有千秋。比如景德镇的瓷器种类多,卖老瓷片的也不少,但大多是赝品。莺歌镇的陶瓷作品则偏向小巧精致。有的小店环境布置更幽雅,颇有日式风格的情调,比如茶具间铺上一件和服的腰带,莺歌瓷器在工艺上也融入日本瓷器的某些艺术特色。

淘瓷器在于发现,瓷器的造型与颜色千差万别,有古朴的,有明艳的,有素雅的,也有靓丽的,无论是花瓶、杯子,还是瓷板、茶具,上面的人物、动物、花卉都栩栩如生。我选购了几只花瓶,都不大,但釉色与瓷面花纹都很紧密雅致,还有日用类的杯、碗、瓷板之类,花纹、样式、造型与质地都很有当地特色,价格比景德镇便宜不少。我还选购了几个古典陶瓷人物,如才子佳人、玩耍稚童,造型与色彩皆惟妙惟肖。陶的古朴与瓷的精致,令我一路走去,大饱眼福。

在莺歌镇上购物,还能感受当地人的纯朴与诚实。莺歌镇的商铺老板开价比较平和,不会漫天要价,与景德镇开价上千,最后以几十元成交相比,在此购物更放心。在价格上,则比日本佐贺的"秘窑之乡"便宜许多。

街上的游客虽不是很多,听口音,日本与中国内地来访者不少。街心有卖艺人表演,有拉琴吹笛的,也有唱歌献艺的。听一位微雕艺人陈先生说,在这里卖艺都需要先参加考试,有执照才能在此表演。莺歌镇煞是热闹,但次序井井有条,用一天淘宝是过把瘾,也是一种文化人的休闲。

过了十年,2018年我与几位好友又结伴去访台北,由我推荐,大家去莺歌镇淘宝,淘来的瓷器以杯子居多,还有便是陶瓷摆件,我则买了一只有龙型图案的金黄色茶叶罐。不过,路上的游客少了很多。午餐就在莺歌镇解决,买了冬瓜茶,还有蚵仔卷饼、猪肝汤。莺歌老街的小吃也很美味。

2018 年 3 月 20 日

# 在三峡老街过把瘾

　　台北市内有许多脍炙人口的老街,古式古香,原汁原味,商铺云集,民俗诱人,很受当地民众与外来观光客的欢迎。三峡老街便是其中之一。

　　2018年3月早春,我们结伴去台北自由行,旅游线路由阿乐兄与我共同设计。我们喜欢寻访民俗风情,阿乐去台湾多次,他说老街是首选。三峡老街历史悠久,便在首选之列。

　　据台北旅行社洪先生介绍,早在清朝乾隆年间,就有泉州安溪人士来此屯垦开发,建了一座福安宫,还有一座土地公祠,在两幢建筑物之间修了一条路。日久天长,这条路上的房屋日益增多,由于人来人往,又开设了众多各式商铺,后来便称之"三峡老街"。

　　"三峡老街"建在三峡镇上,三峡镇是台北县面积第二大的古镇,因地处大汉溪、三峡溪、横溪三河汇流冲积的平原上,旧称"三角滴"。老街是当地丰富的人文景观之重现。

　　我们乘公交车,半个多小时,就来到闻名遐迩的"三峡老街"。"三峡老街"由民权街、和平街、仁爱街和中山路组成,其中民权街名气最大,也是昔日繁华的老商业街。街上那些老房子并肩林立,不少都是闽式的过街楼,虽然经过整修,但屋檐、骑楼、寺庙的红砖中还存有晚清民国昔日的残痕余韵,仍散发着浓浓的古意。面对百余栋砖造街屋,穿行在长长的骑楼下,我感到脚步十分轻捷,目光中也流露出意外的快乐。

＞台北老街的古建筑之一

＞台北老街的古建筑之二

> 台北老街的古建筑之三

首先让我欣赏到道地的老街味道。在闽南传统建筑中，糅和了多元建筑元素，亭仔脚、女儿墙，还有拱形门廊、精细窗楣，是典型的民国中式。墙面上有精美的巴洛克式图案雕饰，使老街呈现出异国华丽古典建筑之风貌。触动人怀古之余，又油然生发出诸多对当年"三峡老街"种种遐想的余地。

其次，今日的民权街已成了小百货、小商品、小食摊的一块乐土。由于"三峡老街"的出现，是水运行业兴起的产物，因此这里的商家店铺不少是近百年的老字号，店家匾额上还刻着当年堂号、店号和姓氏。店内物品更是丰富，各式小店的商品五花八门，如茶叶、药材、蜜饯、酒类、糕点、水果、酱菜、衣服和各式当地的风味小吃，一路走去，真是让人东看西顾，目不暇接。还见到有个上了年纪的老人在街头卖艺，打赏的人还不少哩！

这长长的拱廊，大约有240米，其中有100多幢古老街屋，已被列为三级古迹保护。三峡镇中心在民生路旁，有一座创建于乾隆三十四年的清水祖师庙，庙不大，但雕工精致，有"东方艺术殿堂"之美誉。我走进去，见香火缭绕，有老妇人在祭拜，庙前的长福桥下流水潺潺。这座庙宇与万华龙山寺、大龙峒保安宫，合称台北市三大寺庙。

由于台北的三月已很闷热，同行的祥龙兄穿的长袖衬衫已汗湿淋淋，他便去服装店铺买了一件短袖T恤，价格很便宜。我后来也在台湾买过好几件衬衫，质地好，做工好，价格仅上海衬衫的三分之一。我们还买了香肠、虾米、鱿鱼干等诸多干货，老板娘见我们买得多，热情地送了我们一包海鲜零食，味道十分鲜美。

古式古香的"三峡老街"透溢着昔日老建筑的包浆，但已成为一条现代化的老商业街。据说还有李梅树纪念馆与兴隆宫值得观赏，只是时间有限，我们把时间全都花在购物上了，离开时每个人都满载而归，真是在此过了一把购物瘾。

2018年3月19日

# 看阿里山神木

四年前访台归来，好友问起阿里山风光，我无言以对。有人戏曰："不去阿里山，怎知宝岛之美？"

今年秋天随一个宠物代表团再次赴台访问，并有幸见到"阿里山的姑娘美如水，阿里山的少年壮如山"。阿里山果真是个山清水秀的旅游景点，但最令我倾心的却是那里的阿里山神木。

我们从台中出发，经过两个多小时的车程，便进入嘉义县的阿里山风景区。只见群山连绵起伏，绿树参天成荫，虽已过了春夏花期，但漫山遍野仍有花卉盛开。我在阿里山宾馆用过午餐，站在这幢5层楼高的宾馆向四野眺望，人不觉已入画中。

阿里山风景秀丽无比，高山青，湖水蓝，满目浓绿皆佳景。远眺是悬谷、峭壁、瀑布，无数参天大树并肩林立。在这绿色的怀抱之中，使人感受到空气的分外清爽、湿润、新鲜与甘冽。

小憩片刻，我走出阿里山宾馆，沿着蔽天遮云的林荫小道去访受镇宫。只见两旁的扁柏、云杉、香樟、楠树、红桧组成一个个"天然森林浴区"，其中台湾的杉树品种特别多，有铁杉、油杉、香杉、峦大杉与台湾杉之分。行不多远，便见一座庄严肃穆、气宇非凡的庙宇，那便是以古朴清幽闻名于世的受镇宫。宫前吊桥两侧，一为慈云寺，一为神木树。

我抬头去看神木，那树竟高达50米，树龄已达3000余年。听当地人介绍，所谓神木，属红桧之列，树干已呈枯相，但巍然屹立不倒。

＞作者与旅友们在阿里山参观

＞台湾的老街很有味道

我抚摸观赏神木良久，深感树之伟大，想那大自然中，山无树而秃，水无树而寂，花卉纵艳却无树木之盛久矣。故笔者每到一处游览，见树木丛林则心喜之。今见千年神木朽而不倒，此精神更足以让我励志自勉。

拜过受镇官，又拜见千岁桧与光武桧两大神木，前者树龄2000余年，后者树龄已2300余年。这三大神木在宝岛年岁最长，与我前年在黄帝陵前见到的古柏相比，大约只能屈居小弟之位。"黄帝手植柏"与"汉武桂甲柏"的树龄皆在3000年以上，据说有的古柏树龄达5000余年。"黄帝手植柏"年岁虽长，但仅高19米，远不如眼前神木之高大巍峨。黄帝陵前的古柏树身宛如游龙，纵横之姿态可观也。古柏与神木各有其神奇奥妙之处。

阿里山的参天大树数以千计，而漫山遍野的树木之绿，又重重叠叠，有浅绿、湖绿、深绿、浓绿、翡翠绿……原来绿色也是千姿万色、变化无穷也。而旅人漫步于阿里山丛林"绿肺"之中，尤感精神之爽朗、眼目之清凉、生命之常青。那神木居于绿色苍翠的环抱之中，更令吾感受古树之深邃而又伟岸也。

神木，与人之坚韧不拔的精神长存于世。

在游嘉义县时，我顺道逛了一下当地的集市，阿里山的野菜，如白凤菜、连豆菜、台湾油豆菜、山芹菜、甜菜都很受欢迎。高山茶与竹笋，也是阿里山的特色土产。在一条小吃街上，蚵仔、石斑、白虾、角螺、贝蛤、香螺、蚵仔汤、红烧豆仔鱼、中尾鱼汤引人注目。我和朋友们买了一些小吃，蚵仔包、虾卷、公婆饼、草仔粿和一盒炸鱼，还有一碗牡蛎汤。大家吃得津津有味，此亦游阿里山之快哉！

2005年12月27日

# 台北台南高雄淘书记

天生是个书迷，到异乡客地去游览，首先要寻访街头的书店。

2018年元宵节前夕，我下榻于台北德立庄旅馆，旅馆不远处便是重庆南路书店一条街。这条马路是台北最古老的街道之一，曾名府前街、文武街，1949年后陆续开出上百家各具特色的书店，全盛时竟达百家之多。

夜来携友同行，灯光阑珊处，居然有十几家小书店，河洛、世界、中华、远东、三民、宏业、建弘、商务……让人目不暇接，仿佛美食家进了五花八门的小吃街，不亦乐乎！其中有几家书店新书旧书都有出售。有一本讲明末农民起义的书，见解独特，史料旁征博引，让人一读便放不下。

我在书店挑了七八本书，其中有一本是史式撰写的《我是宋朝人》，由远流出版公司于2009年出版。作者从北宋写到南宋，宋史上的重大事件如赵匡胤立国大计，赵光义杀兄篡位，宋仁宗时君子满朝，王安石变法引出的结果，北宋灭亡的千古之痛，是谁害死了岳飞，南宋中兴的几大战役，贾似道的卑劣与文天祥的殉国，我粗略翻翻，发现史式先生叙事明了，挖掘和引证了不少新的史料。还有一册《细说你所不知的中国历史》，将中国历史上有趣而很少有人关注的逸事一一详述，读来趣味盎然。这两本书的作者都是大陆学者，写的书得过很高评誉，我虽沉浸书海三十多年，居然孤陋寡闻，这次意外在台湾初识，亦幸运也。

> 在台湾书店逛逛

因在台北淘书尝到甜头，后来赴高雄、台南、嘉义旅行，在行程中都安排淘书之旅。我一到高雄，便忙中偷闲去逛当地书店，找到了一家茉莉二手书店。

这家书店规模甚大，一个大厅足有800平方米，新书、旧书都有，内容十分丰富。由于时间有限，我只能浏览一下文史类书籍。从先秦至晚清，每个朝代的历史书有各种版本，我翻阅了两个多小时，选了两本《中国通史》，一本是台湾学者李国祁所撰；另一本《中国通史》由日本学者伊藤道治、谷川道雄、

竺沙雅章、岩贝宏、谷口规矩雄五人合著，据"出版说明"介绍，日本学校为了让日本学生了解中国古代史，便邀请几位日本研究中国历史的学者编著了这本书，后由吴密察等人翻译成中文，由台北稻乡出版社于1948年出版，翌年又再版一次。全书658页，原价新台币310元，因是二手书，现在卖63台币，合人民币才14元。当然买这两本中国通史，不单是价格便宜，而是看一些不同作者对同一历史问题上的不同见解，也是很有意思的。

还有一本《俗文学概论》，厚厚一本，800多页，因二手书才卖80台币，对于中国俗文学中的歌谣、神话、变文、小说、弹词、民间文学及流行于民间而为大众喜闻乐见的各种文学形式，这本书讲得详尽而具体，资料丰富。但书如砖头一块，犹豫再三，还是没有买，在书店里做了半小时摘抄。

后来去台南，居住市中心富信大酒店。据当地人说，乌邦图书店、南门路的BOOK INN，还有友爱路上一家书店，是台南三家最受文青们青睐的书店。乌邦图书店的环境不错，大片落地窗，窗外绿树成荫，有咖啡供应。我在草祭二手书店内花三个小时，也淘到几本好书，尤其淘到吴钩写的《一个宋粉的宋朝观察》，此书写宋朝的美味佳肴，宋朝的拆迁与黄金周，宋朝的酒店与"公务用车"，还有"王安石变戏法""苏东坡做广告代言人"，以及宋朝的足球与女相扑表演，文章末尾还附了金庸武侠小说中的宋朝人物。这本书看了大半个小时，觉得资料很多，同行的老朱一眼看中，抢先买下了。我想要一本，没有，只得等老朱看完了，让我再过把瘾。一个月后终于得到此书，心中大为满足。

# 访嘉义木雕博物馆

> 参观嘉义木雕博物馆

　　笔者迷恋木制品,由来已久。木的材质温和圆润,赏心悦目;手中把玩,趣味无穷。前几年去访台湾,已领略了阿里山神木,神木即台湾特产的桧木,是一种纹路漂亮、散发幽香的木雕佳材。这次去高雄,便在游程中特意增加了去访嘉义木雕博物馆。

　　这个木雕馆位于嘉义市西区友爱路146号,我一下车,各种精致的木雕夺人眼球。听一位女讲解员说,此馆创办于2002年,原本是一个废弃的木材工厂,也是台湾地区最大的木材集散中心。因创办人萧道隆从小喜欢桧木,又被其香气所吸引,就将这个1000平方米的场地重新定位,于是一个以桧木为主的木雕博物馆应运而生。

　　女讲解员一边指引我们参观各种木雕制品,一边给我们讲解桧木的有关知识。台湾桧木是台湾最古老的树种之一,它与银杏、水杉等同为世界珍宝。桧木生长在2000米以上的山上,分红桧与偏柏(又称黄桧),由于桧木质地细洁而沉稳,加工后有光泽,因此适用于制作家具与木雕制品,还有乒乓运动员用的乒乓板。

　　有人问:桧木与其他木材相比,有什么优点?

　　一位从事木工艺的师傅说,在木雕中,一般选用红木、桃木、橡木、胡桃木、沉香木与黄杨木。红木中最贵重的是降香黄檀(黄花梨)与小叶紫檀,以下是红酸枝、乌木与花梨木。桧木与它们相比,虽不及黄花梨、小叶紫檀珍贵,但桧木是针叶木材中最具经济价值的树种,有较好的韧性恢复力,能承受突加的荷

>桧木精品聚宝瓶

>嘉义木雕博物馆
中精品很多

>人物木雕栩栩如生

载,耐湿性也好。黄桧与黄杨木有一些相似,呈淡黄色,但黄杨木没有香味,黄桧一直保持香味,黄杨木没有大料,黄桧直径一米以上的很多。

我们依次看去,桧木精品不胜枚举:仁慈的观音、含笑的弥勒、怒目的达摩,还有典雅的聚宝瓶、精致的手串及笑面猪、顽皮憨态的小狗、漂亮的汽车……各种小挂件神态各异,惟妙惟肖。

我漫步之间,感受到小件木雕显示了方寸之间的精彩。由于桧木累积了大量芬多精,其精油制作的产品也很引人注目,桧木精油中,以玫瑰香、柠檬香、茉莉香、薰衣草香最惹人心仪。

我们这个团中,不少旅友对桧木筷子很有兴趣,价格不贵,又是原木的,朴质无华。而我打量着橱柜里的木雕,最后选中一只聚宝瓶,一只小狗,还有一个手串。柠檬香桧木手串,呈竹节形,别致而文雅,颜色呈柠檬黄,凑近而闻,一股柠檬香味扑鼻而来,幽幽的,淡淡的,让人销魂,很有想象的余地,虽价格不菲,但得此心爱之物,也算遂了我这次嘉义之行。

嘉义木雕博物馆的背景,是阿里山。阿里山上有庞大的桧木群,为木制品提供了极佳材质。这个博物馆既记录了台湾木材行业的兴衰史,而阿里山神木的故事又丰富了观光者的想象力。记得我几年前去访阿里山,见到不少桧木大树被砍伐后,留下了巨大的树根,还有我走在桧木树丛中,可以呼吸到桧木散发的芬多精香味。这时倾听树丛中的鸟鸣之声,真让人兴奋不已。而今天我在这里又看到桧木制成的各种木雕佳件,大大满足了寻访购买的心愿。

由于桧木精油的奇效,这里开发了桧木洗发精、桧木面膜、桧木祛蚊油以及桧木精油食品。这个阿里山山下的木雕馆实在不可错过,走进去令人目不暇接,离开时让人依依不舍。

2019年3月15日

# 逛高雄"跳蚤市场"

去高雄观光三次，第三次下榻于高雄市郊的富野大饭店。由于那家旅馆的地理位置有点偏僻，远离市中心，让我多少有点失望。进了客房，推窗向外望去，只见对面是一个大型集市，到的那天正巧是周末，见其内人头拥挤。一打听，原来是个跳蚤市场，晚上还有灯光夜市，这就让我和旅伴有点喜出望外了。

外出旅游，我最青睐逛"跳蚤市场"。"跳蚤市场"与大商场相比，虽是二手货，但品种五花八门，且价格便宜，还能讨价还价，有不少乐趣。在欧洲见过七八个，在美国、日本也见到过好几个，每次逛一两个小时，都有意外的收获。于是我们五六个人不吃晚饭，决定先去逛跳蚤市场。我赴宝岛台湾采风，已六七次，但逛跳蚤市场还是第一次。

这个跳蚤市场，又称凯旋青年观光夜市，这个夜市原来设在凤山区，自2018年4月搬迁过来。富野大酒店地处市郊，自从凯旋青年观光夜市搬迁至此，晚上就热闹非凡了！

跳蚤市场只在周六与周日开放，从早晨9点至下午6点，我们碰巧是周末到高雄，赶紧去见识一番。

我们走进"跳蚤市场"，已5点多了，有的摊主正准备收摊，还有一些买客正在和摊主讨价还价。同行的小吴兄是位编辑，也是一位书法篆刻家。他看中两方昌化石，一方是鸡血石，另一方昌化石上有花卉图案，仔细端详很雅致。店

> 作者在高雄佛光山

﹥在高雄跳蚤市场　　　　　﹥旅友们在台湾淘宝

主开价600元人民币，几经讨价还价，300元人民币成交。

　　金波兄是个瓷器爱好者，他左顾右看，挑中一个盖碗的托盘，察其包浆，他估计是晚清至民国初年的。还有一只二三十前生产的盖碗，上画清雅的兰花，虽年代不长，但很可雅玩，金波兄最后以30元人民币成交。

　　老周、祥龙都爱淘宝，但他们都跟着瑞浩、继青看东西。瑞浩做过20年礼品生意，对翡翠、宝石、玉器很有研究，而继青在老凤祥工作二十多年，也对此类首饰的鉴定颇有经验。于是经两位行家讨价还价，祥龙这次收获最大，他买到一件达摩木雕，长8厘米，仅80元。还买到一只烟斗与一件翡翠挂件，前者70元人民币，后者200元人民币。据瑞浩说，这只翡翠挂件是A货，在大陆摊位至少卖600元人民币。

　　跳蚤市场的卖主，有专业的，也有业余的，有些卖家平时有正式职业，周末把家中多余的藏品带出来叫卖。除了瓷器、木雕、宝石外，还有各色皮件、服装以及跌打伤筋之类的膏药，品种繁多，价格不贵。

　　灯光夜市则在晚上7点开始，人气旺时，至晚上12点才结束，除了吃的、喝的，如牛排、鸡排、猪排与台湾特色的小吃，还供应酒、饮料与烧烤类。

　　最热闹的是当场按摩，在椅子上或躺椅上按摩头部、手部与腰部，每次300台币至600台币不等，按摩师都是精于此术的中年人。我们一行买了些台湾小吃与啤酒，回到旅馆聚餐，谈笑风生，享受美食，真是不亦乐乎！

　　我们去高雄八天，去的那天正逢周末，游了台南与嘉义，返回高雄又是周末，周日下午搭机返回上海，前后两个晚上逛"跳蚤市场"，各人皆有所获。十分感谢这次带我们旅行的李导，住在"跳蚤市场"对面的富野大酒店真好！

2019年3月20日

# 访徽州民居

古徽州的老宅民居，很有点历经岁月沧桑的味道。这次逛潜口民居，观之如品黄山毛峰，香气馥郁，回味醇厚。

潜口镇位居黄山市徽山区以南，背靠紫霞山，故称"紫霞山庄"。清代时为汪沅家别业，名"水香园"，可惜清咸丰年间被一场大火烧毁。20世纪80年代，有识人士便将古徽州十多座较有特色的徽派明清建筑"原汁原味"移位于此，占地60亩，分"明园"与"清园"。于是有人赞誉："观皇宫去北京，看民居到潜口。"

潜口民居其实就是徽式民居，其山庄门厅系明代中叶建造，古朴宏伟，三开间门廊，高檐如盖，两只石狮倚势而立。我们入院便见茶园石牌坊，为明代嘉靖时郑绮所建。茂林修竹中有一单孔小石桥，名"荫秀桥"。桥名三字，半为阳刻，半为阴刻，护栏砌筑是罗汉板，系明代尼姑出资建造，故有诗戏之："师太不知何处去？罗汉依旧笑春风。"我站在精致古雅的小桥上悠然自得，如入画中。

过桥循道登山，路旁有"善化亭"，此亭飞檐高翘，如鹏展翅，系明嘉靖时旧物，亭顶依稀可见一联："阴德无根方寸地中种出，阳春有脚九重天上行来"，意在规劝世人宜行善积德。亭内另一副对联也耐人寻味，上联是："走不完的路程，停一停，从容步出"；下联是："急不来的心事，想一想，暂且丢开"。文化与哲理并存，可见徽州人的气度与修养。

> 潜口民宅气势宏伟

> 行走于徽州民居间

> 徽式民居古朴典雅　　　> 古典宅院比比皆是

　　再往前行，一幢明中叶建的"乐善堂"呈现在我眼前，此堂原为族中老人议事娱乐之处，故厅名"耄耋厅"。二进三开间，高墙下的天井通风采光，天井内可聚水，原来徽州商人信奉"肥水不外流"。我看正堂20根大柱古老而坚实，横梁上的雕刻精致而有气势。尤其是斗拱、叉手、月梁、梭柱上的雕工，皆显示明代风格，让观者十分养眼。

　　漫步在民居内，触处便见古宅、古亭、古桥、古树、古井、古匾、古祠堂、古牌坊。最让我流连忘返的是"方文泰宅"与"司谏第"，前者系口字形四合院，雕刻精美，玲珑别透；后者为明代永乐进士汪善祭祀之宗祠，其山墙并非明清的马头墙，而是人字墙，保留了宋元两代营造特点。

　　导游还把我带到一幢普通农民居住的"方观田宅"，此屋建于明代中叶，是当时农民的典型老宅。一进三间的砖木结构，青砖铺地，十分清凉，小青瓦、马头墙、天井、楼厅都有护缝制装饰，门罩上饰有霸王拳，当时的徽州农民生活很小康！

　　在"明园"中走了一个多小时，大有四顾不暇，美不胜收之感。这十几幢民居各有特点，现在把它们原汁原味移位于一处，我本以为祠堂、牌坊是徽州特色，今天将潜口民居浏览一遍，发现徽式民居亦有独到之妙处。

　　"清园"仅两三幢民宅可观，气派宏大，装饰精美，但缺少了明式建筑的古韵味，在人文景观上略逊一筹。

　　潜口民居置身于紫霞山下，在绿树环抱之间欣赏古建筑，更具诗情画意，观者无不发思古之幽情。

# 难忘是春天

> 春光明媚弄芳菲

一夜春风，满目新绿，难忘是春天。

春天是百花争艳的季节。乍暖还寒，迎春嫩黄，娇红醉人，翠碧亲绿帘。梨花似雪，夭桃喷霞，海棠与杜鹃相媲美，玫瑰和蔷薇共争艳。花相伴花王，芍药牡丹，各占风情向小园。

春天是万物复苏的时光。燕子呢喃，白鹭斜飞，柳絮欲狂，扬花飘云间。春江水暖，蛙声戏碧涟。布谷鸣春，流莺和弦，小窗映婆娑。更好看香径无染，和风丽日弄芳菲，洗出碧云天。

春天入画，画中有诗意。林峦叠翠，小河旖旎，不画繁花如锦，只描红杏一支。迷蒙细雨润芳容,花香盈袖隐小院。楝花落尽,碧草渐浓,花影乱,芳景鲜。檐上飞燕筑新窝,江边疏影有春痕。纵然花褪残红,依旧风前香软春满眼。

春天入诗,诗中好画面。池塘鸭戏,彩蝶双飞,春山春水溢春情,更须春系心田。听陌上吹箫,佳人娉婷,笙歌一曲动心弦。何须纤手弄日,只看烟雨楼台春如画,天涯处处皆芳草。与春长住,笔下生辉,化作长相忆,描摹好春天。

想到春天,我就想到"日出江花红胜火,春来江水绿如蓝"。一夜春风温如酥,万千花容欲迷眼。黄鹂鸣翠柳,白鹭上青天,无限春色上楼栏。

想到春天,我就想到"小楼一夜听春雨,深巷明朝卖杏花"。满目新绿翠欲滴,江南春到丽人天。涟漪有鲤鱼,风筝入云霄,花枝招展春满园。

与春天约会,听林间小鸟唧唧喳喳,看丰润花蕾含羞绽开。任杏雨轻灵,打湿你的脸颊;让柳风随意,轻扣你的心扉。有点缠绵,有点迷离,有点心乱。

与春天约会,见小园翠竹疏疏密密,赏精致园林姹紫嫣红。任绿荫妩媚,诱惑你的视野;让雨痕迷离,蒙眬你的双目。有点恍惚,有点空灵,有点随缘。

在春天,我们不要浮躁,不要懒散,不要狂热,更不要矫情。春梦毕竟还是梦,如花年华在眼前,须感悟,不虚度。只记取春宵一刻值千金,人生难得好春天。岁月无情春有意,朝朝暮暮莫等闲。

白发追忆少年事,难忘是春天。

1992年7月1日

> 阳春佈德泽

(本辑由摄影家侯福樑提供题头图,篆刻书法家童衍方提供印影)

# 雨　缘

> 雨中荷塘显旖旎

古人咏自然之美，皆爱风花雪月，吾独钟情于雨。

雨有细雨、疏雨、霖雨、浮雨、密雨、烟雨，还有毛毛雨、杏花雨、黄梅雨、豆花雨、桑柘雨，等等。每个季节的雨，面目各异；每个人眼中的雨，别具情韵。

最缠绵的莫过于春雨。春雨总是淅淅沥沥，那么轻柔，那么温情，那么随意，那么旖旎。在似有似无的杏花雨中结伴散步，很容易让人跌入浪漫的氛围。

最惬意的莫过于夏雨。夏雨总是哗啦哗啦，那么突然，那么热烈，那么豪爽，那么奔放。在突如其来的暴风雨中洗涤心灵，胸中的烦躁与块垒一扫而尽。

最潇洒的莫过于秋雨。秋雨总是滴答滴答，那么飘逸，那么洒脱，那么灵动,那么疏狂。在徜徉自在的桂子雨中悠然沉思,可体味到人生成熟的魅力。

最沉重的莫过于冬雨。冬雨总是叮咚叮咚,那么冷峻,那么沉闷,那么铿锵,那么放肆。在欲说还休的冬夜中追溯往昔,惆怅尽去,还有依恋的良宵。

我喜欢雨中去逛街,疏密的雨点驱散了大都市的喧哗、嘈杂和沉闷,于是往日眼中狭窄的街,骤时变得宽广而漫长;轻灵的雨珠洗尽街心的浊尘、龉龊与猥杂,于是万物渐显明亮纯净的光泽,绿的更绿,红的更红,朦胧中尽显袅娜。更好看,一把把七彩雨伞,宛如亭亭玉立的少女,点缀出满街的万般风情。

我更爱雨中去旅游,肃穆的青山原来多么妩媚,深幽的绿水恰似佳人般温柔。深邃的丛林变得滋润滑爽,凹凸的石阶尤显明净清亮。雨中看云飞雾起,变幻多端,正如人生莫测;雨中泛舟寻清趣,远近皆朦胧,人在诗意中。

雨天更宜躲进小楼,隐于书斋。约三五知己,或品茶叙旧,议论千古,谈大侠之传奇,侃世道之无常;或雨中听丝弦,江南风情成知音,大弦小弦皆有意,有雨无朋亦怡然。

独坐窗下,听雨读书,吟诗词曲赋,看散文小品,品章回小说,如沐春雨,似饮陈酒,可见真情。或愁肠百结,蹙眉长叹,替古人垂泪;或喜上眉梢,凤愿以偿,得千古知己。

我与雨有缘,因为好多奇思妙想皆在雨中萌发;我与雨有缘,还因为敏感的心路变幻出诸多精彩迭起的故事。

1991 年 7 月 30 日

> 君子不器

# 快意在秋天

> 秋光潋滟亦烂漫

一夜新凉,满目清寒,快意在秋天。

秋风不似春风温柔、夏风热烈、冬风凛冽,它是那么飘逸舒展,悠闲洒脱。

秋雨不似春雨缠绵、夏雨放肆、冬雨沉闷,它是那么跌宕不羁,放达疏狂。

秋月不似春月朦胧、夏月短暂、冬月惨淡,它是那么清朗皎洁,高雅明净。

秋花不似春花娇艳、夏花淡雅、冬花冷艳。它是那么灵秀脱俗,绰约多姿。

秋天是旅游的季节。秋山自如,缘于苍穹的辽阔无邪;秋水深沉,缘于池塘的浓如墨绿。听蛙声和秋虫长鸣,看桐叶与红枫争艳。一年好景君须记,最是橙黄橘绿时。

秋天是读书的季节。消失了春天的懒散、夏天的烦躁、冬天的冷峻,秋窗下,好一个宁静的小天地。潇潇雨声、琅琅书声,伴你良宵与黄昏。驾白云驰骋想象,品香茗深思熟虑。

秋天是成熟的季节。春之梦、夏之情、冬之忆,俱往矣。你摆脱了少年人的幼稚与狂热,克制了青年人的浮躁与冲动,又未进入老年人安享天年的佳境。你在成熟中抵御困惑,在困惑中走向成熟。

秋天是收获的季节。冬的贮藏,春的播种,夏的耕耘,终于迎来金色的收获。多少坎坷,多少踌躇,多少不堪回首的回忆,多少惊心动魄的拼搏,织成眼前美景,几多欢笑。

秋天是浪漫的。大雁南飞,勾起你秋思万千;登高极目,一吐你胸中块垒。蝉鸣黄叶长亭酒,鲈鱼桂香泻秋雨。西风半夜,蛩声入梦。

秋天是现实的,看秋菊傲立斗霜,望红蓼独绽江畔。它无须雕琢,绝不理会世俗的争宠。面对肃杀的秋色,敞开秋空旷达的胸怀,容纳万物的飘零,展示它不屈不挠的个性,以及光明磊落的品行。

赞美秋天最好的诗人是杜牧。他笔下的秋天不是"万里悲秋",有"轻罗小扇扑流萤"的清丽,有"停车坐爱枫林晚"的悠扬。他赋予秋天俊爽的情调,他极写秋天潇洒的气派。

写活秋天生命力的文学家是欧阳修。一篇千古流传的《秋声赋》,让无情的草木反衬人类的灵性。秋声、秋容、秋气、秋意,无一不透溢出丰盛睿智的活力。

我爱秋天,因为秋天没有淫雨,没有蚊子,没有朔风,没有半遮半掩的朦胧,没有不切实际的梦幻,没有毫无节制的狂热,没有城府颇深的世俗。

我爱秋天,因为秋天象征了一个中年男子的成熟,他显示了大度、稳重、洒脱、温和、宽容、理智、聪睿与幽默。

人生如四季,快意在秋天。

1992 年 10 月 8 日

> 独开生面

# 元宵好

> 情如满月庆元宵

年年元宵，今又元宵。面对良辰美景，不由我抒放情怀，思绪如潮……

忆昔元宵节，灯火连片春意闹。看隋都长安，花焰七枝，笙歌珠喉入云霄；观宋城鳌山，星逐绮罗，月随歌舞人似潮；望明朝金陵，张灯十夜，万斛玉玑胜珠宝；忆清代京城，人涌天桥，彩灯如龙比妖娆。万般世象灯中见，神州何处不光耀？

佳节溢诗情，才子放歌，墨客风骚。辛弃疾填词《清玉案》，咏东风夜放花千树。宝马雕车香满路，玉壶光转，龙灯一夜风光好。姜白石吟诗《咏元宵》，元宵吃"汤圆",出处在宋朝。男欢女乐,千媚百娇。尤可叹断肠女子朱淑真,嫁与商贾太俗气,辜负好青春,元宵动春心,填写《生查子》,人约黄昏后,只是灯月依旧,良人未见,心头寂寞无人怜,思春岁月难逍遥。

申城元宵知多少?年年岁岁好良宵。我爱元宵节,只缘一年明月,今日打头圆,此是好预兆。大街小巷,有月有灯,光华路上,倩女细腰。放眼黄浦江畔,灯映月,月映灯,月下观灯灯精神,灯前赏月月窈窕。纵然春寒未去,心有婵娟无寂寥。相约去赏灯,行踪悄悄不识路,唯有风情千种,融入心头,喜上眉梢。

羊年申城,火树银花在今朝。不必光怪陆离,何须金银炫耀,只要心有明灯,情如满月。春风微寒亦有意,携手同行,神醉魂销。此是元宵夜,相对共举杯,心潮逐浪高。

1993年2月25日

> 千祥云集

# 说江南

> 魂入江南醉不休

　　说江南，似品茶，如饮酒。眼前美景说不尽，思潮滚滚笔下走。生于江南爱江南，吾与江南情相投。

　　江南第一城，南京堪风流。背靠钟山倚长江，虎踞龙盘帝王洲。玄武湖，六朝粉黛多颜色；秦淮河，烟雨迷蒙几多愁。乌衣巷里访旧民居，石头城内看白鹭洲。闲逛夫子庙，又上中山陵，千年沧桑几沉浮，月下秦淮看不够。

　　镇江有个金山寺，轻舟长忆王荆州，句容茅山西津渡，北固山上话对手。二十四桥明月夜，西湖一瘦到扬州，何园个园大明寺，汉陵园内岁月稠。龙城有个天宁寺，红梅阁前走一走，南圣季札好谦让，苏轼晚年择常州。无锡最美鼋头渚，二泉映月阿炳奏，烟雨迷蒙落霞亭，阳羡雪芽品不够。

　　吴门有古巷，园林在苏州，亭台楼阁从容看，咫尺天地曲径幽。旧巷老街多名居，轻软吴语好温柔，小桥流水青石板，弹词昆曲唱风流。走过千灯到锦溪，夜宿周庄月似钩。东山西山古村落，寒山寺外水长流。甪直轻倚太湖边，同里三桥共白头。木渎有个退思园，石湖风情心常留。

　　江南最美在西湖，亭亭玉立是杭州。虎跑泉水泡龙井，苏堤白堤随意走。

灵隐寺内拜大佛,三潭印月将你留。柳浪闻莺醉平湖,曲院风荷诗一首。雷峰夕照过断桥,南屏晚钟声声幽。浓妆淡抹总相宜,四季西湖皆锦绣。

绍兴水城多风情,柯岩东湖可泛舟。会稽山下观书圣,山阴道中景致幽。宁波旧称古明州,雪窦山下有溪口。东钱湖边行不足,范钦留下藏书楼。南浔有个小莲庄,陆羽《茶经》出湖州。千岛湖中说神奇,淳安美景如饮酒。诸暨美人迷吴王,莫干清凉竹林幽。诸葛村里访八卦,烂柯山上好山丘。楠溪江中千帆过,神仙居里逍遥游。

人杰地灵话江南,千古人物皆风流。苏轼长忆西湖事,香山诗意白堤秀。姑苏才子唐伯虎,绍兴沈园哭陆游。袁枚俞樾好文章,毛晋刻书称一流。富可敌国沈万三,蔑视皇权不低头。红顶商人胡雪岩,敢与财神交朋友。李香君、董小宛,诗词才情亦风流;马湘兰、顾横波,桃花粉面香满袖;陈圆圆、寇白门,婀娜天姿胜柔柳。最难得,柳如是,横眉怒对名士羞。秦淮八艳今安在?还看长江水东流。

江南风物说不尽,龙井碧螺香满楼。蓝印花布说窈窕,江南丝绸胜锦绣。宜兴陶艺一茶壶,回味九肠绍兴酒。扬州漆器称古雅,东阳木雕看不够。青田奇石文人爱,巧夺天工是苏绣。江南丝竹春江月,越剧舞台丽人秀。昆曲缱绻似幽兰,评弹婉约曲长留。江南美食天下闻,百年老店有来由。太监弄里品鳜鱼,闻香再上楼外楼。

江南有天堂,杭州与苏州。西湖名胜甲天下,姑苏园林第一流。江南一去无归期,万种风情将你留。西湖水柔情无限,送你一个忘情秋。姑苏小巷走不尽,丝弦声中上琼楼。好山好水人亦好,魂入江南醉不休。离开江南长相忆,与它相伴共携手,若有来生投苏杭,长住江南看白鸥。

2007 年 6 月 8 日

> 山高水长

# 最美是杭州

> 杭州娇艳别样红

江南有秀色，最美是杭州。

秋来下榻西湖畔，极目窗前好锦绣。长堤弯腰如佳人，远山青黛共争秋。三十年前一少年，来此不识西子面。沧桑几沉浮，光阴似水流。人事变迁何须嗟，西湖美景，风光依旧。人到中年心未老，桂子香满楼。

临窗远眺，思潮如流，良辰美景，总看不够。朝看晨鸟啼西子，夕看晚霞染山丘。晴看日丽天高远，雨看乱珠嬉小舟。春看雏燕吻桃红，夏看荷风剪莲舟，秋看风凉月如钩，冬看银装小瀛洲。

漫步长堤，逍遥一游，风景如画，山清水秀。南北两高峰，对峙如携手。最奇飞来峰,飞来无来由。虎跑品龙井,灵隐去磕头。九溪十八涧,胜过上高楼。最快意,泛一叶小舟,乘满湖月色,心随南屏上天堂,魂入西湖醉不休。

杭州山水,固然绝美,西湖人物,堪称风流。白居易、苏东坡,唐宋两才子,才气贯九州。西泠韵迹苏小小,雷峰塔下白娘子。济公戏世,巧把那权贵羞。秦桧弄权,长跪岳坟名声臭。一身清白于少保,还有梅妻鹤子,和靖墓前一沙鸥。

身在西湖醉西湖,杭州小住不愿走。十里柳堤神仙路,万顷西湖忘情秋。申城高楼千般好,哪及西湖水温柔。秋水无痕星满湖,金风送你上琼楼。天上人间一览尽,长忆钱塘莫须忧。欲赞西湖词不得,万语千言成一句:最美是杭州。

1996 年 9 月 15 日

> 中庸之道

# 秋游西湖

> 西湖春色惹人醉

　　一别西湖已三载，几度梦中涌春潮。依稀犹忆娉婷样，总是风情嫣然笑。昨见西子面，绿荫红桃，妩媚妖娆；今见西子面，水天一色，秋意潇潇。夜宿汪庄寻春色，方知西子秋妆俏。

　　晨起湖边走，见余杭晚秋，天气初肃，碧天如洗，白云逍遥。投目西湖，涟漪微荡，无半点尘埃，有清脆啼鸟。登高拭目，逸兴满怀，幽思如潮。看白堤苏堤，名人古迹，坎坷往事，内心块垒尽去。可谓快意人间，荣辱东流去，江山易老人不老。

　　夜来湖边走，看秋月明朗，银辉万里，波影弄婵娟，桂香沁九霄。风声入湖，岸柳潇潇，如恋人私语，说不尽悄悄话，百般缠绵，千种调笑。纵有无端烦恼，也随清风明月汇入江涛。此时此刻，无须倾诉，不语亦窈窕。

结伴泛舟湖上，沪上文友，杭州新交，吟诗作对，指点江山，谈笑风生，人人皆诗豪。放眼湖滨，远观山峦，雾遮高塔，云掩小桥。湖光山色共争秋，画舸直疑天上去。说到话浓时，悄然无声，偶见小舟数叶，有对对伉俪正情深。回首好青春，赏秋须逍遥。

秋日西湖，有成熟之美，旷达之美，淡雅之美，潇洒之美。无春桃夏荷，却有"桂子纷纷入玉壶"，沁人幽香，甜而不腻。正如秋光，虽不明媚，却有情调。只把满腹诗情付之霜叶，融入雁阵。人生易老不须嗟，心中有秋意，锦绣年华好。

1995 年 10 月 12 日

> 踏石留印

# 姑苏恋歌

> 丝弦缠绵好忆旧

　　乡情浓烈如陈酒，几度梦中回苏州。潇潇雨巷伴童年，旧宅枕河小桥头。昔日粉墙今安在，当年蜡梅幽香否？元旦驾车还乡去，多少牵挂在心头。先去香山拜慈母，跪在墓前磕三头，面对太湖思悠悠，只叹时光不倒流。往事如潮忆不尽，风雅之城再重游。

　　重游狮子林，再玩拙政园，亭台楼阁溢诗意，咫尺洞天，玲珑石瘦。曲径回廊走不尽，江南韵味香满袖，最美是苏州。

　　缓步沧浪亭，夜登寒山寺，钟声悠悠数沧桑，一泓碧水，冬月如钩。遥想邓尉香雪海，斗霜梅花性温柔，最美是苏州。

　　风雅网师园，巍巍北寺塔，游完西园品留园，文人墨宝，总看不够。虎丘山下试剑石，吴王贪色千古羞，最美是苏州。

漫步观前街,心仪玄妙观,小桥流水等闲看,粉墙黛瓦,曲径通幽。软糯吴语侧耳闻,姑苏佳人含笑去,最美是苏州。

姑苏美,美在环城河。沿河串灯赛珍珠,洒落清波弄灯影,疑是银河落苏州。更好看,孤舟闲泊逍遥去,人间天堂,欲说还休。

姑苏美,美在宝带桥。桥卧五湖醉风月,千古长虹送小舟,吴江太湖手搀手。无须说,桥头石狮忆往昔,澹台碧波,水自常流。

姑苏美,核雕盆景与苏绣,巧夺天工,独具匠心冠九州。洞庭贡橘金灿灿,阳澄湖蟹好入口。还有碧螺春,入肠有回味,一饮扑鼻,清香满口。

姑苏美,评弹昆曲和书画,雅韵高洁,莺声一曲传千秋。五人墓前拜一拜,俞曲园里信步走。还有唐伯虎,痴情桃花坞,江南才子,千古风流。

吴门烟水美苏州,美在花窗飞檐,美在古树桥影,美在人杰地灵,美在湖光水秀。更有十里香樟绿荫路,姑苏城里访好友。三五知己旧相识,夜来横塘品美食,丝弦缠绵好忆旧。且说寻常话,犹忆当年景,喜上眉梢,情浓似酒。夜归酣然入梦乡,明月悄然上高楼。昔日锦绣,且随年华东流去;还看今朝,袅娜娉婷一个新苏州。

2006 年 1 月 25 日

> 时雍道泰

# 西塘风情

> 朦胧境中尽温馨

    在江南古镇中，西塘仿佛是寻常百姓家的一个平民村姑。它不如周庄气派，也不及南浔富裕，更没有同里拥有殷实的家底。但西塘的烟雨长廊和深深浅浅的古弄，和红灯笼串起的古镇之夜显得那么宁静和悠闲，留给我几多诗情的回忆，至今让我时时惦念。

    访西塘已好几回。最难忘的一次是春雨霏霏，纷飞的雨丝如雾似纱，轻盈而朦胧地罩住了水乡古镇。岸边几株垂柳在杏雨中绿得悦目而醉人，反衬出古老建筑的风霜印记。点点细雨掉落在绿波中，荡漾开去，化作随即逝去的涟漪，就如追不回的美好记忆。放目远眺，那一只只小船悄无声息地徘徊着，让人产生时有时无的惆怅。

    不一会，雨势渐猛，河边连绵不绝的廊棚在无限地伸展，那1300多米长的廊棚已成为游人休闲的最好所在，这种遮日挡雨的特殊建筑，是西塘特有的景观。连之为廊，断之乃棚，廊棚数量之多，尺度之长，是江南其他古镇所无法与之媲美的。走累了，我就靠在廊棚长椅上，听雨儿低吟，桨橹浅唱。或仰头痴看木架瓦顶和雕刻花板发发呆，好有味道。再看两岸的青瓦灰墙，历经沧桑，很不起眼。那一家又一家客栈、饭庄、店铺、作坊、茶馆、酒吧在向游客兜售西塘的特产：清蒸白丝鱼、老鸭馄饨煲、荷叶粉蒸肉、油炸臭豆腐、汾湖黄酒、芡实糕、麦芽塌饼……还有江南纯手工打造的各色工艺品，东西并不昂贵，这里卖的是江南情调。老人说，元代在此已有集市，古镇的历史可以追溯到春秋，西塘古称"吴根越角"，看"春秋的水、唐宋的镇、明清的建筑"，令人思绪倒流。

与"廊棚"媲美的是西塘古弄。在这座1平方公里多的古镇里，竟有120多条深而窄的弄堂，长者200多米，短的仅3米。石皮弄、米行埭、灯烛街、油车弄、紫炭弄……有的狭弄仅30多厘米，由于高墙林立，终年不见阳光。那些斑驳的院墙上刻写着无数的沧桑。雨巷中，常有身穿蓝印花布的江南女子轻盈走过，不俏丽却很文静，手执一把碎花旧伞，那青石板上的脚步声渐去渐远，唯有路旁的丁香花开得好艳！

行走在这样的雨巷中，没有了世尘的喧嚣，更没有都市的嘈杂，让我感觉这悠长而蜿蜒的宅弄有点孤寂，有点落寞，有点陈旧，更有点唐诗宋词的韵味。走到尽头，曲径通幽，豁然开朗。再漫无边际地向前，又远远看见了烟雾弥漫的廊棚，霎时倾盆大雨如潮飞泻，对岸的景致渐渐模糊了，安仁桥、五福桥、永宁桥、卧龙桥……一座又一座充满灵性的小石桥在承受雨水的滋润。河埠头在雨帘中显得深沉而内敛，仿佛是一架古琴，在演奏"二泉映月"……

那一晚宿在西塘，夜幕低垂，幽雅的红灯笼映亮了临水人家。我目光逗留在悠悠摇晃的河面上，听当地人说："九条河道是'九龙捧珠'，八个板块是'八面来风'，西塘还有104座小桥，122条弄堂呢！"品着黄酒的老人自得其乐，我就这样听他讲种福堂、醉园、薛宅、瓦当博物馆，还有柳亚子在西园"邀月对月，吟诗放歌"，与明清木雕馆中的雕栏、撑拱、雀替、格窗与梁架。其实我都知道，但听老人喃喃道来，恰似我百听不厌的评弹。

夜深了，月光如洗，给平民化小镇的街心镀了一层银。我踏着碎银闲逛，看那宁静的小巷，静谧的渔船，这里的寻常人家都不张扬，偶尔传来咿呀咿呀的门窗声，仿佛在传递水乡人家的委婉低语，还有江南夫妻间特有的亲昵与温馨。

> 宽则得众

# 面对书橱

> 面对书橱读书乐

静夜里，我面对书橱，一天的劳累与烦恼似烟消去，化为乌有。

那一排排的书，一本紧挨一本，都是我亲密的朋友。痴情长坐，心灵仿佛进入一个宁静的世界，视野开阔，心情与思绪变得安闲而自由。

那无言的书，演绎着一个有声有色的人生舞台，交织着风雨雷电、悲欢离合、铁马金戈、喜乐哀愁。读书，如开茅塞，似悟人生，读书人滋生出万般感受。

每一本书，都有一个精彩的故事。尼摩船长的坚韧，鲁滨逊的漂流，简·爱的善良，基督山的恩仇，堂·吉诃德的可笑，福尔摩斯的追求。面对书橱，让我品味人生经历的种种磨难，还有世道的残酷与温柔。

每一本书，都是一个大写的人字。安娜的困惑，娜拉的出走，苔丝的叹息，珍妮的温柔，玛丝洛娃的不幸，埃斯梅拉达真善美的不朽。面对书橱，我可以探寻人生的多种选择，探索喜剧与悲剧的缘由。

面对书橱，看屈原悲愤投河，庄子无奈作逍遥游，东方朔诙谐暗谏唱反调，陶渊明隐居桃源泛小舟。宋仁宗知人善任举人才，陆游老来梦里思吴钩，欧阳修识拔人才当伯乐，曹雪芹满腔情思寄红楼。怎不教人荡气回肠，感慨沧桑与沉浮。

面对书橱，看纣王迷妲己，勾践卑躬屈膝甘俯首，秦王坑儒生，刘彻挥兵血染沙丘；隋炀帝拒谏赏琼花，武则天狐媚惑主称武后，朱元璋大杀功臣显狠毒，魏忠贤权倾朝野名声臭，雍正大兴文字狱，慈禧垂帘听政与光绪斗……怎不叫人怒发冲冠，悲愤心头。

一本书是一种风格。司马迁秉笔直书，曹子建七步成诗，韩昌黎被贬潮州祭鳄鱼，苏东坡飘泊海南饮苦酒，王实甫作《西厢》叹息有情人，冯梦龙写"三言"名声入欧洲。书架如艺术长廊，多姿多彩，美不胜收。

一本书是一种智谋。《周易》问卦，《孙子》论兵。汉文帝轻徭薄赋得人心，明孝宗"弘治中兴"写春秋，包拯巧断无尸案，海瑞敢把权贵羞。书架如千秋青史，扬善惩恶，公理不朽。

世道总有泥泞，人生总有悲欢。读书让你排遣失意的消沉，挫折的忧愁。让你看到光明的曙光，来年的丰收。踌躇满志往前走，莫回头。

时光如流水，终将东流去，白发染双鬓，皱纹上额头。读书让你回味青春的欢乐，人世的风流。让你珍惜生命的意义，还有壮志未酬。砥砺前行写人生，何须愁。

于是，我面对书橱，重温了自己的无知、浅薄、愚蠢和丑陋……

于是，我面对书橱，明白了生活的离奇、神秘、旷达和锦绣……

静夜里，面对书橱，似饮美酒，如上高楼。

1992 年 7 月 1 日

> 温故而知新

# 难忘是今宵

> 花落花开知多少

　　人生易老,弹指间,年复一年,光阴似水东流去。沧桑几沉浮,小巷一啼鸟,花落花开知多少?

　　今又八月,临中秋,喜逢佳节,红枫潇洒菊苗条。银辉泻千里,明月分外皎,忆往事,如春潮。

　　忆昔少年时,与同学携手,漫步浦江畔,指点江山多娇。笑谈千古风流人物,心比天高。春郊试马,夏日赏荷,秋夜泛舟,最难忘小儿女踏雪寻春,喜见芳草。

　　哪料想风云突变,大地起狂飙。十年跌宕惊醒书生梦,转眼间,黑云压城城欲摧,家徒四壁,穷极潦倒。苦雨敲寒窗,少年醉浊醪。

人有斗志不低头，天若有情天亦老。寒窗勤读，圣贤书中悟妙语；小屋励志，心藏春色不争俏。几经风雨，饱尝坎坷，胸中有明月，何惧风浪摇。

浮云难遮艳阳天，春风又绿浦江潮。昔日青春年少，今日喜相逢，不说忧患入眉梢，不说春风几折腰。且重振豪情，一展才情，诗文奔泻入九霄。面对经商大潮，不下海戏水，只写人间有正气，只写春光永不老。

今见浦江月，又上树梢；乍听欢歌声，又闹云霄。莫将踌躇误壮志，喜看婵娟近天桥。纵然是风也悄悄，雨也潇潇，心中有月月自圆，人间何处无芳草。寄情明日，珍惜今朝，举杯酬好友，心潮逐浪高。

欲将风情万种，写入溶溶月色，歌天下有志者各领风骚。纵有千言万语，不说也罢，秋光何输春光好。

天上人间一中秋，有情难忘是今宵。

1993 年 8 月 18 日

> 道可道非常道

# 最可赏心悦目

> 最可赏心悦目

初春时柳风杏雨去踏青，最可赏心悦目。

仲夏时凉入街心数繁星，最可赏心悦目。

晚秋时几处桂花香满园，最可赏心悦目。

寒冬时雪夜红袖温暖酒，最可赏心悦目。

游湖，宜选细雨迷蒙的清晨，看满湖朦胧，山光水色浑然一体，任小舟随意漂泊，闲中觅趣，思绪宛如东流水。此时最可赏心悦目。

登山，可挑风和日丽的午后，望林海苍茫，千岭万壑巧作画屏，寻幽径信步登高，极目四顾，登高方知众山小。此时最可赏心悦目。

品茶，当在半明半暗的黄昏，约二三知己，无拘无束随心所欲，以香茗配灵泉，无话不说，人生得一知己不易。此时最可赏心悦目。

　　读书，妙于夜深人静的月夜，觅金玉之句，大彻大悟浮想联翩，以古事为今鉴，举一反三，书籍乃千古之良友。此时最可赏心悦目。

　　见朋友遇难，携手相扶，转危为安。此时如寒夜得暖衣，最可赏心悦目。

　　看莘莘学子，历经磨难，脱颖而出。此时如百流归汪洋，最可赏心悦目。

　　睹恶贯满盈，正能克邪，终平民愤。此时如水落而石出，最可赏心悦目。

　　视回头浪子，悬崖勒马，迷途知返。此时如枯树苞嫩芽，最可赏心悦目。

　　小别接家书，秉烛夜读，心系千里之外，此时最可赏心悦目。

　　他乡遇故知，旧梦重温，情交百年之好，此事最可赏心悦目。

　　了却公事登快阁，目无世尘，无所用心，此境最可赏心悦目。

　　心有灵犀一点通，百年一遇，两情依依，此情最可赏心悦目。

1992年7月1日

> 菩萨心肠

附录

【风雅苏州】

# 曹正文作品目录表（共76本）

## 一、诗话体小品类

1.《咏鸟诗话》（诗话体散文集）浙江人民出版社，1984年版
2.《群芳诗话》（诗话体散文集）浙江人民出版社，1985年版
3.《地灵人杰》（诗话体散文集）上海三联书店，1991年版
4.《花鸟诗话》（诗话体散文集）上海书店出版社，1996年版

## 二、小说故事类

1.《唐伯虎落第》（长篇历史小说）北岳文艺出版社，1985年版
2.《龙凤双侠》（中篇武侠小说）江苏文艺出版社，1985年版
3.《秋香别墅的阴影》（长篇推理小说）江苏文艺出版社，1985年版
4.《苏东坡出山》（中短篇历史小说集）四川文艺出版社，1987年版
5.《佛岛迷踪》（长篇推理小说）湖南文艺出版社，1988年版
6.《三夺芙蓉剑》（长篇武侠小说）四川文艺出版社，1988年版
7.《四十岁男人的困惑》（长篇推理小说）中国青年出版社1988年版
8.《金色的陷阱》（长篇推理小说）江西人民出版社，1989年版
9.《紫色的诱惑》（长篇推理小说）江苏文艺出版社，1990年版
10.《近代名人暗杀风云录》（文学故事集）上海文化出版社，1991年版
11.《名人暗杀内幕》（文学故事集）中国文联出版公司1993年版
12.《僰人棺之谜》（中篇武侠小说集）香港语丝出版社，2000年版
13.《红房子迷宫》（长篇侦探小说）上海百家出版社，2003年版

## 三．散文随笔类

1.《米舒博士谈读书》（知识小品集）21世纪出版社，1989年版
2.《女性文学与文学女性》（文学随笔集）上海书店出版社，1991年版
3.《秋天回眸话人生》（散文小品集）上海知识出版社，1993年版
4.《书香心怡》（散文小品集）上海古籍出版社，1993年版
5.《米舒谈书》（散文小品集）上海远东出版社，1994年版
6.《珍藏的签名本》（散文小品集）汉语大词典出版社，1995年版
7.《喝午茶》（散文小品集）复旦大学出版社，1996年版
8.《珍爱的签名本》（散文小品集）华东师范大学出版社，1997年版
9.《米舒书话》（散文小品集）江苏教育出版社1999年版

10.《女性文学与文学女性》（韩文版，赵诚焕译）首尔出版社，2000 年版

11.《动物百话》（随笔集）上海科普出版社，2001 年版

12.《秋天的笔记》（散文集）上海社会科学院出版社，2002 年版

13.《我说风月无边》（散文小品集）上海文化出版社，2008 年版

14.《文人雅事》（散文小品集）上海远东出版社，2009 年版

15.《风雅苏州》（散文小品集）上海文化出版社，2022 年版

## 四．旅游小品类

1.《开心万里行》（游记选）上海人民出版社，1997 年版

2.《无边风月之旅》（游记选）少年儿童出版社，2001 年版

3.《我走过 88 个城市》（游记选）上海文化出版社，2005 年版

4.《江南符号》（游记选）东方出版中心，2009 年版

5.《行走亚洲二十国》（游记选）上海书店出版社，2014 年版

6.《行走欧洲三十六国》（游记选）上海书店出版社，2015 年版

7.《要玩，就去日本吧》（游记选）上海文化出版社，2019 年版

## 五．文史札记类

1.《史镜启鉴录》（历史随笔集）上海古籍出版社，1992 年版

2.《壶中书影》（读史札记）文汇出版社，2013 年版

3.《壶中书影》（增订版）文汇出版社，2016 年版

4.《古代文人幕后真相——壶中书影精选本》(读史札记)文汇出版社，2020 年版

## 六．武侠评论类

1.《古龙小说艺术谈》（文学评论集）学林出版社，1989 年版

2.《武侠世界的怪才》（文学评论集）香港繁荣出版公司，1991 年版

3.《金庸笔下的一百零八将》（文学评论集）浙江文艺出版社，1992 年版

4.《古龙小说艺术谈》（文学评论集）台湾知书房出版社，1996 年版

5.《金庸小说人物谱》（文学评论集）学林出版社，1996 年版

6.《金庸小说人物谱》（文学评论集）台湾知书房出版社，1996 年版

7.《四大名捕会京师点评本》（文学评论集）云南人民出版社，1997 年版

8.《武林一百零八将》（文学评论集）上海辞书出版社，2003 年版

9.《金庸笔下的一百零八将》(武侠评论集修订版)上海文化出版社，2020 年版

## 七．连环画类

1.《丞相斩子》江苏人民出版社，1982 年版

2.《浴血睢阳》（四册）江苏美术出版社，1984 年版

3.《洪昇》江苏美术出版社，1984 年版

4.《龙凤剑》（上下册）上海人民美术出版社，1985 年版

5.《唐伯虎落第》广西人民出版社，1987 年版

6.《三夺芙蓉剑》（三册）四川美术出版社，1987 年版

## 八．文学史类

1.《中国侠文化史》（文学史）上海文艺出版社，1993 年版

2.《侠客行》（文学史）台湾知书房出版社，1996 年版

3.《世界侦探推理小说史略》（文学史）上海译文出版社，1996 年版

4.《中国侠文化史》（增订版）上海书店出版社 2014 年版

## 九．其他类

1.《愿你喜欢我》（心理学专著）上海科普出版社，1990 年版

2.《旧上海报刊史话》（民国新闻学随笔）华东师大出版社，1991 年版

3.《诸子百家一人一言一画》（人物评传）浙江少儿出版社，1991 年版

4.《中国历朝故都》（历史故事集）海天出版社，1992 年版

5.《流行与古典》（文学鉴赏集）上海古籍出版社，1995 年版

6.《性格决定健康》（心理学漫话）北岳文艺出版社，2003 年版

7.《文化名宿访谈录》（民国文人访谈集）上海书店出版社，2018 年版

8.《文化名宿访谈录》（民国文人访谈集增补版）上海书店出版社，2020 年版

9.《风月无边品雅集》（曹正文捐赠书画艺术品签名本图录）上海书店出版社，
2021 年版

## 十．曹正文作品研究评论类

1.《米舒其人其书》（评论集）安徽文艺出版社，1994 年版

2.《米舒私人相册》（人物传记）香港文汇出版社，2005 年版

3.《我读过 99 本书》（自传体读书自传）　上海人民出版社，2007 年版

4.《米舒其人其书》（增订版）安徽文艺出版社，2012 年版

5.《米舒文存》（八卷本文集）上海书店出版社，2016 年版


另外，曹正文主编的《一百名人谈读书》《读书乐印谱》《大侠与名探》等图书共计 121 本。

# 姑苏人家书生梦

## （代后记）

光阴恍惚，不经意间在沪定居七十余载，算是个上海人哉。但朋友们说，我骨子里掩饰不了苏州人的习俗与印痕。

听母亲说，我出生仅两个月，就由父母抱着去了老家苏州。大约在我出生前一年，父母在观前街旁的临顿路上买了一幢三井老宅，位于萧家巷61号，是巷底最末一家，推门便是雪糕桥。东厢房的窗下是一条蜿蜒的小河，小河对岸是平江路，那时候的平江路静悄悄的不露声色，很古雅，很内向，既不张扬也不喧闹。

稚幼的心灵便在姑苏宁静的小屋中滋养长大。听奶妈说，当时她抱着我从巷尾走到巷口，正好听一曲悠扬悦耳的弹词开篇，那吴侬软语与评弹雅韵，耳濡目染了我最早对人世间的认知。后迁居沪上，几经沧桑沉浮，但印在心底的吴文化是抹不去的。性格的形成与嗜好的偏向，乃至人生观确立，都脱不了姑苏情致对我童年的深深影响。

在我心目中，苏州是小桥流水的汇聚，是精致园林的组合，是古镇老街的缩影，是山清水秀的写照，是书画名家辈出的宝地，是读书人立志扬眉的所在。苏州园林甲天下，苏州状元冠全国，缘于苏州的老街、苏州的古镇、苏州的状元坊、苏州的文玩古迹与名人遗址遍布于吴地的角角落落。走几步，便是一座有来头的桥梁；再行几步，便是一幢名人故居。至于园林与古镇内的书画砖雕木刻，其文化底蕴更是让人看得眼花缭乱。

精致玲珑的风景，粉墙黛瓦的小巷，悠扬迷离的音韵，温文而雅的人物，让我对苏州欢喜不已，而印在心中却是那句老话："苏州人是读书胚子"。

苏州人喜欢读书，从古至今是出了名的。苏州的书画家不是匠人，而是胸中有学识，笔下有神韵的艺术大家。且不说苏州的张旭、沈石田、唐伯虎、祝枝山、文明徵、金圣叹、顾炎武。只说两位，一是毛晋，明代大藏书家，八万余册藏书冠江南之首。最有意思的是，他还是中国第一位私人刻书家，他见了好书,不惜重金买回去,或借来抄录,后来印刻了《十三经注疏》。二是冯梦龙,他是《三言》的编撰者,是中国古典白话短篇小说之集大成者。欧洲文坛知晓中国古典小说,第一个认识的人物便是冯梦龙(马悦然院士语)。冯梦龙一生撰写各类题材的文字无数,是位名副其实的文学杂家。

在七十多年生涯中,我在苏州度过的日子加起来不过五六年吧,但苏州像一杯清香的浓茶,又似一件珍奇的文玩,一旦捧起,总是心生缠绵,一辈子放不下来。而读书、写作、收藏乃至嗜好举止,我都依恋和模仿着苏州人的风范。从少年、青年、中年至老年,都想着法子去苏州走走玩玩,随意之间便多了一分舒心,一分欣喜,一分慰藉。

回想苏州的生活,其实也平淡简朴到寻常,让我依恋的只是清晨老树上的几声鸟啼,窗外夕阳下一剪淡淡疏影,月下花间的一杯香茗,雨后粉墙的几处印痕,幽深小巷深处青石板上的新绿苔鲜,还有路边或悬或垂、或仰或俯的撩人小花。那种闲适,那种平易,那种悠雅,那种从容,令吾着迷,令吾陶醉,令吾牵挂,令吾神往。

春秋城墙的余韵,秦汉小巷的典故,魏晋风物的钩沉,唐宋诗词的妩媚,明清书香的浓郁,民国街市的繁荣,构成了姑苏城特有的风韵与苏州人独有的气度。

我幸运成为姑苏人家一介书生,虽不能与之朝夕相依为命,但无论身在何处何地,心中的"风雅苏州"却是一刻也忘不了的。

这便是一个书生的姑苏梦,这个梦不是遥远宏伟的中国梦,而是情致所动,姑苏情怀中的一组迷人叠影,于是便有了这本《风雅苏州》。

记于2022年夏日时光

附言:在此谨谢本书责任编辑吴志刚兄与美术编辑汤靖女士。特别感谢耄耋之年的龚心瀚先生读小书清样后撰写了一篇四千余字的序言,给予笔者热情鼓励,感铭于心。并对书中小文刊出的多位支持者西坡、南妮、伟馨、婉青、良蕾、卓滢、丹妮——致谢。书中评弹文章,蒙周清霖兄审阅指教。封面题字由张晓明先生题写,篆刻印影由童衍方兄提供,并向为这本书提供照片的侯福樑、乐嘉乐、邓美玲、顾卫、徐向红与诸多评弹演员们,敬致谢忱。

图书在版编目（CIP）数据

风雅苏州：米舒散文小品集 / 曹正文著 . -- 上海：
上海文化出版社 , 2022.8
ISBN 978-7-5535-2557-0

Ⅰ . ①风… Ⅱ . ①曹… Ⅲ . ①散文集 – 中国 – 当代
Ⅳ . ① I267

中国版本图书馆 CIP 数据核字 (2022) 第 125457 号

出 版 人　姜逸青

责任编辑　吴志刚

装帧设计　汤　靖

封面题字　张晓明

篆刻印影　童衍方

书　　名　风雅苏州——米舒散文小品集
作　　者　曹正文
出　　版　上海世纪出版集团 上海文化出版社
地　　址　上海市闵行区号景路 159 弄 A 座 3 楼　邮编：201101
发　　行　上海文艺出版社发行中心　网址：www.ewen.co
　　　　　上海市闵行区号景路 159 弄 A 座 2 楼 206 室　201101
印　　刷　浙江海虹彩色印务有限公司
开　　本　787×1092　1/16
印　　张　20
印　　次　2022 年 8 月第一版 2022 年 8 月第一次印刷
书　　号　ISBN978-7-5535-2557-0/I.992
定　　价　98.00 元

告 读 者　如发现本书有质量问题请与印刷厂质量科联系 T：0571-85095376